최애의 살인

최악의 살인

엔도 가타루 장편소설　전선영 옮김

v

일러두기

- 본문의 각주는 옮긴이 주입니다.
- 맞춤법은 국립국어원 표준국어대사전 및 외래어 표기법을 따랐으나 관용적으로
  널리 쓰이는 표현은 입말을 살려 표기했습니다.

사무실 바닥에 한 남자가 죽은 채 누워 있다. 소속사 대표다. 몇 시간 전까지는 멀쩡히 살아 있었는데 지금은 꿈쩍도 하지 않는다. 대표의 시체를 앞에 두고 우리 셋은 멍하니 서 있다. 이즈미는 연신 눈을 깜빡이고, 델마는 멍한 표정으로 고개를 떨군다.

대표는 죽었다. 살해당했다.

"어떡해, 루이."

이즈미가 내게 물었다. 델마도 구원을 바라듯 나를 바라봤다. 나야말로 묻고 싶다. 어떻게 해야 할까? 대표는 왜 죽어버렸을까? 무의식중에 오늘 하루 벌어진 일을 떠올려 봤다.

의미 없다. 과거를 돌이켜봤자 그는 되살아나지 않는다. 그런데도 생각하고 만다. 우리가 그저 아이돌로 있을 수 있던 날을.

"루이는 위기감을 좀 느낄 필요가 있어."

라이브 후 팬 미팅에서 한 남자가 말했다. 남자는 라이브에 자주 오는 단골로 나를 응원하는 몇 안 되는 팬 중 하나였다. 폴라로이드 카메라로 함께 사진을 찍고 평소처럼 잡담을 나누다가 느닷없이 위기감을 가지라는 말을 들었으니 어리둥절할 수밖에. 훈훈했던 공기가 순식간에 냉랭하게 바뀌었다. 폴라로이드로 사진을 찍어주던 스태프는 쓴웃음을 지으며 못 들은 척했다. 남자는 불쾌한 표정으로 말을 이었다.

"아까 라이브, 건성으로 했지?"

"안 그랬어요."

웃으며 고개를 저었다. 여러 아이돌 그룹과 팬들이 모인 합동 라이브 공연장은 언제나 북적북적하다. 라이브하우스 로비에 마련된 굿즈 판매 부스에서 폴라로이드 촬영권을 산 팬들은 자기 최애 아이돌과 시간을 보낸다. 아이돌들은 하나같이 구김 없는 미소를 지으며 팬 미팅을 진심으로 즐기는 것처럼 보인다. 지금 나도 저들처럼 웃고 있을까. 자신은 없다.

"모싱도 무반응, 리프트도 무반응. 기껏 우리가 분위기 끌어올리면 뭐 해. 루이가 그러면 기운 빠진다고."

남자는 들으라는 듯 크게 한숨을 쉬었다. 그의 안경알이 서리가 내린 것처럼 부옇게 흐려졌다.

"내 딴엔 한다고 한 건데."

조금 상처받은 척한다. 오늘 공연한 라이브하우스는 객석에서 서로 몸을 부딪치는 '모싱'도, 관객끼리 누구 하나 둘러메고 어필하는 '리프트'도 금지였다는 이야기는 굳이 하지 않았다. 수고를 들여 이해받는 것보다 그냥 받아들이는 편이 편하다.

"루이는 프로잖아. 무대에 섰을 땐 최선을 다해야지."

말할 때마다 마스크가 점점 흘러내리면서 남자의 코가 드러났다. 기름진 피부에 숭숭 뚫린 거무스름한 모공이 두드러졌다. 주변 공기가 냉랭하다. 아르바이트 스태프는 권태롭게 카메라를 만지작댔다. 이상한 분위기를 눈치챘는지 대기 줄을 정리하던 소속사 대표가 이쪽을 쳐다보았다. 하지만 나와 눈이 마주치자 아무 일도 없다는 듯 바로 시선을 피하더니 관객 줄을 정리하기 시작했다.

"나라고 이런 말을 하고 싶겠어? 이게 다 루이 생각해서 하는 말이야."

문제아를 나무라듯 열띤 말투였다. 언젠가 남자가 자신이 중학교 교사라고 말한 적이 있다. 아이돌과는 정반대인 견실한 일이라며, 자학인지 자랑인지 모를 미소를 머금고. 나는 정반대라고 생각하지 않는다. 아이돌과 교사는 닮은 점이 많다. 아이돌은 무대, 교사는 교단, 자기 단상에 서서 사람들의 시선을 받는다. 사람들은 그들을 두고 우상이니 성자니 떠받드는 한편 사회를 모른다고 멸시한다. 사생활에서까지 자신들이 원하는 이미지에 걸맞은 인간이기를 요구하고 끊임없이 심사한다. 그 중압감에 짓눌려 마음에 병이 든 사람도 많다.

　　"방심하다가는 순식간에 도태되는 거야. 귀여운 애들은 얼마든지 있으니까."

　　그 말은 맞다. 귀여운 애들은 하늘의 별만큼 많다.

　　"아무튼 위기감 좀 갖자."

　　여기는 반드시 시험에 나오니 꼭 외우라고 경고하는 목소리 같다.

　　"그래요. 열심히 할게요."

　　내가 고개를 끄덕이자 남자는 미간을 확 찌푸렸다. 자기가 기대하던 대답이 아니었는지 안경알 너머 눈이 쓱 가늘어지더니 들끓던 열기가 순식간에 사라졌다. 혀 차는 소리가 들렸다. 위협하는 듯한 날카로운 소리가 마스크 너머로도 확실히 전해졌다.

"뭘 위해 아이돌을 하는 건지."

그 한마디를 내뱉고 남자는 발길을 돌렸다. 멀어져가
는 등을 나는 가만히 바라보았다. 대책 없는 문제아라고
생각했겠지. 실망했으니 앞으로는 라이브에 오지 않겠지.
소중한 팬을 잃었지만 낙담은 하지 않았다. 팬 관리에 실
패했다는 자책감도 들지 않았다. 마음이 놀랍도록 고요했
다. 파도는커녕 잔물결조차 일지 않았다. 마음이 잔잔해
서일까, 아니면 바짝 말라버려서일까. 나는 뭘 위해 아이
돌을 하지? 어째서 계속하고 있을까? 깊이 생각해본 적이
없다.

오사카 출신의 아이돌 그룹 '베이비★스타라이트'의 원
년 멤버로 뽑힌 지 어느덧 4년이 지났다. 데뷔 후 계속 라
이브를 중심으로 활동했다. 세상은 우리를 지하 아이돌,
라이브 아이돌이라고 부른다. 결성 당시에는 7인조였지
만, 멤버의 합류와 탈퇴가 반복되면서 베이비★스타라이
트는 3인조가 되었다. 원년 멤버 중 남은 사람은 나 하나
다. 다른 멤버들은 모두 아이돌 일을 그만두었다. 옛날에
는 정기적으로 단독 공연을 했지만, 지금은 소규모 라이
브하우스에서 한 달에 20회쯤, 다른 아이돌 그룹과 함께
하는 합동 공연이 주된 활동이다. 합동 공연에 나가면 매

번 열 몇 명의 관객이 참석하지만, 아이돌 페스티벌에 나갈 만큼 관객을 동원하지는 못한다. 중간에서 좀 더 밑. 지방의 지하 아이돌 베이비★스타라이트의 순위는 딱 그쯤이다.

나는 왜 아이돌을 계속하는 걸까? 무대에 쏟아지는 빛, 객석에서 보내는 응원의 목소리, 흩날리는 땀방울, 충만한 열기와 고양감. 아이돌을 처음 시작했을 무렵에는 라이브를 할 때마다 일상에서 벗어난 듯했고, 얼마간 충족감도 느낄 수 있었다. 지금은 아무 느낌도 없다. 공장의 컨베이어벨트 앞에서 단순 작업을 하듯 정해진 동작을 반복하며 라이브가 끝나기만을 기다릴 뿐이다. 그럼 무엇을 위해 아이돌을 하지? 팬 미팅이 끝날 때까지 생각해보았지만, 답은 나오지 않았다.

"루이, 아까 폴라로이드 찍을 때 무슨 일 있었어?"

라이브하우스 분장실로 돌아오자 델마가 말을 걸어왔다. 분장실은 제법 떠들썩했다. 팬 미팅을 마친 아이돌들은 메이크업을 지우고 옷을 갈아입으면서 끼리끼리 웃고 떠들었다.

"별일 아냐. 어떤 손님한테 야단맞았어."

"진짜? 뭘 어쨌다고 야단을 쳐?"

델마가 얼굴을 쑤욱 들이밀었다. 붉은 아이섀도를 바른 눈에 호기심이 가득했다.

"건성으로 하지 말래. 무대에선 전력을 다하라던데?"

"미치겠다."

델마가 떫은 표정을 지었다.

"라이브하느라 죽을 만큼 피곤하거든요. 그런 설교는 좀 참아주세요. 제발!"

"사실 틀린 말은 아니잖아, 그치?"

내가 생각해도 오늘 라이브는 엉망이었다. 요즘 라이브를 하다가 숨이 막힐 때가 많다. 호흡이 제대로 되지 않아 괴로울 때도 있다. 어쩌면 그런 모습이 라이브를 건성으로 하는 것처럼 보였을까?

"맞는 말로 패는 게 제일 아파."

델마는 웃으며 땀티슈로 몸 구석구석을 닦았다. 세정 땀티슈 특유의 향기가 감돌았다. 작은 라이브하우스에 샤워 시설 같은 건 없다.

"용케 참았네. 나라면 한바탕 붙었어."

확실히 델마라면 반격했을 것이다. 델마는 청설모를 닮았다. 몸집은 자그마하지만 제법 사납다. 마음에 안 드는 팬에게 델마가 마구 쏘아붙이는 걸 몇 번이나 봤다. 바보, 멍청이, 쓰레기 같은 거친 말을 연거푸 내뱉을 때도 있다.

자기 말로는 단지리*의 유전자가 난리를 쳐서란다. 그 요란한 유전자에 끌리는 사람이 있는가 하면 식겁하는 사람도 있다. 후자가 많은 것이 현실이다.

"루이도 가끔은 좀 받아쳐. 말로 못 하겠으면 손이라도 써. 질 나쁜 팬은 한 방 날려도 돼."

"폭력은 안 됩니다."

"폭력이 콘셉트인 아이돌 괜찮지 않아? 악수 대신 뺨 맞기 이벤트를 하는 그룹도 있는데 뭘. 경쟁자도 없는 블루오션이야."

"금세 레드오션이 되겠네, 팬들이 흘린 피로."

"하여간 말은 잘해. 방석** 대신 땀티슈 한 장 줄까?"

델마가 준 땀티슈로 몸을 닦았다.

"근데 농담이 아니라 루이도 좀 단호하게 말할 필요가 있어. 싫은 건 싫다고 정확하게 말하는 것도 커뮤니케이션에선 중요해. 안 그러면 엉뚱한 데서 폭발하는 사람도 있으니까."

엉뚱하게 폭발한 결과, 호의가 증오로 바뀌기도 한다.

---

* 간사이 지방에서 축제 때 사용하는 수레로 떠들썩하고 역동적인 축제 분위기의 상징물과 같다.
** 일본의 전통 예능 방송인 〈쇼텐〉에서 진행자가 재치 있는 대답을 한 출연자에게 방석을 주는 방식에서 비롯된 말이다. '방석 한 장'은 재치를 칭찬하는 말로 흔히 쓰인다.

어제의 팬이 오늘의 적이 되는 일도 드물지 않다.

"직접 상대하기 힘들면 대표한테 처리하라고 해. 너무 심한 애들은 출입을 금지시키거나."

"대표라……."

성가신 일을 피하듯 시선을 돌리던 대표의 얼굴이 떠올랐다.

"하긴 제대로 처리할지는 모르겠네. 우리 대표님은 죽으나 사나 센터밖에 모르는 양반이니까."

바로 그때 분장실 문이 열렸다. 문틈으로 얼굴을 내민 사람은 이즈미였다. 이것으로 베이비★스타라이트의 멤버 전원이 분장실에 모였다.

"다들 고생했어."

이즈미가 분장실로 들어왔다. 또렷한 이목구비에 늘씬한 몸매. 이즈미는 그룹 센터다운 존재감을 뿜어낸다. 다만 묘하게 주뼛거리고 표정이 딱딱하다.

"너야말로 수고했어."

내가 답했다.

"추우니까 문 좀 닫자."

델마는 쳐다보지도 않고 눈썹을 찌푸렸다.

"아, 미안해."

이즈미가 조금 열려 있던 문을 닫고 어색하게 웃었다.

"오늘 진짜 춥지 않아? 왜 이렇게 추울까?"

"겨울이니까 춥지. 아직 1월이잖아."

델마가 시종일관 쌀쌀맞은 목소리로 쏘아붙이는데도 이즈미는 어색한 웃음을 지으며 대화를 이어나갔다.

"어쩐지 해마다 점점 추워지는 거 같아. 초등학생 때는 한겨울에도 반소매 차림으로 나돌아 다니다가 엄마한테……."

"너 말이야, 아까 라이브, 대체 무슨 생각으로 그런 거야?"

델마가 이즈미의 말을 자르며 쏘아붙이자, 이즈미의 얼굴에서 웃음기가 완전히 사라졌다.

"응? 그건 저기……."

"춤도 엉망, 노래도 엉망. 몸은 뻣뻣하지, 목소리는 들리지도 않지. 나 진짜 너만 마이크 꺼져 있는 줄 알았잖아."

이즈미는 눈을 내리깔며 대답했다.

"몸이 좀 안 좋아서……."

"뭐? 몸이 안 좋아도 어떻게든 해야지. 난 생리통으로 죽을 거 같아도 라이브에서 절대 실수 안 해. 힘들어도 티를 안 내는 게 아이돌 아냐? 넌 아이돌이라는 각오가 안 돼 있어."

델마가 날카롭게 말했다. 건성으로 하지 말라고 팬에게 야단맞았다는 내 이야기를 듣고 위로할 때와는 완전히 다른 태도였다. 분장실에 있는 다른 사람들에게 들리지 않게 목소리는 낮추었지만, 델마는 이즈미를 거세게 몰아세웠다.

"그냥 할 마음이 없는 거야. 지하 아이돌이니까 라이브 따위 대충하면 되겠거니, 만만하게 보고."

"아니야. 그건 아닌데……."

"아니면, 뭐?"

"……미안."

"그럼 제대로 좀 해. 그룹의 발목은 잡지 말아야지."

이즈미는 살짝 고개를 숙이고 입술을 깨물더니 "미안, 잠깐 화장실" 하며 가방을 들고 분장실을 나갔다.

"답답해. 하고 싶은 말이 있으면 하면 되잖아. 이건 뭐, 실력도 없고 의욕도 없고 배짱도 없고."

델마는 접이식 의자 등받이에 기대며 탄식했다.

"어째서 저런 애가 우리 그룹 센터냔 말이야."

최근 반년 동안 몇 번이나 들은 말이다. 이즈미가 합류하기 전까지 베이비★스타라이트의 센터는 델마였다. 델마는 자신이 센터라는 사실을 자랑스럽게 여겼고, 그 자리를 유지하기 위해 노력을 게을리하지 않았다. 남보다 배로 연습했고 퍼포먼스도 멤버 중에서 가장 뛰어났다. 그런데 어느날 이즈미가 나타나 센터 자리를 빼앗았다. 평범한 대학생이었던 이즈미에 비해, 노래나 춤이나 당연히 델마가 훨씬 잘했다. 그러나 회사는 이즈미를 센터로 선택했다. 계속 지켜왔던 센터 자리를 경험도 없는 신인, 게다가 열아홉 동갑내기인 이즈미에게 빼앗기자 델마는 분노했다. 생초보가 센터를 맡는 건 그룹의 수치라며 델마는 사사건건 이즈미에게 모질게 굴었다. 그 후 반년이 지나면서 두 사람 사이의 골은 나날이 깊어졌다.

"잠깐 전화 좀 하고 올게."

나는 뚱한 표정으로 스마트폰을 들여다보는 델마를 두고 분장실을 나왔다. 그리고 좁은 복도를 따라서 화장실로 향했다. 여자 화장실 문을 열었더니 세면대 앞에 서 있던 이즈미와 눈이 마주쳤다. 이즈미는 괴로운 듯 미간을 찌푸리고 배를 잡고 있었다. 복통 때문에 컨디션이 나빴던 모양이다. 아마 그걸 들킬까봐 화장실로 도망쳐 왔을 테고. 예상대로였다. 제발 내 예감이 틀리기를 바랐지만.

"생리?"

일단 확인했다. 이즈미는 고개를 가로저었다.

"잠깐 좀 봐도 돼?"

이즈미의 무대 의상에 손을 뻗었다. 싸구려 새틴 블라우스를 걷어 올리자 명치 부근이 거무스름한 보랏빛으로 물들어 있는 게 보였다. 멍이었다. 그것도 생긴 지 얼마 되지 않은 멍. 어젯밤이나 오늘 아침쯤 생긴 것으로 보였다. 희고 고운 살결에 새겨진 검푸른 멍은 불길한 저주 같았다.

"너무해……."

나도 모르게 탄식이 새어 나왔다.

"가만히 있으면 그렇게 많이 아프진 않아."

여전히 미간을 찌푸린 채, 이즈미는 흰 이를 내보이며 웃으려 했다.

"의사 선생님도 일이 주만 지나면 가라앉는댔어."

"집에서 쉬는 사람이면 그렇겠지."

라이브 공연이 얼마나 격렬하고 고된 노동인지는 어린애들도 안다.

"이 멍, 어디 부딪혀서 생긴 거 아니지?"

대답이 없다.

"그 남자 짓이지?"

침묵을 지키던 이즈미가 힘없이 고개를 끄덕였다. 또? 이즈미가 폭행을 당한 건 이번이 처음이 아니다. 팔뚝에도 끔찍한 멍이 있다. 일주일 전, 새해 첫 라이브에서 우연히 이즈미의 멍을 보게 됐다. 사귀는 남자와 말싸움하다 맞았고, 남자가 다시는 때리지 않겠다고 눈물을 흘리며 빌어서 용서했다는 이야기도 들었다.

"또 때렸네."

팔뚝의 멍이 사라지기도 전에 잔혹하게 급소를 때렸다.

"그 사람이 술을 많이 마셨어. 취하면 사소한 일에도 화가 나나 봐."

피해자인 이즈미가 가해자를 위한 변명을 한다. 연인에 대한 애정이 아니라 공포 때문인 것 같았다. 하지만 그런 말을 한 것조차 마음에 걸리는지 이즈미는 빠르게 말을 이었다.

"나도 여자를 때리는 남자는 최악이라고 생각해. 지금 당장 헤어져야 한다는 것도 알아. 하지만 그 사람, 내가 떠나면 정말 엉망이 될 거야."

몇 초의 침묵 후, 속삭이듯 덧붙였다.

"그리고 내가 먼저 헤어지자고 했다가는 무슨 짓을 당할지도 모르고."

덧붙인 말이 진심일 것이다. 입술에 바른 침이 마르기도 전에 주먹을 휘두르는 남자다. 헤어지자고 하면 폭력이 더 심해질 가능성이 높다.

"이거, 누구랑 의논은 해봤어?"

이즈미는 고개를 저었다. 아무에게도 말하지 않고 혼자 끌어안고 있는 걸까? 이즈미의 부모님은 일 때문에 해외에 있다고 했다. 가족에게도 의지하지 못할 것이다.

"경찰에 신고하는 게 낫지 않겠어?"

명치에 멍이 들 정도의 폭행이라면 법적으로 대응하는 게 낫다.

"경찰은 안 돼. 그랬다가는 엄마 아빠도 걱정하실 테고, 그룹 활동도 못 하게 될 거야."

하긴 대표가 이 사실을 알면 가만있지 않겠지. 우리는 연애를 할 수 없다. 계약서에도 연애 금지라고 확실히 적혀 있다. 과거에 몰래 연애를 하다 들통나서 계약 위반으로 쫓겨난 멤버도 있다. 계약으로 연애 금지를 강요하는 것도, 그 불공정한 계약을 어겼다고 해서 그룹에서 쫓아내는 것도 옳지 않다. 하지만 이 업계에서 버젓이 통용되는 규칙이다. 그런 일그러진 계율 아래 아이돌 업계가 굴러간다.

"괜찮아. 걱정하지 마."

이즈미가 억지로 입꼬리를 끌어올렸다.

"내 일이니까 내가 해결할게. 그 사람이랑 제대로 대화해볼 거야."

연인의 급소를 가차 없이 공격하는 인간과 이성적으로 대화가 될까? 대화로 해결될 문제라면 이런 폭행 사건이 반복되지도 않았을 텐데.

"내가 같이 가줄까?"

"아냐, 됐어. 나 혼자 할 수 있어. 정말 괜찮아."

이즈미는 단호했다. 사양이라기보다 거절이었다. 조금

놀랐다. 이렇게까지 선을 그을 줄이야. 하긴 우리는 같은 그룹에 소속된 멤버일 뿐, 딱히 가까운 관계라고 할 수 없으니 어쩌면 당연했다.

"그럼 꼭 사람 많은 곳에서 만나. 낮에, 카페 같은 곳."

그 말을 남기고 화장실을 나가려는데 이즈미가 "잠깐" 하고 나를 불러세웠다.

"루이, 아무한테도 말하지 마. 특히……."

"델마한테는 말 안 해."

뒷말을 이어받아 약속했다. 지난번에도 똑같은 약속을 했다.

"고마워."

이즈미가 안도의 한숨을 쉬었다.

"옷은 여기서 갈아입을게. 델마한테는 대충 둘러대줘."

"알았어."

"델마가 알면 엄청 화내겠지? '남자랑 사귄다니 말도 안 돼. 아이돌로서 자각이 있는 거야, 없는 거야!' 하면서."

델마의 말투를 따라 하며 콧소리를 낸다.

"아이돌 타령은 괜찮은데, 최소한 라이브에 나보다 팬을 한 명이라도 더 많이 오게 한 다음에 그런 말을 하면 좋겠네."

코웃음을 등 뒤로 들으며 나는 화장실을 나왔다. 분장실로 돌아가니 사복으로 갈아입은 델마가 말을 걸었다.

"전화 한번 오래도 한다. 대체 누구랑 그렇게 수다를 떤 거야?"

잠깐 무슨 소린가 어리둥절했지만 곧 내가 통화를 하겠다고 핑계를 대고 분장실을 나갔던 것이 떠올랐다.

"아파트 관리 회사. 에어컨 상태가 좀 안 좋거든."

"흐응."

델마는 대꾸를 하는 둥 마는 둥 스마트폰을 만지작거리기 시작했다. 나는 무대 의상을 입은 채 접이식 의자에 앉았다. 몸에서 아직 땀티슈 향기가 났다. 인공적이고 과도하게 달콤하다. 아이돌다운 향기다.

"너무 막히네, 이거. 차가 아예 나가지를 못해."

소속사 대표 하우라가 핸들을 손가락으로 두드리며 말했다. 라이브하우스에서 사무실로 돌아가는 길. 저녁 고가도로는 차로 꽉 막혀 있었다. 어스름을 밝히는 붉은 꼬리등이 시야 저 멀리까지 이어졌다.

"조금만 더 빨리 나왔어도 안 막혔을 텐데."

하우라가 백미러로 뒷좌석에 앉은 나를 쳐다보았다.

"다음부턴 좀 빠릿빠릿 움직여."

나는 죄송합니다, 하고 머리를 숙였다. 내가 옷을 늦게 갈아입는 바람에 출발 시간이 몇 분 늦어졌다.

"됐어. 사과할 일은 아니야."

하우라가 노곤한 듯 자기 어깨를 주물렀다.

"그래도 시간의 가치는 좀 알아두라고."

"네, 조심할게요."

"아니, 조심이 아니라 자각을 좀 하라는 거잖아. 루이가 늦게 갈아입는 바람에 라이브하우스에서 5분 늦게 출발했어. 너 때문에 시간을 얼마나 손해 봤는지 알아?"

"5분이요?"

"아니지. 15분이야."

하우라가 차 안의 멤버를 한 명 한 명 가리켰다.

"이즈미, 델마, 나. 이렇게 세 사람에게 5분씩 손해를 끼쳤으니까 세 명 곱하기 5분, 총 15분의 손해를 끼친 거야. 그 점을 잊지 말도록."

"네, 잘못했어요."

"그러니까 사과는 됐다고. 내가 지금 화를 내는 게 아니잖아."

하지만 그 말을 곧이곧대로 믿고 사과도 없이 가만히 있으면 끝도 없이 잔소리가 이어질 것이다. 하우라는 누군가 실수했을 때 절대 지나치지 않고 알뜰살뜰 돌멩이를 던지는 사람이다.

"그리고 나한테만 사과하면 그만이야?"

나는 멤버 두 사람에게도 고개를 숙였다. 옆자리에 앉은 델마는 얼굴을 살짝 찌푸리며 불쌍하다는 눈빛으로 나를 쳐다봤다. 조수석의 이즈미도 조심스럽게 시선을 보냈다. 통증이 가라앉았는지 안색은 좋아졌지만, 이 자리가 불편해 보였다. 아마 화장실에서 자기랑 이야기를 하는 바람에 내가 늦었다고 생각하는 것 같다. 그저 옷을 갈아입을 기력이 없었을 뿐이니 신경 쓰지 말라는 말 대신 살짝 고개를 저어 보였다.

"아 씨, 막힌 게 풀리질 않네. 놀이공원에서도 이렇게는 안 기다리겠다."

핸들을 손가락으로 두드리는 소리가 커졌다.

"이제 곧 택배 올 시간인데."

하우라는 부랴부랴 스마트폰을 눌러 전화를 걸었다.

"도이, 지금 부탁 하나만 좀 하자."

전화 상대는 소속사 스태프였다. 도이는 오늘 휴가일 텐데, 하우라는 미안한 기색 하나 없이 다짜고짜 용건을 꺼냈다.

"얼른 사무실 가서 택배 좀 받아놔."

잠깐의 틈을 두고 "뭐? 안 돼? 왜?" 하는 목소리에 초조한 기색이 어린다.

"제사 때문에 고향이라고? 허, 진짜야? 됐다. 아니, 됐다니까. 고향이면 시코쿠잖아. 지금 바로 출발해봐야 시간 못 맞춰."

하우라는 스마트폰을 대시보드에 던지듯 내려놓았다. 노골적으로 언짢은 기색이었다.

"15분의 손실이 없었다면, 응?"

백미러로 하우라가 눈을 부릅뜨고 나를 노려보았다. 또 지겨운 잔소리가 시작되려나 했더니 FM 라디오에서 옛날 팝송이 흘러나왔다. 1980년대의 네오로커빌리*.

"오, 스트레이 캣츠."

하우라가 오디오의 음량을 높였다.

"아, 역시 죽여준다니까."

"엄청 멋진 곡이네요."

분위기를 바꿔보려는 듯 이즈미가 밝게 말했다.

"좋지? 스트레이 캣츠는 최강의 3인조 밴드니까. 기타랑 보컬을 맡은 브라이언 세처가 제일 유명하지만, 나는 베이스의 리 로커가 좋아. 너무 좋아서 베이스도 같은 걸 샀잖아."

기분이 좋아진 하우라는 80년대 음악 신scene이 얼마

---

* 1980년대, 펑크의 영향을 받아 영국에서 재유행한 로커빌리 사운드.

나 탁월했는지 장황하게 떠들기 시작했다. 그리고 자신이 과거에 만든 밴드 이야기에 이어 지금도 음악 스튜디오를 빌려서 정기적으로 연습한다며 수다를 이어갔다. 조회 시간 교장 선생님 훈화처럼 길고 지루했지만, 이즈미는 생글생글 맞장구를 쳤다. 나와 델마는 몰려오는 졸음을 쫓느라 바빴다.

차 안의 우중충한 분위기가 겨우 바뀔 즈음 도로 정체가 풀렸다. 이윽고 차는 미도스지를 지나 쓰텐카쿠 인근에 있는 사무실에 도착했다. 사무실이라고 하지만 평범한 아파트다. 방 두 개에 거실과 주방, 식사 공간이 딸려 있다. 거실이 사무실이고, 방은 하우라가 개인적으로 쓰고 있다. 말하자면 대표의 자택 겸 사무실이다. 우메다의 오피스 빌딩에서 이 아파트로 사무실을 이전한 것은 오사카에 세 번째 긴급 사태 선언**이 내려졌을 무렵이다. 아파트 주차장에 차를 세우고 우리는 하우라를 따라서 공연용 의상이 든 캐리어를 끌고 이동했다. 세 개의 캐리어에서 나는 요란한 바퀴 소리가 아파트 주차장에 울려 퍼졌다. 아파트 정문으로 들어서자마자 앞장섰던 하우라가 "말도 안 돼"라며 혀

** 일본 정부의 코로나19 방역 강화 대책 중 하나. '시민의 외출 자제 요청, 개인 사업장의 단축 영업 및 상업 시설의 휴업 권고, 공공시설 폐관' 등을 내용으로 한다.

를 찼다.

"엘리베이터 또 먹통이네. 피곤하다, 피곤해."

엘리베이터 문에 '고장'이라는 종이가 붙어 있었다. 지은 지 37년. 하우라와 동갑인 아파트는 여기저기 상태가 좋지 않았다.

"할 수 없지. 계단으로 가자."

하우라는 양손을 주머니에 찔러 넣은 채 계단으로 향했다. 델마가 자신의 캐리어를 가리키며 중얼거렸다.

"이걸 들고? 7층 사무실까지?"

"도와달라고 해."

느릿하게 계단을 올라가는 하우라를 보며 내가 말했다.

"욕이나 실컷 먹겠지."

델마는 짐을 꽉꽉 채운 캐리어를 들고 계단을 오르기 시작했다. 그 모습을 바라보던 이즈미는 작게 한숨을 쉬면서 캐리어를 양손으로 들고 첫 번째 계단에 발을 올렸다. 통증이 가라앉았다 해도 7층까지 오르기는 무리일 것이다. 상처가 도질지도 모른다. 나는 왼손으로 내 캐리어를 들고, 오른손으로 이즈미의 캐리어를 들어줬다. 이즈미가 살짝 놀란 얼굴로 돌아보더니 "고마워" 하고 나지막이 말했다. 7층까지 올라가는 것만으로도 지치는데 짐까지 있어서 피로는 배가되었다. 사무실에 도착했을 무렵에는 한겨울인데도 온몸이 땀에 젖었다. 숨을 헐떡이며 사무실에 다다른 우리를 보며 하우라는 "운동 한번 잘했네"라며 웃었다. 그 고생을 하며 도착했지만, 사무실에는 고작 10분밖에 머무르지 않았다. 이번 주 연습과 라이브 일정을 확인하는 것으로 오늘 업무는 끝났고, 우리 셋은 방금 올라온 계단을 도로 내려가 아파트를 떠났다.

JR선으로 귀가하는 이즈미와 헤어지고 나와 델마는 지하철로 향했다.

"우리가 굳이 사무실까지 가야 했어? 스케줄은 그냥 이동할 때 차에서 확인하면 되는 거 아냐?"

델마가 고개를 갸웃했다.

"시간의 가치가 어쩌고저쩌고하더니 우리 시간은 막 써버리네. 대표라는 사람이 융통성도 없고."

요즘 델마는 하우라에 대한 불만이 많았다. 일 처리가 엉망이다, 작곡 센스가 낡았다, 성미가 급하고 운전이 거칠다, 불만은 다양했다. 하지만 얼굴을 마주하고 직접 지적하지는 않았다. 청설모처럼 사나운 델마도 주인에게는 이를 드러내지 않았다.

"직원이 도이 씨밖에 없으니 힘들긴 할 거야."

하우라를 감싸는 것이 아니라 사실이었다. 사무실을 이전했을 때, 그때까지 네 명이던 직원은 도이 한 명으로 줄었다.

"힘든 건 혹사당하는 도이 씨겠지. 택배 좀 받아달라고 쉬는 날까지 전화하다니 말이 돼? 그래도 뭐, 도이 씨도 별나서 그런지 딱히 신경 안 쓰는 것 같더라. 언제나 무표정이어서 무슨 생각을 하는지 모르겠어."

"나도 도이 씨의 희로애락은 본 적이 없네. 학창 시절 별명이 로봇이라더니 딱이야."

"차라리 로봇이 더 붙임성 있겠다."

델마의 웃음소리를 듣고 있는데 갑자기 주머니 속 스마트폰이 진동했다. 조금 전 헤어진 이즈미가 보낸 메시지였다.

ㅡ 오늘 밤 애인이랑 만나기로 했어.

오늘 밤이구나. 예상보다 빨랐다. 정말 이즈미 혼자 괜찮을까. 자기 의사를 제대로 전할 수 있을까.

ㅡ 힘내. 무슨 일 있으면 연락하고.

그렇게 답장을 보냈다.

보내자마자 팟, 하고 스마트폰의 화면이 바뀌었다. 발신자는 하우라였다.

"아직 지하철 안 탔지? 델마도 같이 있어?"

빠른 말투로 질문을 퍼붓는다. 하우라는 언제나 일방적으로 자기 용건을 말한다.

"같이 있어요. 그런데 무슨 일이세요?"

"일이 들어왔으니까 사무실로 돌아와."

뚝 전화가 끊겼다. 뎉마도 통화 내용을 들었는지 어깨를 축 늘어뜨렸다.

"힘들다, 진짜."

다시 계단을 올라가기가 힘들다는 말은 아니었을 것이다.

사무실로 돌아온 나와 뎉마는 하우라의 독촉에 떠밀려 차에 올랐다.

"오늘은 기타신치에 있는 가게야."

하우라가 자전거를 탄 노인에게 경적을 울리며 말했다. 밖은 이미 어두웠다. 차는 닛폰바시의 상점가를 따라 달렸다. 전자기기 판매점과 애니메이션 굿즈 상점이 늘어선 거리에는 젊은 여성들이 일정한 거리를 두고 나란히 서 있었다. 메이드 카페나 콘셉트 카페에서 나온 호객꾼들이다. 겨울밤, 허벅지를 드러낸 미니스커트 차림으로 지나가는 사람들에게 말을 걸고 있었다.

"오늘 손님은 둘이야. 둘 다 사장님이니까 예의 바르게 행동해."

기업의 중역과 식사를 하고 술 접대를 한다. 최근 몇 개월 동안 나와 뎉마는 그런 일을 맡아 했다. 아이돌 활동과는 동떨어진 일이다.

"술자리에서 술 따르는 게 아이돌이 할 일 맞아요? 그리고 그게 우리 일이면 이즈미도 같이 해야 하잖아요."

델마도 처음에는 이렇게 따지며 항의했다.

"그런 말은 폴라로이드 매출액 달성하고 나서 하지 그래? 매달 실적 달성하는 사람은 이즈미뿐이잖아. 선배로서 안 창피하냐? 매출을 못 올리면 다른 부분에서 메꾸는 게 도리지."

하우라의 말을 듣고 나서는 접대 일을 받아들일 수밖에 없었다.

"정신 차리고 접대 잘해. 접대가 일로 이어질 수 있으니까."

정말일까? 벌써 몇 번이나 이런 접대를 했지만, 실제 일로 이어진 적은 한 번도 없었다. 하지만 우리의 의문에는 아랑곳없이 하우라는 기세가 등등했다.

"특히 오늘 손님은 대단하신 양반이야. 너희도 알걸?"

무관심한 표정으로 창밖을 보던 델마가 운전석을 쳐다보았다.

"누군데요?"

"만나보면 알아. 기대해. 내 인맥 중에서 가장 거물이란 것만 알아두고."

차가 더욱 속도를 높였다. 도톤보리강을 건너서 나니와

구를 빠져나와 곧 오사카에서 손꼽히는 환락가인 기타신치에 도착했다. 접대 장소는 요정이었다. 안내를 받아 개인실로 들어가자 이미 손님이 기다리고 있었다. 하우라가 말한 대로 거물이었다. 사이즈라는 측면에서. 거물 손님의 몸무게는 세 자릿수는 너끈히 넘을 듯했다. 단련해서 만든 몸이 아니라 방만한 생활의 산물이라는 걸 바로 알 수 있었다. 거기에 큰 몸집보다 더 큰 후드티를 입은 탓에 살집이 한층 처져 보였다. 두꺼비를 쏙 빼닮은 실루엣이었다. 말문이 막힌 나와 델마를 무시한 채 하우라가 꾸벅 고개를 숙였다.

"많이 기다리셨죠. 죄송합니다. 뭐 해, 어서 인사드리지 않고."

나는 "안녕하세요" 하고 살짝 고개를 숙였고, 델마는 "……녕하세……"라며 흐지부지 말을 흐렸다. 두꺼비 남자가 가부좌를 틀고 앉은 채 나와 델마를 머리부터 발끝까지 재빠르게 훑어 내렸다. 여자의 값을 매기는 데 익숙한 눈초리. 델마의 애교 어린 웃음은 이미 지워지고 없었다. 끔찍하게 싫다는 감정이 얼굴에 고스란히 드러나 있었다. 저 상태로는 도저히 옆에 붙여둘 수 없다. 누가 뭐라고 하기 전에 내가 두꺼비 남자의 옆에 앉았다. 마주 보는 자리에 하우라와 델마가 앉았다. 손님은 두 사람인데, 나머지

한 사람은 늦는다고 했다.

"먼저 시작하지."

두꺼비 남자의 말에 접대가 시작되었다. 하우라가 두꺼비 남자의 이력을 늘어놓기 시작했다. 도쿄에서 이벤트 회사를 경영한다는 남자가 마치 세계의 위인이라도 되는 듯 거창한 소개였다. 나와 델마는 "와!", "대단하시다!" 하고 호들갑스럽게 놀라는 척했다. 이런 건 늘 하던 일이다. "별거 아니야"라며 두꺼비 남자는 겸양을 떠는 척 말했지만, 싫지 않은 눈치였다. 가르마를 오 대 오로 넘긴 머리는 이미 숱이 없어 듬성듬성하고, 기름진 피부는 주름이 두드러졌다. 20대처럼 입었지만 쉰 가까운 나이일 것이다. 우리가 자리에 앉는 타이밍에 맞추어 식전주가 나왔다.

"아니, 이건 뵈브 클리코 아닙니까? 이렇게 좋은 샴페인을 얻어 마셔도 될지……."

하우라가 과장스레 놀란 척했다. 두꺼비 남자가 씩 웃으며 고르지 않은 치열을 드러냈다.

"이 가게 생선 요리에는 뵈브가 딱 어울리거든."

"역시 우리 사장님. 전 진짜 아무것도 몰라가지고 너무 부럽습니다."

우리에게는 절대로 보여주지 않는 비굴한 태도였다.

"너희도 감사드려. 사장님 아니면 언제 이렇게 좋은 샴페인을 마셔보겠어?"

생판 모르는 두꺼비 아저씨랑 마시는 고급 샴페인보다 집에서 마시는 수돗물이 더 좋아요. 그렇게 말할 수는 없다. 나와 델마가 감사의 말을 입에 담자, 하우라가 다시 두꺼비 남자를 추켜세웠다. 죄다 빤한 소리였다. 그런데도 두꺼비 남자는 만족하는 눈치였다. 누가 들어도 입에 발린 말인데, 알아차리지 못하는 걸까? 아니면 전부 아부라는 걸 알고도 즐기는 걸까? 어차피 속이 다 뻔히 들여다보이는 연극이다. 차례차례 음식이 나오고 거기에 맞춰 술도 술술 들어갔다. 두꺼비 남자는 점점 말이 많아졌다.

델마는 네, 그러게요, 글쎄요밖에 하지 않아서 내가 열심히 대화를 이어갔다.

"아이돌도 힘들지? 징그러운 오타쿠들한테 애교도 부려야 하고."

"저희 팬은 좋은 사람들뿐인 걸요. 힘들 때도 있지만 일은 즐거워요."

편견으로 가득한 말에 판에 박힌 말로 답했다.

"그래도 위험한 놈들도 있을 거 아냐. 팬 미팅 같은 데서 막 들이대는 성가신 놈도 있다고 들었는데, 루이는 험한 꼴 당한 적 없나?"

"없어요. 저희 회사가 워낙 믿음직해서."

비아냥을 담은 말을 하며 하우라를 쳐다봤다.

"너희를 지키는 게 내 일이야."

하우라는 자못 자랑스럽게 받아쳤다. 아귀 튀김을 깔작거리던 델마가 넌지시 실소했다.

"하긴, 이상한 벌레가 들러붙지 않게 제대로 지켜줘야지. 애인이라도 생기면 큰일이니까."

이즈미의 몸에 있는 멍이 뇌리를 스쳤다. 지금쯤 애인을 만났을까? 무사히 해결되면 좋을 텐데. 두꺼비 남자의 벌건 얼굴이 가까이 다가오는 바람에 사고가 중단되었다.

"루이한테 집적댄 놈은 없었어? 그런 목적으로 라이브에 오는 놈들도 많다던데."

평범한 대화를 가장하고 있지만, 표정 구석구석에 밴 저속함은 감추어지지 않았다. '그런' 이야기로 넘어가고 싶은 모양이다. 물론 이제 그런 이야기도 익숙하지만, 라이브를 끝내고 지친 몸으로 듣고 싶지는 않았다.

"전혀요. 그런 일은 아예 없어요."

딱 잘라 대답하자 두꺼비 남자는 허를 찔린 듯 눈을 깜빡이더니 웃음을 머금었다.

"아하, 루이는 인기가 없나? 아이돌치고는 눈꼬리가 치켜 올라간 게 드세 보이네. 가만있으면 무서워 보이겠어. 좀 언짢나 싶기도 하고."

킬킬대는 두꺼비 남자의 못난이 옥수수 같은 치열 사이로 침이 튀었다.

"눈 사이가 벌어진 게 약간 파충류 같네. 싱가포르에서 본 왕도마뱀이랑 붕어빵이야."

"왕도마뱀이요? 그거 거의 공룡 아닙니까?"

하우라가 덩달아 웃었다.

"도마뱀처럼 혀도 긴 거 아냐? 어디, 혀 좀 내밀어봐, 혀."

슬슬 지쳤다. 나는 아무 말 없이 두꺼비 남자를 쳐다보았다. 히죽거리던 두꺼비 남자는 천천히 입꼬리를 내리고 "농담이야, 농담" 하며 분위기 좀 맞추라는 듯 내 어깨를 두드렸다. 남자의 손이 닿았던 어깨가 한껏 무겁게 느껴졌다. 이 공간만 중력이 커진 것 같다. 시간의 흐름마저 늦춰진 걸까? 체감으로는 이미 반나절은 지난 것 같은데, 실제로는 이 가게에 들어온 지 한 시간도 채 지나지 않았다. 오늘은 아무래도 아주 길 것 같다. 상대성이론을 생각하며 나가떨어져 있자니 방문이 열렸다. 점원인 줄 알았는데 아니었다.

"늦어서 죄송합니다."

재킷을 입은 장신의 남자가 고개를 숙이며 방으로 들어왔다. 하우라가 벌떡 일어나서 그를 맞았다. 늦는다던 나머지 한 사람인 모양이었다.

"아이고, 고생하셨습니다. 일은 다 끝내셨습니까?"

"간신히 끝났어. 기자재가 고장 나서 녹화 중지됐을 땐 망했다 싶었는데 천만다행으로 해결됐지."

장신의 남자가 마스크를 벗자 얼굴이 드러났다.

"어!"

델마가 놀라서 남자의 얼굴을 가리켰다.

"혹시……."

"야, 감히 어디다가 손가락질이야."

하우라가 수선을 피우며 델마를 윽박질렀다. 남자는 부드러운 미소를 머금고 상쾌하게 웃었다.

"처음 뵙겠습니다. 가와토입니다."

그 웃는 얼굴은 오늘 아침 방송에서 본 것과 똑같았다.

"세상에, 말도 안 돼! 잠깐만. 이거 진짜예요? 텔레비전에 나오는 그 가와토 씨?"

"그 가와토 씨 맞아. 시가 총액 1천 억이 넘는 유니콘 기업*의 대표이자 방송에도 많이 나오는 가와토 씨."

"대박이야! 유명인을 이렇게 가까이서 본 건 처음이야."

델마의 목소리가 활기를 띠었다.

"이분이 내 대학 선배란 말씀. 음악 동아리에서 같이 활

---

* 　창업 10년 이하, 기업 가치 10억 달러 이상의 비상장 스타트 기업.

동했지. 지금도 1년에 한 번은 꼭 만나고."

하우라는 더없이 득의양양한 얼굴이었다. 분위기가 들 끓는 가운데 나는 가만히 가와토를 바라보았다. 가와토는 인플루언서 마케팅을 주력으로 하는 IT 기업을 경영하는 기업가다. 본업은 회사를 경영하는 기업가지만, 뉴스나 시사 프로에 논객으로 출현하는 등, 미디어에도 활발히 나오고 있다. 단정한 얼굴 생김새와 부드러운 말투로 시청자들에게 인기가 많다. 경영자다운 날카로운 통찰력으로 사회 문제를 분석하는 지적인 면모와 유머러스하고 친근한 성품으로 폭넓은 층의 지지를 받았다. 특히 젊은 세대의 지지가 두터웠다. 가와토를 동경하고 그의 모든 것을 따라하는 '가와토 키즈'라는 사람들까지 있을 정도였다. 하우라의 인맥 중 가장 거물이라는 말은 허세가 아니었다. 두 사람이 지인이라는 건 이미 알고 있었다. 그래도 설마 이런 자리에 나타날 줄이야.

"여어, 가와토 군. 얼굴 좋아 보이네."

두꺼비 남자가 한쪽 손을 들어올리며 친근하게 아는 척을 했다. 아마 면식이 있는 모양이었다. 그러나 가와토는 놀란 얼굴로 "아, 예, 안녕하십니까" 하고 애매하게 고개를 끄덕였다. 기억하지 못하는 눈치였다. 두꺼비 남자는 뭐라고 우물우물하더니 헛기침을 했다. 귀가 새빨개진 것은 술

탓이 아니다. 그런 두꺼비 남자의 사정 따위는 아랑곳하지 않고 가와토는 빈자리에 앉았다. 그리고 내게 미소를 지어 보였다.

"오랜만이야, 루이."

"오랜만이네요."

"별로 안 놀라네. 깜짝 놀라게 하고 싶어서 내가 오는 건 비밀로 해달랬는데."

"아뇨, 깜짝 놀랐어요."

그것도 꽤. 교차하는 시선 사이로 델마가 불쑥 고개를 들이밀었다.

"루이, 가와토 씨랑 아는 사이야? 어떻게?"

"루이가 도쿄에 있을 때 알게 됐어. 루이가 아르바이트하는 곳에 가와토 선배가 몇 번 손님으로 갔거든."

어째서인지 하우라가 대신 설명해서 나는 가만히 고개만 끄덕였다.

"아, 도쿄 있을 때면 그룹 들어오기 전 이야기네."

"그래, 아주 먼 옛날이야기."

그렇게 말하자 가와토는 또 미소를 지었다. 그 미소가 어쩐지 쓸쓸해 보이는 건 그저 내 생각이 너무 앞서간 탓이다.

"가와토 선배도 왔으니 다시 건배하죠."

하우라의 말로 접대 자리가 다시 시작됐다. 그 후의 시간은 이전과는 비교도 되지 않을 만큼 편했다. 델마가 계속 떠들어주었기 때문이다.

"유명인들 많이 만나셨죠?"

"방송 녹화는 어떤 느낌이에요?"

"피부 되게 좋으시네요. 화장품 어디 거 쓰세요?"

연예계에 관심이 많은 델마가 잇따라 질문을 퍼부었고 가와토는 질문 하나하나에 친절하게 대답했다. 접대 자리에서 델마가 이렇게 말을 많이 하는 건 처음이었다. 뚱하게 앉아 묻는 말에나 대답하던 그녀가 쾌활하게 웃고 떠들었다.

"가와토 씨, TV로 봤을 때도 잘생겼다고 생각했지만, 실물은 더 근사하시네요. 아까 박서준이 들어오는 줄 알았어요."

델마는 선망의 눈길로 가와토를 쳐다보았다.

"존재감이라고 해야 하나? 아우라가 대단하세요."

"사장이란 자리가 좀 있어 보이는 척 뽐내는 게 일이라서 그런가 봐."

가와토가 농담으로 받아치자, 하우라가 정색하며 부정했다.

"무슨 말씀이세요. 가와토 선배는 학창 시절부터 아우

라가 장난 아니었잖아요. 선배가 연주하면 다들 홀라당 넘어갔는데."

하우라는 대학 시절 밴드의 추억을 뜨겁게 이야기했다. 비위를 맞추기 위해 던지는 빈말이 아니었다. 진심으로 가와토를 추종하는 눈치였다. 평소의 가식적인 접대와 달리 떠들썩하고 밝은 분위기였다. 두꺼비 남자는 그런 분위기가 마음에 들지 않는지 대화에 거의 끼지 않고 자기에게 창피를 준 가와토를 때때로 노려보며 술만 들이켰다. 체면이 깎인 두꺼비 남자의 비위를 맞추는 건 내가 할 일이었지만, 그 남자가 조용히 있으면 나 역시 편했기 때문에 그대로 방치하기로 했다. 나와 두꺼비 남자가 묵묵히 앉아 있거나 말거나 테이블 너머 세 사람의 분위기는 한껏 달아올랐다. 어지간히 온도 차가 심한 접대였다. 이윽고 두꺼비 남자가 일이 어떻다느니 저떻다느니 중얼거리며 방을 나가버렸다. 잠시 후 하우라도 걸려 온 전화를 받기 위해 자리를 벗어났다. 룸에는 나와 델마와 가와토만 남았다. 밖으로 나간 두 사람은 좀처럼 돌아오지 않았다.

"잠깐 실례할게요."

나는 자리에서 일어났다. 발길은 복도 끝 화장실로 향했다. 그때 남자 화장실 쪽에서 큰 소리가 들렸다.

"이봐, 기껏 시간 내서 왔더니 이게 뭐야!"

"죄송합니다."

두꺼비 남자와 하우라였다. 좀처럼 돌아오지 않는다 했더니 화장실에서 이러고 있었나.

"그 새끼는 뭐야? 내가 먼저 인사까지 해줬는데 건방지게 말이야. 애송이 새끼가 허세나 떨고."

"가와토 선배도 악의가 있어서 그런 건 아닐 겁니다. 여러 가지로 일이 많아서 피곤했던 모양입니다."

"뭐? 나도 바쁜 사람이야, 왜 이래. 누굴 한가한 사람 취급하고 있어. 게다가 애교도 없는 뻣뻣한 애를 데려다 놓고 말이야. 자네가 반반한 애들로 준비하겠다고 해서 일부러 왔는데."

"걔들이 긴장해서 그래요. 워낙 대단한 사장님들 앞이라 좀 얼었나 봅니다."

"됐어. 난 가겠어. 기분 좋게 마실 수 있는 가게가 널렸는데, 참 내."

"아이고, 사장님, 잠깐만요."

터벅터벅 발소리가 났다. 화장실에서 나오려는 모양이었다. 나는 서둘러 발길을 돌렸다. 바로 방으로 돌아갈 마음은 들지 않아서 일단 가게 밖으로 나갔다.

밖은 이미 밤이었다. 거리는 인파로 북적였다. 호스티스가 손님의 팔짱을 끼고 눈앞을 스쳐 지나갔다. 나는 좁은 골목으로 들어가 파우치에서 담배와 라이터를 꺼냈다. 라이터를 켜고 담배에 불을 붙인 뒤 한 모금 깊게 빨아들이고 나서 천천히 내뱉었다. 하얀 연기가 피어올랐다. 그걸 바라보고 있자니 답답하던 마음이 좀 가셨다. 담뱃값이 아무리 올라도 흡연자가 사라지지 않는 이유를 알 것 같았다. 차가운 바람에 뺨이 에이고, 담배를 잡은 손가락이 곱아들 만큼 추웠다. 그래도 가만히 담배를 피웠다. 필터까지 아슬아슬하게 피우고 나서 휴대용 재떨이에 눌러 껐다. 두 개비째 담배에 불을 붙였다. 건물 벽에 기대어 연기를 토해내고 있는데 불현듯 발소리가 다가왔다. 소리가 나는 쪽으로 고개를 돌렸다. 가와토였다. 그는 잠자코 내 옆에 나란히 서더니 벽에 등을 기댔다. 아무 말도 없어서 나도 담배를 계속 피웠다. 가와토가 천천히 손을 뻗어 내가 물고 있는 담배를 빼앗아 자기 입으로 가져갔다.

"오사카 생활은 좀 익숙해졌어?"

가와토의 입에서 보랏빛 연기가 피어올랐다.

"그럭저럭. 4년이나 살았으니까."

일할 때 말고는 거의 집에 있지만.

"다행이다. 아이돌 활동은 어때?"

"매일 성실하게, 잘하고 있어."

"여전히 거짓말이 서투네."

거기서 대화는 끊겼다. 멍하니 밤하늘을 바라보는 내 옆에서 가와토는 어깨를 떨며 담배를 피웠다.

"추우면 들어가."

"이 정돈 괜찮아."

떨면서 그런 말을 해봐야 누가 믿는다고. 추위에 약한 것은 예나 지금이나 똑같구나. 반쯤 질리고 반쯤 그리운 마음에 젖어 있자니 어디선가 진동 소리가 울렸다. 가와토의 바지 주머니였다.

"전화 온 거 아냐?"

"아, 그러네. 몸이 떨려서 몰랐어."

가와토는 웃으며 스마트폰을 꺼냈지만, 화면을 보자마자 주머니에 도로 넣었다. 진동 소리가 계속 이어졌다.

"안 받아도 돼?"

"응, 업무 전화."

거짓말이 서툰 건 그쪽이야. 나는 담배를 도로 빼앗아 휴대용 재떨이에 눌러 껐다.

"사모님 전화지? 담배 들키면 또 혼나겠네."

대답을 듣지 않고 그 자리를 떠났다.

안으로 돌아온 나는 조금 놀랐다. 델마가 두꺼비 남자의 옆에 앉아 있었기 때문이다. 그렇게 질색을 하더니 어째서?

"넌 어디 갔다 온 거야? 얼른 앉아."

하우라의 성화에 나도 두꺼비 남자의 옆에 앉았다.

"기다리시게 해서 죄송합니다, 사장님. 지금부터 제대로 모시겠습니다."

"오, 잘 부탁하네."

두꺼비 남자가 양옆에 앉은 나와 델마의 어깨에 손을 둘렀다. 델마는 반짝 혐오감을 드러냈지만, 바로 억지웃음으로 돌아왔다. 그걸로 됐다는 듯 하우라가 고개를 끄덕였다. 하우라의 명령이었구나. 내가 자리를 비운 동안 델마를 다그친 모양이다. 일이라도 하나 얻으려면 두꺼비 남자에게 애교를 떨라고 명령했겠지. 그룹에 일이 들어온다는 말에 델마는 저 자리를 받아들였을 것이다. 그래서 싫은 남자가 옆에 앉아 몸을 더듬어도 참고 있다. 조금 전까지 가버리겠다고 심통을 부리던 두꺼비 남자는 이제 기분이 풀린 듯했다. 감탄스러울 만큼 단순하구나.

"잠깐 다음에 갈 가게 예약하고 오겠습니다."

하우라가 스마트폰을 한 손에 들고 일어났다.

"델마, 사장님 잔이 비었잖아. 안 따르고 뭐 해."

하우라는 델마에게 한마디를 남기고 방을 나갔다. 다음 가게도 있다는 말인가. 접대는 새벽까지 이어질 모양이다. 델마는 억지로 웃느라 얼굴에 경련을 일으키면서 힘없이 와인을 따랐다.

"아니지, 아니지. 와인은 이렇게 따라야지."

두꺼비 남자가 델마의 손을 잡았다.

"따르는 상대에게 병 라벨이 잘 보이도록 병 아래쪽을 잡아야지."

델마의 손을 만지작대는 손길이 끈적끈적했다.

"아, 네, 그렇군요."

자기 손을 잡고 있는 두꺼비 남자의 손을 벌레 보듯 쳐다보며 델마는 눈살을 찌푸렸다. 목구멍까지 치밀어오르는 구역질을 가까스로 참는 표정이었다.

"네, 이제 알겠어요. 혼자서 따를 수 있어요."

"아니, 아니. 제대로 배워야지. 아직 술자리 예절에 익숙하지 않잖아. 생긴 것도 어린애 같아서는."

두꺼비 남자가 웃었다. 외모 비하를 소재로 떠드는 걸 좋아하는 남자였다.

"하하하."

델마가 억지로 웃었다. 그저 소리만 냈을 뿐, 그 웃음에 애교는 조금도 섞여 있지 않았다. 델마의 인내심이 슬슬 한계치에 다다르고 있었다. 내가 상대하는 게 나으려나. 안 되겠다 싶어 말을 붙이려던 참이었다.

"이거 봐. 이것도 딱 중학생 같잖아."

갑자기 두꺼비 남자가 델마의 가슴을 덥석 움켜쥐었다.

"무, 무슨 짓이에요! 이거 놔요."

델마가 질겁하며 뿌리쳤다.

"뭘 이제 와서 순진한 척이야."

남자는 움츠러들기는커녕 실실댔다.

"긴자에선 이런 거 보통이라고."

"그럼 긴자에 가세요! 아직 신칸센 안 끊겼으니까."

"뭐야? 그깟 가슴 좀 만진 게 뭐가 문제야!"

"당연히 큰 문제죠! 아니, 그 머리론 생각이란 걸 못 해요?"

"델마."

내가 말려봤지만 델마의 입은 멈추지 않았다.

"남의 가슴 만지는 건 범죄예요."

"야, 내가 비싼 밥까지 샀는데 이 정도 보상 좀 받는 게 무슨 범죄야!"

"그런 짓은 그런 업소 가서 실컷 해요. 난 아이돌이니까."

"아이돌은 무슨, 이름도 없는 지하 아이돌 주제에."

두꺼비 남자가 진심으로 깔보는 표정을 지었다.

"지하 아이돌 따위, 내가 아이돌이다, 하면 아무나 하는 거잖아. 편의점 알바보다 쉬운 일을 하는 주제에 도도한 척하기는."

그때 무언가 뚝 끊어지는 소리가 들리는 듯했다. 델마가 희미하게 웃었다. 정말 화가 났을 때의 얼굴이었다.

"하, 돈을 안 뿌리면 여자랑 감히 밥도 못 먹는 쓰레기 새끼가 뭐라고 씨부렁대는 거야, 멍청하게."

노성이 방 안에 울려 퍼졌다. 두꺼비 남자는 입을 떡 벌렸고 나는 머리를 감싸안았다. 끝났다.

"진짜 작작 좀 해. 썩은 두꺼비 같은 놈아!"

델마가 자리에서 일어나 고함을 질렀다.

"나이는 처먹을 대로 처먹은 아저씨가 젊은 여자한테 추근대는 것만으로도 징그러운데, 인성까지 역겨워서 토할 거 같아. 옆에 있기만 해도 소름이 돋아."

두꺼비 남자는 당황한 기색이 역력했다.

"아니, 이, 이년이……."

둘 다 목소리가 한층 커졌다. 슬슬 점원이 올 것 같았다.

"너 같은 건 네 엄마 뱃속에서부터 다시 시작해도 구제 불능이야, 멍청아!"

나는 당장이라도 남자에게 덤벼들 기세로 소리치는 델마를 잡고 출구로 향했다.

"나한테 이, 이런 짓을 하고도 무사할 것 같냐?"

두꺼비 남자가 흥분해 소리를 질렀다. 나는 문에 손을 댄 채 돌아보았다.

"죄송해요. 델마가 실례되는 말을 너무 많이 했네요. 근데 저도 얘랑 똑같은 마음이에요."

델마와 함께 복도를 걷고 있는데 맞은편에서 하우라가 다가왔다.

"어? 왜 나와? 무슨 일이야?"

"이제 갈래요. 차에 둔 짐 가져갈게요."

우리가 용건만 말하고 자기를 지나치려 하자 하우라가 눈을 부릅뜨며 다그쳤다.

"야, 대체 무슨 말이야! 제대로 설명해."

"이야기는 나가서 해요."

나는 델마와 나란히 앞장섰다. 하우라는 이쪽을 힐긋거리는 점원이 신경 쓰였는지 잠자코 따라왔다. 가게 가까이 있는 코인 주차장에 도착할 때까지 말이 없었다.

"자, 이제 말해."

하우라가 자기 차 문을 막아서며 말했다. 설명을 듣기 전에는 짐을 내주지 않겠다는 듯. 델마는 허탈한 표정으로 고개를 돌렸다. 나는 가게에서 일어난 일을 설명했다. 두꺼비 남자가 어떤 짓을 저질렀는지 끝까지 들은 하우라는 놀라지도, 화를 내지도 않았다.

"그게 다야?"

그렇게 말하며 나와 델마를 어이없다는 듯이 쳐다봤다.

"고작 그런 일 때문에 나왔다고?"

"고작이라니요? 그 새끼가 내 가슴을 만졌다고요. 경찰에 신고할 일이에요, 이거."

사납게 항의하는 델마에게 하우라는 딱 잘라 대답했다.

"그런 신고를 하나하나 다 받아줬다가는 경찰들 죄다 과로사할걸."

그는 마치 농담이라도 하듯 가볍게 말을 이었다.

"가슴을 만진 건 그냥 그때 분위기를 좀 타서였겠지. 그 사장, 원래 손버릇이 좀 그래. 남녀를 안 가린다니까. 그냥 스킨십이니까 델마 네가 너그럽게 한 번 넘어가자."

델마는 말문이 막히는지 아무 말도 하지 않았다. 대화가 되지 않았다. 더 말해봤자 헛수고였다.

"아무튼 오늘은 갈게요. 지금 저기로는 못 돌아가요."

내 말에 하우라의 눈빛이 갑자기 사나워졌다.

"야, 간신히 접대 자리 만들어서 물주들 불러놨는데, 계집애들이 화가 나서 먼저 갔으니 이해해달라고 할까? 그러면 박살 난 내 체면은 너희들이 책임질 거야?"

우리보다 자신의 체면이 중요하다는 이야기다.

"아니, 좀 만지는 건 팬 미팅에서 늘 있는 일이잖아. 그게 그렇게 난리를 칠 일이야? 일단 자리로 돌아가. 나도 같이 사과할 테니까."

"우리가 왜 사과를 해요? 빌어도 그쪽이 빌어야지."

델마는 비통한 목소리로 호소했다. 쌓여 있던 불만이 단숨에 터져 나왔다.

"전에도 말했지만, 이런 접대 진짜 너무 이상해요. 우린 아이돌이라고요. 연습할 시간도 없는데 술이나 따르는 게 무슨 의미가 있어요."

"일 때문이잖아. 접대로 관계를 맺어둬야 일이 들어온다니까."

"한 번이라도 일로 이어진 적 있어요? 없잖아요. 저런 접대를 몇 번 했는지 기억도 안 나."

할 말이 없는지 하우라는 난폭하게 머리를 긁었다.

"지금은 아직 준비 단계잖아. 하루아침에 되는 게 아니야."

"그 준비 단계가 대체 언제 끝나는데요? 아니, 애초에 일을 그렇게 따는 게 맞아요? 높으신 양반들한테 술 따르고 알랑대야 일을 받는다니, 더러워서 진짜."

"더러운 게 뭐 어때서."

하우라가 부릅뜬 눈으로 노려본다.

"더럽게라도 어디 일 한번 따와 봐!"

처음 듣는 대표의 고함에 델마와 나는 얼어붙었다. 자신의 목소리에 한층 더 흥분한 하우라가 얼굴을 새빨갛게 달

구며 고함을 쳤다.

"너희들, 회사 상황이 지금 어떤지나 알아? 라이브 관객도, 수익도 점점 줄고 있어. 우리 그룹은 이즈미 혼자 지키는 거나 다름없어. 이대로면 너흰 그냥 짐짝이야. 제대로 알기나 해?"

지긋지긋하게 잘 알고 있다. 나도, 델마도.

"그깟 가슴 좀 만졌다고 꺅꺅 난리 칠 때가 아니야. 아이돌 계속하고 싶으면 쓸 수 있는 건 죄다 써먹어야지. 몸이든 뭐든 써서 일을 따오란 말이야."

델마가 숨을 삼키는 기척이 났다. 옆에서 보는 얼굴에 다양한 감정이 소용돌이치고 있었다.

"그 영감탱이한테 몸이라도 팔아서 일을 받으란 말이에요?"

델마가 잠긴 목소리로 물었다. 하우라가 코웃음을 쳤다.

"뭐 어때. 닳는 것도 아닌데."

델마의 눈이 이상하리만치 치켜 올라갔다. 뿌드득 이를 가는 소리가 들린 순간, 델마가 오른손을 번쩍 들었다. 안 된다고 생각했을 때는 이미 델마가 오른손을 휘두르고 난 다음이었다. 뺨을 휘갈기는 메마른 소리가 주차장에 울려 퍼졌다. 모든 것이 움직임을 멈추었다. 하우라도 나도, 때린 델마조차 미동도 없이 그 자리에서 굳어버렸다. 무슨 일이 일어났는지 이해하기까지 시간이 걸렸다. 세 사람 모두 입을 다문 채 갑자기 나타난 가와토를 보았다. 무거운 침묵을 깨고 가와토가 뺨을 쓰다듬으며 미소 지었다.

"따귀 솜씨가 좋은데."

그제야 가와토가 하우라 대신 따귀를 맞았다는 사실을 깨달았다. 주차장으로 향하는 우리를 보고 뒤따라온 모양이다. 생각지도 못한 인물이 등장하면서 금방이라도 터질 것 같았던 분위기는 가라앉았다. 아슬아슬하게 아수라장에서 벗어날 수 있었다.

"저기, 가와토 씨. 괜찮으세요? 죄송해요."

델마가 떠듬떠듬 사과했다. 끓어올랐던 감정은 당황스러움으로 바뀌어 있었다.

"사과하지 마. 넌 아무 잘못 없으니까."

가와토는 온화하게 말하면서 하우라 쪽으로 돌아섰다.

"하우라, 오늘은 이쯤에서 끝내지."

"아니, 하지만……."

멈칫거리던 하우라는 가와토가 어깨를 부드럽게 두드리자 눈을 내리깔며 고개를 끄덕였다.

차에서 캐리어를 꺼낸 나와 델마에게 가와토는 택시비로 3만 엔씩 건네며 "조심해서 돌아가"라고 덧붙였다.

"두 사람 다 라이브 하느라 피곤했을 텐데 수고했어. 사례는 나중에 다시 할게."

배웅을 받으며 델마와 함께 주차장을 나섰다. 돌아보니 가와토가 아직 손을 흔들고 있었다. 그 옆에서 하우라는 힘없이 고개를 떨구고 있었다.

"가와토 씨 진짜 좋은 사람이네."

진지하게 말하는 델마 옆에서 나는 뜨거운 커피를 홀짝였다. 대로에서 벗어난 길이라 그런지 인적이 뜸했다. 택시를 잡으려는데 차라도 한잔하고 가자며 델마가 꼬드겼다. 그래서 편의점에서 뜨거운 커피를 사서 캐리어에 앉았다. 델마는 완전히 안정을 되찾았는지 가와토를 다시 화제에 올렸다.

"택시비로 3만 엔씩 주다니 손도 크다. 역시 셀럽 사장님은 달라. 시계도 엄청 비싼 거 찼더라. 뭔 탱탱 어쩌고 하는 시계 브랜드."

"바쉐론 콘스탄틴 아냐?"

그렇게 말하자 델마는 크게 고개를 끄덕였다.

"그래, 그거! 얼마 전에 텔레비전에서 봤는데, 그런 시계 하나에 막 500만 엔도 넘더라. 시간 확인하는 데 500만을 쓰는 거야, 500만. 말도 안 되는 세계라니까."

"그러게. 시간을 되돌리는 기능이 있는 것도 아닌데."

한 달 수입이 10만 엔도 되지 않는 지하 아이돌인 우리
는 이해할 수 없는 세계다.

"근데, 루이, 가와토 씨랑 아는 사이라고 왜 말 안 했어?"

"굳이 말할 정도로 친한 사이도 아니야. 그냥 옛날에 알
던 사람이니까."

딱 몇 개월, 함께 산 적은 있다. 다 과거의 이야기다.

"루이 도쿄 살 때 알바하던 곳에서 만났다고 했잖아. 라
운지* 말하는 거야?"

"응. 내가 일하던 가게에 온 손님이었어."

라운지 접대부로 일할 때 가와토가 손님으로 왔고, 그것
이 우리 첫만남이었다. 그 후 나는 가와토가 소개해준 일
을 하면서 도쿄의 집에서 나갈 자금을 모았고, 그의 권유
로 베이비★스타라이트의 오디션을 봤다. 지금의 내가 되
기까지 가와토의 영향이 컸다. 기쁘지는 않지만.

"가와토 씨도 라운지 같은 곳에 가는구나. 뭐랄까, 좀 충
격이다."

델마가 쓴웃음을 지었다. 그녀는 유흥업소를 경멸하는
경향이 있다.

"아무튼 가와토 씨가 있어서 정말 다행이었어. 중간에

---

* 　여성 종업원이 고객을 접대하는 일본 유흥업소의 일종.

말리지 않았으면 진짜 위험했을 거야."

"보나 마나 난장판이 됐겠지."

"아주 뼈도 못 추리게 박살을 낼 참이었는데."

"제발 참아줘."

"농담이야."

조금 전 소동을 보고 난 뒤라 전혀 농담으로 들리지 않았다.

"진짜 돌아버릴 만큼 화가 났지만, 지금 대표 입장이 다급한 건 나도 알아. 회사가 위태로운 상황이니."

"다들 그만뒀으니까."

하우라의 회사에는 원래 여러 아이돌 그룹이 있었다. 그 그룹들이 합동 공연을 해서 관객을 모으고 팬을 늘린다. 이 회사는 그런 방법으로 돈을 벌었다. 사업은 꽤 잘되는 편이었다. 소속사 주최로 합동 공연을 하면 티켓이 매진되는 경우도 드물지 않았고, 단독 공연에도 꾸준히 100명 넘게 관객이 들어 대형 아이돌 페스티벌에 초대받는 그룹도 있었다. 인기 아이돌 그룹을 몇 개나 만든 하우라는 실력 있는 대표이자 프로듀서라는 평을 받았다.

하지만 팬데믹이 오면서 상황은 완전히 바뀌었다. 라이브를 할 수 없는 상황이 오래 이어지자, 팬은 떠나갔다. 떠난 것은 팬만이 아니었다. 회사에 소속된 아이돌도 점점 줄었다. 다른 소속사로 이적하거나 은퇴했다. 베이비★스타라이트 멤버들도 하나둘 떠나가고 나와 델마만 남았다. 거기에 이즈미가 합류하면서 현재의 베이비★스타라이트가 된 것이다. 현재 하우라가 관리하는 유일한 그룹. 순조롭게 성장하던 중견 소속사는 최근 몇 년 사이 영세 업체가 되고 말았다.

"내가 대표랑 그렇게 싸우다니, 꿈엔들 알았겠어. 오디션 붙었을 때는 그 하우라가 프로듀스하는 그룹에 들어가게 됐다고 얼마나 기뻐했는데."

델마는 별 하나 없는 밤하늘을 올려다보았다. 그 모습은 열아홉 나이보다 앳되어 보였다. 문득 묻고 싶어졌다.

"델마는 뭘 위해 아이돌을 하는 거야?"

"천하를 내 손에 거머쥐려고."

즉답이다.

"전국시대 다이묘 같은 대답이네."

"그야 그게 우리 그룹 목표잖아."

델마의 말처럼, '간사이의 지하에서 아이돌 업계의 정상으로'가 베이비★스타라이트의 모토였다.

"그래서 우리가 그 높고 험준한 아이돌 산을 오르는 거 아니겠어?"

"그러네."

정상을 목표로 하는 이유는 간결하고 진지했다. 실제로 이름 없는 온갖 아이돌들이 찬연하게 빛나는 정상을 목표로 삼고 있다.

"뭐, 오르면 오를수록 정상이 터무니없이 높다는 걸 깨닫고 기가 죽지만 말이지."

이것도 역시 많은 아이돌이 느끼는 감정이다. 라이브하우스에 관객 몇십 명 모으기도 벅찬 우리 같은 지하 아이돌에게 거대한 돔을 몇만 명으로 채워버리는 톱 아이돌은 차원이 다른 존재들이다.

"지금 우린 산의 어디쯤 있는 걸까?"

"우리 그룹의 현재 위치라…… 글쎄."

델마는 생각에 잠긴 얼굴로 커피를 머금었다.

"산기슭에서 산허리쯤을 바라보고 있지 않을까?"

"뭐? 한 걸음도 못 올라갔네?"

둘 다 나지막하게 웃었다.

"그래도 산기슭은 좀 심했다. 하긴 정상이 까마득하긴 해."

"맞아."

정상까지 정확한 거리조차 파악하기 어렵다.

"그래도 올라가는 건 포기 못 해. 즐거운 일보다 힘들고 어려운 일이 몇백 배나 많은데도 말이야. 정말 아이돌이란 직업도 못 할 짓이야."

델마는 곤란한 듯 웃었다.

"지금도 또렷하게 기억나. 첫 무대에 올랐을 때. 스포트라이트가 나를 비추고, 관객의 환호성을 온몸으로 받던 그 기억. 정말이지 말로 표현 못 할 경험이었어. 그때 깨달았어. 난 이제 절대로 무대를 떠나지 못하겠구나."

무대에는 매력을 뛰어넘는 마성이 숨어 있다. 그 마성에 수많은 사람이 매료된다. 그래서 하루하루 쓴맛만 보면서도 무대를 떠나지 못한다. 눈부신 무대는 아이돌에게 더없는 행복을 주는 성역이자, 한번 발을 디디면 빠져나올 수 없는 수렁이기도 하다.

"우리 이제 곧 4주년이야. 지금이 가장 중요한 고비 아니겠어? 다음 달 4주년 기념 라이브만큼은 꼭 성공시켜야 해."

나는 고개를 끄덕였다.

"응, 오랜만에 하는 단독 공연이니까."

다른 그룹과 함께하는 합동 공연이 주 활동인 우리에게 단독 공연은 그야말로 중요하고 큰 이벤트다. 기존 관객은 물론 신규 관객을 잡을 수 있는 기회가 된다. 새로운 팬이 붙어 그룹의 기세가 오르느냐, 있던 팬도 떨어져나가 더 추락하느냐. 단독 라이브의 성패가 그룹의 미래를 좌우한다고 해도 틀린 말은 아니었다.

"만약 다음 달 단독 라이브까지 잘 안 풀리면, 우리 진짜 위험해. 거기서 실패하면 만회하기 힘들 거야. 이제 나도 열아홉이니까 더 이상 어리지도 않고."

스무 살만 되어도 아줌마 소리를 듣는 곳이 아이돌 세계다. 나는 올해로 스물셋이다.

"그런데 센터가 저 모양이라니 참. 걘 그룹의 미래 같은 건 안중에도 없을걸?"

델마가 얼굴을 찌푸렸다. 이즈미 이야기를 할 때는 늘 이렇다.

"오늘도 우리가 접대하느라 고생하는 동안 자기 혼자 집에서 느긋하게 쉬었을 거 아냐. 정말 이제 더는 못 참겠어."

"이즈미는 접대 같은 건 잘 모르니까 어쩔 수 없지."

게다가 느긋하게 쉬지도 못했을 테고. 폭력을 휘두르는 애인을 만나 담판을 짓는다고 했으니까. 결코 편한 신세가 아니다. 어쩌면 우리보다 더 험한 꼴을 겪고 있을지도 모른다. 하지만 그 사실을 델마에게 공유할 수는 없다. 이즈미가 그걸 원하지 않으니까.

"걘 지금쯤 난방 잘되는 따뜻한 방에서 하겐다즈나 퍼먹고 있겠지. 자기가 라이브 퍼포먼스 망친 건 몽땅 까먹고 시시덕거리면서."

고개를 저으며 한숨을 쉬는 델마.

"좋겠다. 고생 따윈 모르고 살아도 되는 인간은."

"그렇지 않아."

다소 어조가 강해졌다. 델마가 수상쩍다는 눈길로 나를 쳐다보았다.

"뭐가 아니라는 거야?"

"이즈미도 고생하고 있어. 걔도 여러모로 힘들 거야."

애매모호하게 얼버무리려고 했던 게 실수였다.

"그니까, 뭐가 힘든데?"

델마의 억양 없는 목소리가 이어졌다.

"얼굴은 작은 주제에 눈은 크고 쌍꺼풀도 아웃라인으로 잘 빠졌지. 피부는 겨울 쿨톤에, 코끝부터 턱 끝까지 선도 매끈하지. 다리는 또 눈 돌아가게 가늘어. 오사카에서 제일가는 부자 동네에 살지. 부잣집 아가씨들만 다니는 명문 여대에 다니지. 명품 화장품도 척척 사들이지. 커피? 걔가 우리처럼 이렇게 편의점 앞에서 찬 바람 맞으며 궁상떨면서 싸구려 커피를 마실까? 스타벅스에서 계절 한정 프라푸치노 마시잖아. 대체 뭐가 힘든데?"

델마는 담담하게 입을 움직였다.

"걘 다 가졌어. 로또 1등에 당첨되는 수준의 행운을 매일 누리면서 살아. 지하 아이돌 따위, 어차피 걔한텐 그냥 놀이겠지. 작정하고 덤비면 더 위를 노릴 수 있을 텐데, 언제나 라이브도 대충하고 실실거리지. 우리가 이 악물고 필사적으로 해야 하는 모든 일들이 걔한텐 어차피 자기소개서에 한 줄 보탤 에피소드야. 근데 걔가 뭐가 힘드냐고."

이즈미는 외모도 집안도 학벌도 좋다. 이즈미에게 지하아이돌은 특이한 아르바이트 같은 게 아닐까? 말하자면 모라토리엄*을 자극적으로 보내기 위한 재료. 이즈미가 나쁘다는 말이 아니다. 그런 사람은 많고, 그렇게 부담 없는 점이 지하 아이돌의 매력이기도 하다.

하지만 팔자 좋은 대학생이 학창 시절 추억 만들기와 미래를 위한 발판으로 아이돌 활동을 이용하는 것을 델마는 참지 못했다. 열여섯에 가출이나 다름없이 집을 나와 의지할 사람 하나 없이 살아온 델마는 아이돌이란 직업에 모든 걸 걸었다. 아이돌이 아니고는 기댈 곳이 없었다. 반면 이즈미는 부모의 우산 아래에서 순탄하게 자랐다. 아이돌에 인생을 걸지 않아도 밝은 미래가 약속되어 있다. 그런 이즈미가 치열한 각오도 노력도 없이 그룹의 센터를 맡았고, 노래와 춤 실력이 떨어지는데도 팬은 점점 늘어났다. 델마는 참을 수가 없었다. 무엇보다 그런 이즈미가 이 그룹을

---

* 유예 기간. 여기서는 대학을 졸업하고 사회에 진출하여 사회인으로서 제 몫을 하기까지 유예하는 기간을 의미한다.

떠받치고 있다는 현실을 받아들일 수 없었다. 이즈미는 무책임하게 눈부셨다. 청춘을 누리며 장래를 약속받은 여자는 환한 빛이자 독한 극약이다. 이즈미가 뿜어내는 빛은 관객을 끌어당기지만 동시에 같은 무대에 선 이에게 제 그림자가 얼마나 어두운지 절실히 느끼게 한다. 이즈미의 존재를 누구보다 싫어하면서 누구보다 인정하는 사람은 바로 델마였다.

"주절주절 쓸데없이 너무 떠들었다. 술을 많이 마셔서 그래."

알코올 탓이 아니란 건 피차 알았다. 델마나 나나 접대 자리에서 고작 샴페인 한 잔밖에 마시지 않았다.

"이런 이야기를 할 사람은 루이밖에 없어. 내 동료는 루이뿐이니까."

델마의 절실한 목소리를 나는 묵묵히 듣기만 했다. 델마가 나를 동료로 여기는 이유는 내가 모자라고 가여운 처지이기 때문이다. 유흥업소에서 성을 팔던 이력을 가진, 아이돌 적령기를 한참 지난 여자는 자신의 반면교사이자 안정제일 것이다. '절대 저렇게 되면 안 돼' 하고 경계하면서 한편으로 '나는 아직 밑바닥은 아냐' 하고 안심할 수 있다. 나는 델마에게 그런 존재였다. 그래서 델마는 내게 상냥했다.

편의점에서 정장 차림의 젊은 여자가 나왔다. 그 여자는 미심쩍은 표정으로 우리를 흘낏 보더니 빠른 걸음으로 지나갔다.

"무슨 떠돌이 들개라도 보는 눈빛이네. 이봐요, 우리 아이돌인데요."

델마는 메마른 웃음을 흘리며 "있지, 루이" 하고 허공을 응시했다.

"우린 이제 끝난 걸까?"

"안 끝났어."

시작도 하지 않았는걸. 하지만 델마는 내 말을 위로라고 착각했는지 자조하듯 입을 일그러뜨렸다.

"하우라 생각은 다를걸? 그 사람이 보기에 우린 아이돌로서 끝났어."

대표 이름을 함부로 부르는 델마의 목소리에서 명확한 적의가 느껴졌다.

"접대도 망쳤으니까 이참에 우리를 잘라버릴지도 모르지. 상한 머리카락 자르듯 확! 센터만 남기고 멤버 교체하면 되잖아. 너무 끔찍해서 오히려 웃겨."

"아무리 대표라도 그렇게까지는 안 할 거야."

거짓말이다. 충분히 가능한 일이다. 대표는 이미 우리를 그룹의 짐짝이라고 판정했다. 대신할 사람을 찾아내면 주저 없이 잘라버리겠지.

"난 대표만 믿고 아이돌 일을 해왔어. 불만도 화나는 일도 속이 썩을 만큼 많았지만 그룹을 위해서 지금까지 헌신했지. 그런데 만약 대표가 날 자르면, 배신하면, 내가 무슨 짓을 할지 나도 몰라."

델마의 목소리는 놀랍도록 차가웠다. 그 으스스한 목소리에 반해 표정은 차분했다. 그 간극이 델마의 위태로움을 더욱 부각시켰다.

"이제 가야겠다."

델마가 의자 대신 앉아 있던 캐리어에서 몸을 일으켰다. 그리고 커피가 담겨 있던 종이컵을 편의점 앞 쓰레기통에 버렸다.

"같이 가."

혼자 두기엔 너무 위험해 보였다. 곁에 있어야 할 것 같았다. 따라서 일어나려는 나를 보며 델마는 고개를 저었다.

"미안. 혼자 있고 싶어."

조용하지만 반박을 허용하지 않는 단호한 말투.

"그래. 오늘 고생했어."

나는 일어나다 만 어중간한 자세로 그렇게 대답했다. 델마는 아무 대답 없이 캐리어를 끌고 걸어갔다. 드르륵드르륵 캐리어 바퀴가 아스팔트를 구르는 소리가 점점 멀어지다 이윽고 들리지 않았다.

지금이라도 쫓아가야 할까. 아니, 쫓아가봐야 거절당할 게 분명하다. 나는 다시 캐리어에 앉았다. 그리고 커피를 한 모금 마셨다. 완전히 식어버린 커피의 쓴맛이 혀에 달라붙어 오래 남았다.

아직 막차가 있을 시간이라 지하철을 타고 집으로 돌아왔다. 화장을 지우고 샤워를 하고 집에서 입는 맨투맨으로 갈아입었다. 이제 자기만 하면 되는데, 잠이 오지 않았다. 침대에 걸터앉아 담배에 불을 붙였다. 연기를 내뱉으면서 생각했다. 앞으로 어떻게 해야 할까. 담배 한 대를 다 피우기도 전에 결론이 나왔다.

그만두자. 스물셋. 인생의 방향을 바꾸기에 좋은 나이다. 물론 밝은 미래가 기다리고 있는 것은 아니다. 고등학교 중퇴에 자격증이라고는 고작 운전면허뿐인 내가 사회에 복귀하려면 넘어야 할 산이 많다. 하지만 아이돌을 하는 이유도 모른 채, 라이브를 할 때마다 숨쉬기도 힘겨워하는 인간이 계속 무대에 서는 건 말이 안 된다. 애초에 아이돌을 동경했던 것도 아니다. 오디션에 붙었으니 그저 활동했을 뿐이다. 델마의 말을 빌리자면, 나는 아이돌로서의 각오가 없다. 다음 달, 그룹 결성 4주년 기념 라이브, 그때가 적기다. 은퇴하자. 담뱃불을 재떨이에 비벼 껐다.

침대에 누워 천장을 바라보았다. 문득 델마와 이즈미의 얼굴이 머리에 스쳤다. 내가 없어지면 그룹은 어떻게 될까? 둘이서 제대로 해나갈 수 있을까? 아니, 지금 상황이라면 내가 있든 없든 관계없지 않나? 내가 탈퇴한다고 해도 두 사람에겐 아무런 타격이 없을 것이다. 그저 같은 그룹에서 활동했을 뿐, 깊은 관계가 아니다. 고참 멤버가 사라진다고 해서 딱히 지장은 없다. 그렇게 확신하면서도 그들의 얼굴이 눈앞에 끝없이 어른거렸다. 억지로 눈을 감았다. 그러자 오늘 하루의 피로가 단숨에 밀려들었다. 금세 의식이 끊어졌다.

가족이 나오는 꿈. 그리운 본가 거실에 부모님과 여동생이 있다. 세 사람은 모두 웃고 있다. 조금 떨어진 곳에서 나는 그 모습을 바라본다. 단란한 가족의 모습에 마음이 몹시 흐뭇해진다. 가족 곁으로 달려간다. 하지만 좀처럼 닿지 않는다. 다리는 움직이는데 앞으로 나아가지 않는다. 필사적으로 팔을 흔들고 다리를 뻗는다. 그래도 역시 나아가지 않는다. 차츰 호흡이 가빠진다. 무서워서 도와달라고 소리친다. 부모님과 여동생은 전혀 알아차리지 못하고 그저 웃고만 있다. 나는 고통에 몸부림친다. 숨을 쉴 수 없다. 공포에 질려 절규한다. 하지만 그 소리도 닿지 않는다.

나는…….

진동 소리에 눈을 떴다. 침대에서 벌떡 일어났다. 시계를 보았다. 한 시간도 지나지 않았다. 땀에 젖은 맨투맨이 등에 달라붙었다. 호흡을 가다듬으며 소리가 나는 쪽을 쳐다보았다. 협탁에 둔 스마트폰이 잘게 떨고 있었다. 전화였다. 스마트폰 화면에 표시된 이름을 본 순간, 나쁜 예감이 들었다. 몇 초를 망설이다 스마트폰에 손을 뻗었다.

"여보세요."

"어떡해."

절박한 목소리. 상대의 상황을 알아차리기에는 충분했다. 나는 스마트폰을 귀에 댄 채 일어섰다.

"어떡해, 대표님이……."

아아. 스마트폰을 세게 움켜쥐었다. 아니기를. 예감이 틀리기를.

"대표님이 숨을 안 쉬어."

눈앞이 캄캄했다. 내가 무의식중에 눈을 감았다는 사실을 뒤늦게 알아차렸다. 쓰러진 하우라의 모습이 눈앞에 선명하게 그려졌다. 격렬한 혼란 속에서도 '결국'이라는 두 글자가 머릿속에 떠올랐다. 이미 머리 한구석에서 이렇게 되지 않을까 우려했다. 돌이킬 수 없는 일이 일어날지도 모른다고.

다만 한 가지, 예상을 벗어난 것은 전화를 건 사람이 이 즈미라는 점이었다.

이즈미는 사무실에 있다고 말했다. 나는 택시를 타고 현장으로 향했다. 20분쯤 지나 아파트에 도착했다. 엘리베이터는 여전히 고장 난 상태였다. 7층 사무실까지 계단을 뛰어올랐다. 사무실 문은 잠겨 있지 않았다. 심호흡을 한 차례 하고 나서 문을 열었다. 현관에 낯익은 신발이 두 켤레 놓여 있었다. 하우라가 자주 신는 고무 밑창을 댄 구두와 이즈미의 목 짧은 부츠. 나는 가만히 복도를 바라보았다. 복도 끝에 있는 방에서 빛이 새어 나왔다.

"계세요? 루이예요. 들어가도 돼요?"

대답이 없다. 내 심장 소리가 들릴 만큼 고요했다. 하지만 인기척이 있다. 여기에 분명히. 나는 천천히 복도를 걸었다. 양말 너머로 바닥의 냉기가 느껴졌다. 한 걸음 디딜 때마다 맥박이 빨라졌다. 열 걸음도 채 되지 않는 거리가 무척 길게 느껴졌다. 문손잡이를 잡았다. 여전히 으스스하리만치 조용하다. 문을 연 순간, 정체 모를 무언가가 나를 덮칠 것만 같은 망상이 머리를 스쳤다.

'이걸 열면 되돌아갈 수 없어.'

또 한 사람의 내가 속삭였다. 그래서 대답했다.

'돌아갈 길 같은 건 이미 옛날에 잃어버렸어.'

문손잡이를 오른쪽으로 돌렸다. 문은 손쉽게 열렸다. 문 너머에는 늘 보던 사무실이 있었다. 커다란 회의 테이블이 놓인 거실은 언뜻 보면 기업 회의실 같았다. 클라이언트와 회의할 곳이 필요하다면서 하우라가 공을 들여 꾸몄다. 비품 하나하나 신경을 쓰느라 돈도 제법 썼다. 내가 아는 한, 여기에 찾아온 클라이언트는 없었지만.

그렇게 정성스럽게 꾸민 사무실 한가운데에 하우라가 있었다. 해외에서 주문한 회의용 테이블 옆, 바닥에 등을 대고 쓰러져 있었다. 퉁퉁 부어오른 얼굴, 눈은 반쯤 뜨고 혀가 비죽 삐져나와 있었다. 꿈쩍도 하지 않는 몸. 죽은 것이 확실하다. 어쩌면 전화가 기분 나쁜 농담일지도 모른다고 생각했다. 그러기를 바랐다. 하지만 실낱같던 희망은 완전히 사라졌다. 나는 죽은 하우라를 조용히 내려다보았다. 충격이 컸지만, 그렇다고 마음이 흐트러지지는 않았다. 내가 생각해도 뜻밖일 만큼 아주 냉정한 상태였다. 그제야 사무실을 둘러보니 방 한구석에 있는 이즈미가 보였다. 무릎을 껴안고 고개를 숙인 이즈미, 긴 머리카락에 가려져 표정은 보이지 않지만, 살아 있었다. 그 사실을 확인하자 마음이 차분해졌다.

"이즈미."

가까이 다가가 무릎을 꿇고 이즈미와 눈을 맞추었다. 이즈미가 천천히 고개를 들고 멍한 표정으로 나를 보았다. 나도 모르게 흠칫했다. 이즈미의 눈가에 검붉은 멍이 들어 있었다.

"괜찮아?"

조심스레 묻자, 이즈미는 살짝 고개를 끄덕이며 입을 열었다.

"밤에 이야기를 하기로 해서…… 사무실에 왔는데 하우라 씨가 너무 취해서…… 대화가 전혀 안 됐어……. 그러다가 싸웠는데…… 그만 헤어지자고 했는데…… 맞았어……."

떠듬떠듬 이즈미가 털어놓는 이야기에 나는 입이 벌어졌다. 이즈미의 연인이 하우라였다니. 아이돌과 소속사 대표의 연애가 있을 수 없는 일은 아니지만, 전혀 눈치를 채지 못했다. 철저하게 숨겼구나. 거의 스무 살이나 많은 대표와의 연애를 호의적으로 받아들이는 사람은 없을 테니. 그래서 이즈미는 솔직하게 털어놓지 못한 것이다. 그렇게나 불안해 보였는데 연인을 만나는 자리에 함께 가주겠다는 제안을 거절한 이유가 이것이었다.

이즈미의 어깨에 살짝 손을 얹었다.

"대표가 너를 때렸고, 그다음에 무슨 일이 있었던 거야?"

"도망치려는데 하우라 씨가 나를 붙잡았고…… 몸싸움을 했어. 그러다 하우라 씨가 테이블에 머리를 부딪혀서 정신을 잃었어. 깨어나면 틀림없이 날 죽일 것 같았어. 그래서 너무 무서워서, 막 패닉이 와서, 뭐가 뭔지 정신이 없었는데, 정신 차리고 보니까 하우라 씨가……."

이즈미가 입을 다물고 떨기 시작했다. 나는 등을 돌려 하우라를 살펴봤다. 목에 짓무른 것처럼 검붉은 흔적이 보였다. 손으로 목을 조른 걸까? 기절한 하우라 위에 올라타 목을 조르는 이즈미의 모습을 상상하자 등줄기에 소름이 돋았다. 문득 쓰러진 하우라 옆에 무언가가 떨어져 있는 것이 보였다. 알약이다. 유명한 캐릭터를 본뜬 알록달록한 알약. 틀림없다. 합성 마약이다.

"저 알약은 누구 거야? 대표?"

"응, 나한테 강제로 먹이려고 했어. 기분이 좋아진다면서."

하우라는 심지어 마약에도 손을 댄 모양이다. 그리고 이즈미에게 강요까지 했다. 약을 먹이고 무슨 짓을 하려고 했을까. 생각하고 싶지도 않다. 우리 대표는 그 지경까지 타락했구나. 분노보다 슬픔이 컸다. 소속사가 잘나가던 시절, 라이브를 진두지휘하던 하우라는 활기가 넘쳤다. 관객에게서 예상을 웃도는 호응을 받은 라이브가 끝난 그날,

하우라는 "여러분 덕분입니다. 고맙습니다"라며 환하게 웃었다. 그 웃는 얼굴은 분명히 진짜였다. 몇 년 후, 자기가 사무실에서 죽을 거라고는 꿈에도 생각지 못했을 것이다. 변색해서 부풀어 오른 하우라의 얼굴은 영원히 멈추어버렸다.

아파트 옆 도로를 지나는 사람들이 떠드는 소리가 창을 통해 들려왔다. 어지간히 취한 모양이다. 7층까지 들릴 만큼 소리가 컸다. 크게 웃고 떠드는 소리를 가만히 듣고 있었다. 눈앞에선 이즈미가 떨고 있다. 등 뒤에는 죽은 하우라가 누워 있다. 소란스러운 소리가 차츰 멀어져갔다. 언제까지고 이렇게 있을 수는 없었다. 자리에서 일어나려던 그때였다.

"이게 뭐야."

누가 심장을 잡아챈 것처럼 몸이 펄쩍 뛰어올랐다.

누구지? 돌아보았다. 방 입구에 델마가 서 있었다. 계단을 뛰어 올라왔는지 오리털 점퍼를 옆구리에 끼고 숨을 헐떡였다. 어째서 델마가 여기 있지? 아, 이즈미구나. 이즈미가 델마에게도 연락을 했나 보다. 사이가 험악한 델마에게 도움을 청할 만큼 이즈미는 절박했던 것이다. 델마가 불안한 걸음걸이로 방으로 들어왔다. 자그마한 몸이 휘청거려서인지 시간이 걸려 우리 앞에 오더니 다시 한번 말했다.

"대체 이게 뭐야."

"죽었어."

나는 눈에 보이는 사실대로 말했다. 살해당했다고는 말할 수 없었다. 할 말을 잃은듯 델마가 하우라의 시체를 한참 바라보고 나서 이즈미를 노려보았다.

"네가 그랬지?"

이즈미는 그저 떨었다. 그 반응이 무엇보다 분명한 답이었다.

"대표랑 뒤에서 붙어먹다가 헤어지자고 치고받고 싸운 결과가 이거야?"

경위는 이미 전화로 들은 모양이었다. 델마는 조용히 이즈미를 내려다보았다. 폭풍 전야의 고요함 같았다. 감정이 끓어오르면 델마가 무슨 짓을 할지 알 수 없다. 델마가 한 걸음 앞으로 발을 내디뎠다. 나는 순간적으로 자세를 잡았다. 하지만 생각했던 일은 벌어지지 않았다. 델마는 자신의 오리털 점퍼를 이즈미에게 걸쳐주었다. 위로하는 듯한 그 손놀림에 질책하는 기미는 전혀 없었다.

"네가 안 그랬으면 내가 했을 거야."

이즈미는 자신이 무슨 말을 들었는지 믿기지 않는다는 듯 그대로 굳어버렸다. 아연해진 나는 그 자리에 가만히 서 있었다.

"어떡할래?"

델마는 누구와도 눈을 마주치지 않은 채 물었다.

"이거, 어떻게 할 거야?"

당장 신고해야 한다. 구급차를 부르고 경찰에 알려야 한다. 하지만 델마의 얼굴을 보자 입이 떨어지지 않았다.

그런 상식적인 대답을 원하는 게 아냐, 지금까지 본 적 없을 만큼 진지한 델마의 얼굴이 그렇게 말하고 있다.

"난 아이돌을 계속하고 싶어. 지금처럼 셋이 같이."

지금처럼 셋이 같이. 하우라를 살해한 범인이 밝혀지면 그건 불가능하다. 먼저 맞은 게 사실이라고 해도 이즈미는 기절해서 저항도 할 수 없는 사람의 목을 졸라 죽였다. 무거운 벌을 받게 될 것이다. 아이돌을 할 수 있을 리 없다. 그런데도 델마는 셋이서 같이 하고 싶다고 선언했다. 무거운 침묵이 내려앉았다. 한순간 같기도 하고 영원 같기도 한 시간이었다. 침묵을 깬 사람은 이즈미였다.

"나도."

그녀는 떨면서 속마음을 털어놓았다.

"아이돌 계속하고 싶어."

이즈미와 델마는 서로 마주 보더니 짜기라도 한 듯 동시에 나를 보았다. 아이돌을 하기 위해 인간의 길을 저버리라는 걸까? 난 이미 그만두기로 마음먹었는데? 나는 매달리는 듯한 두 사람의 시선을 등졌다. 그대로 방을 나서 복도로 걸어나갔다.

"잠깐만! 어딜 가려고?"

발소리가 쫓아온다. 나는 현관에서 멈추었다. 밖으로 이어지는 문은 잠겨 있지 않았다. 문으로 손을 뻗었다.

"루이."

두 사람이 애원하는 목소리로 내 이름을 불렀다. 뒤돌아 두 사람을 보았다. 당장에라도 울 것 같은 절실한 표정. 어딘가 순진함이 남아 있는 얼굴. 아직 둘 다 열아홉의 소녀다. 그 모습이 오래전 기억을 떠올리게 했다. 굳게 봉인해 두었던 기억이 넘쳐흐르기 시작했다. 나는 눈을 감고 숨을 내쉬었다.

다시 문에 손을 뻗어 도어락을 걸고 도어체인을 걸었다.

"아무도 못 들어오게 해야 해. 이제부턴 누구에게도 절대로 보여선 안 돼."

나는 복도 쪽으로 돌아서서 델마와 이즈미를 똑바로 응시했다.

"두 사람 뜻은 알았어. 그래, 계속하자. 아이돌."

지금 이 순간이 바로 운명의 갈림길이다. 그래서 분명하게 목소리를 냈다.

"시체를 없애자."

우리 셋이 아이돌을 계속하려면 이즈미의 죄를 끝까지 숨겨야 한다. 이즈미가 하우라를 죽인 사실이 절대 세상에 드러나서는 안 된다. 그러려면 어떻게 해야 할까? 이대로 범행 현장에서 도망친다? 그건 가장 바보 같은 짓이다. 금세 잡힐 테니까. 현장의 증거를 없애고 도망친다? 이것도 아니다. 초보자의 증거 은폐 따위 경찰에게는 통하지 않는다. 살인 사건으로 경찰 수사를 받게 된다면 끝까지 죄를 숨기기는 거의 불가능하다. 그렇다면 살인 자체를 숨길 수밖에 없다. 시체가 발견되지 않으면 살인 사건이 성립되지 않는다. 그러니까 하우라의 시체를 없애야 한다. 우리가 아이돌을 계속하기 위해서.

"없애다니, 어떻게?"

델마가 작은 목소리로 물었다.

"해체해야지."

해체. 마치 이국의 언어 같은 발음.

"그게 무슨 말이야?"

"말 그대로야. 작은 크기로 잘라서 자연으로 돌려보내는 거야."

평범한 말로 포장했지만 순식간에 공기가 바뀌었다.

"말도 안 돼. 불가능해. 해체라니 무슨 말이야, 그게. 참치도 아니고."

델마는 머리카락이 흐트러질 정도로 세차게 고개를 저으며 말을 이었다.

"아니, 무슨 말인지는 나도 알아. 확실히 해, 해체를 하면 시체를 완벽하게 없앨 수는 있겠지. 하지만 솔직히 그런 일 해본 적도 없는 여자 셋이 어떻게 해, 못 해."

아마도, 하고 델마는 덧붙였다. 이즈미가 창백한 얼굴로 고개를 끄덕였다. 해체는 가장 확실한 시체 처리법이지만, 이 상태라면 두 사람이 찬성할 것 같지 않다. 정신적인 부담이 너무 크다. 그래서 다른 방법을 제안했다.

"그럼 산에 묻자."

그거라면 여자 셋이 할 수 있다. 완벽하게 없애는 건 아니지만, 해체보다 부담이 훨씬 적다. 다만 문제가 있다.

"나도 그게 좋을 거 같긴 한데, 하지만 어느 산에 묻어?"

델마 말대로 바로 그게 문제다. 인적이 드문 곳, 아무도 찾아낼 수 없고, 누군가 파헤칠 걱정도 없는 산. 그런 산이 있을까? 있다 하더라도 찾는 데 시간이 걸릴 것이다. 하지만 우리에게는 잠깐의 여유도 없다.

어쨌든 이동하면서 찾을 수밖에 없다. 임기응변에 가까운 계획을 세우고 있던 내 귀에 나직하게 중얼거리는 목소리가 들렸다.

"할아버지…… 산."

이즈미가 퍼뜩 고개를 치켜들었다.

"우리 할아버지 소유의 산이 있어. 아무도 안 오는 곳이야."

생각지도 못한 곳에서 빛이 비쳤다.

"그 산이 어디에 있는데?"

"교토랑 효고의 경계야. 여기서 차로 한 시간 반쯤 걸리려나."

"그럼 아침이 되기 전에 도착할 수 있겠다."

거리도 더할 나위 없이 딱이다.

"거기로 하자. 이즈미네 할아버지 산으로 가."

"역시 부자네. 할아버지한테 고마워해라."

델마가 이즈미의 등을 툭 쳤다. 평소라면 절대로 하지 않을 행동이다. 이즈미의 뺨이 살짝 느슨해졌지만, 웃을 때가 아님을 자각했는지 바로 진지한 얼굴로 돌아왔다.

"갈 데가 정해졌으니 지금 바로 출발하자. 아래 주차장에 회사 차가 있으니까 고속도로로 가면 날짜가 바뀌기 전에 도착하겠지."

나는 차 열쇠를 찾는 델마를 제지했다.

"회사 차엔 주행 기록 장치가 있어. 혹시라도 나중에 경찰이 영상을 보게 되면 곤란해."

"아, 그러네. 그럼 차는 어쩌지?"

"렌터카로 가자. 우에혼마치 쪽에 24시간 영업하는 곳이 있어."

렌터카도 증거가 남지만, 회사 차보다는 낫다. 나는 스마트폰으로 렌터카 회사를 검색하면서 말을 이었다.

"두 사람은 큰 캐리어 좀 찾아봐. 시체를 옮길 만한 큰 캐리어가 필요해."

170센티미터 가까이 되는 성인 남자를 넣을 만한 커다란 캐리어가 사무실에 있을 가능성은 상당히 낮지만, 시체를 운반할 가방이 필요했다.

"알았어. 저쪽 방을 한번 뒤져볼게."

델마가 이즈미를 데리고 하우라가 쓰던 방으로 향했다. 둘이 가방을 찾는 동안 나는 원박스카*를 사흘 예약했다. 이것으로 이동 수단은 확보했다.

"캐리어가 있긴 있는데."

방에서 돌아온 두 사람의 표정이 시원찮았다.

"이걸로는 안 되겠지?"

델마가 캐리어를 들어 보였다. 2박 정도의 여행에 딱 맞을 법한 크기로 아무래도 시체를 넣기에는 작았다.

"하우라 씨가 가진 캐리어는 아마 이거밖에 없을 거야.

---

* 엔진룸, 캐빈, 트렁크가 명확히 구분되어 있지 않은 상자 형태의 차량.

이거보다 큰 가방은 본 적이 없어."

이즈미가 말했다.

"그쪽 방은?"

나는 아직 두 사람이 들어가지 않은 방을 가리켰다.

"거긴 하우라 씨 취미 방이야. 저 방에는 악기랑 CD밖에 없어."

일단 나머지 방을 열어 확인해보았다. 이즈미 말대로 CD를 꽂은 선반이 늘어서 있고, 벽에는 베이스 기타가 세 개 세워져 있었다.

"차라리 이대로 들고 가면 안 돼? 차 뒷자리에 넣어버리면 눈에 안 띌 텐데."

델마의 제안에 나는 고개를 저었다.

"차까지 옮길 때가 제일 위험해. 아파트 7층에서 1층까지 계단으로 이동해야 하니까."

"그러게. 엘리베이터를 못 쓰는구나. 끔찍하네."

아파트 엘리베이터는 저녁부터 계속 고장 난 상태다. 시체는 계단으로 운반할 수밖에 없다. 1층까지 내려가려면 제법 시간이 걸릴 것이다. 다른 입주자도 당연히 계단을 사용할 테니, 시체를 그대로 들고 옮기는 방법은 리스크가 너무 크다.

어쩌지? 일단 나가서 시체를 넣을 만한 걸 사 와야 하나? 하지만 이 근처에 성인이 들어갈 만한 큰 가방을 파는 곳이 있을까? 못해도 100리터 넘는 대형 캐리어가 필요할 텐데. 하지만 이미 자정이 가까운 시각이다. 그런 가방을 파는 매장이 지금 영업을 할지 장담할 수 없다.

하우라의 시체 앞에서 나는 말없이 고민했다. 옆에서 델마는 가만히 고개를 떨구고 있었다.

"어쩌지, 루이."

이즈미가 주뼛주뼛 물었다. 그 목소리에 오늘 하루 있었던 일들이 주마등처럼 떠올랐다. 라이브, 팬의 질타를 받은 팬 미팅, 라이브를 마치고 사무실로 이동하던 차 안, 접대, 가와토와의 재회, 대표와의 말다툼, 델마와 이야기를 나눈 편의점 앞. 머릿속에서 다양한 장면이 재생됐다. 지금 이 상황에 왜 이런 장면이 떠오르는 거지? 그렇게 생각하면서도 생각을 멈출 수가 없었다. 내 안의 무언가가 애타게 호소했다. 기억 속에 현재 상황을 타개할 실마리가 있다. 생각해, 대뇌변연계가 뜨겁게 달아올라서 타버릴 정도로 생각해. 찾아! 그리고 마침내 찾아냈다.

"스트레이 캣츠."

나는 속삭였다. 하우라가 경애하는 밴드의 이름을. 다시 취미 방을 열었다. CD 수납장과 악기가 가지런하게 놓여 있었다.

"루이, 왜 그래?"

"거기 뭐가 있는데?"

두 사람도 뒤에서 방을 들여다보았다.

"저거."

나는 방 가장 구석진 곳에 있는 악기를 가리켰다. 스트레이 캣츠의 베이시스트가 쓰는 것과 같은 악기, 콘트라베이스다. 저 악기의 전체 길이는 170센티미터인 나보다도 크다.

"저게 들어갈 케이스라면 하우라도 들어갈 거야."

"그러게."

"하긴."

뒤에서 두 사람도 긍정했다.

"근데 여기서 저렇게 큰 케이스를 본 적 없는데……."

"있을 거야."

하우라는 지금도 음악 스튜디오를 빌려서 정기적으로 연주한다고 했다. 그렇다면 스튜디오까지 가져갈 때 전용 케이스를 사용했을 것이다. 나는 방으로 들어가 벽장을 열었다. 안에 앰프와 음향 기기가 놓여 있었다. 그리고 한구석에 콘트라베이스의 케이스가 세워져 있었다. 벽장에서 케이스를 꺼냈다. 나일론 소재의 소프트 케이스는 제법 묵직했다. 오래 사용했는지 어깨끈이 망가진 상태였지만 충분히 쓸 만했다. 게다가 올려다봐야 할 만큼 컸다. 나 정도는 쏙 들어갈 수도 있을 것 같았다.

"됐다. 이거면 충분하겠어."

델마가 짝, 하고 손뼉을 쳤다. 이즈미도 안도의 한숨을 내쉬었다.

하우라의 시체를 넣을 케이스는 찾았다. 이제 넣기만 하면 된다. 우리는 거실로 돌아가 케이스를 하우라의 시체 옆에 펼쳤다. 콘트라베이스 케이스는 몸체 부분이 가로로 불룩하고 목 부분으로 갈수록 가늘어진다.

"케이스의 목 쪽에 하반신을 넣고, 몸체 쪽으로 상반신이 들어가게 하자."

"알았어."

되도록 시체를 보고 싶지 않은지 델마가 눈을 감고 대답했다.

"케이스에 넣기 전에 몸을 고정해야 할 것 같아."

이즈미가 책상에 있던 청테이프를 집어 들었다.

"테이프로 감으면 될 거야."

아까 무릎을 껴안고 떨던 모습이 환각이었던 것처럼 이즈미는 냉정했다. 마음이 안정되어서일까, 아니면 너무 비현실적인 사건에 감정이 마비되어서일까. 어느 쪽이건 할 일이 산더미인 지금은 믿음직한 모습이다.

우리는 하우라의 양 손목과 발목을 테이프로 감아 고정하고 나서 각자 위치를 잡았다. 내가 하우라의 어깨, 델마가 몸통, 이즈미가 양다리를 잡고 "하나 둘 셋!" 구령에 맞춰 단숨에 들어 올렸다. 두 팔에 묵직하게 무게가 전해졌다. 세 사람이 같이 들었지만 시체는 무거웠다.

자극적인 냄새가 콧구멍을 찔렀다. 배설물 냄새다. 목을 졸릴 때 오줌을 지린 모양이다.

"좀 더 높이 들어."

"천천히, 천천히 해."

"다리부터 넣을 거야."

서로 구령에 맞춰 하우라를 케이스에 넣었다. 지퍼가 약간 망가진 상태였지만 그럭저럭 잠글 수 있었다. 간신히 옮길 준비가 됐다. 다음은 이동이다.

"델마, 면허 있지? 렌터카 찾아와. 나랑 이즈미는 여기 정리할 테니까."

"알았어. 얼른 갔다 올게."

아무래도 시체와 함께 있고 싶지 않았는지 델마는 빠른 걸음으로 현관으로 향했다. 하지만 금세 멈추어 섰다.

"미안, 나 지금 가진 돈이……."

"아, 그럼."

"여기 있어."

지갑을 꺼내려는 나를 말리며 이즈미가 5만 엔을 델마에게 건넸다.

"항상 현금을 이렇게 많이 가지고 다녀?"

"세뱃돈이야. 설에 친척 모임이 있었거든."

"세뱃돈…… 난 한 번도 받아본 적 없는데."

델마는 현금을 뚫어져라 쳐다보더니 사무실을 나섰다.

"빨리 치우자. 렌터카 찾아오면 바로 출발할 수 있게."

말은 그렇게 했지만 별로 치울 게 없었다. 하우라가 책상에 머리를 부딪혔다는데, 핏자국도 눈에 띄지 않았다. 창을 열어 환기하고 바닥을 닦으면 되겠지. 나와 이즈미 둘이 하면 금세 끝날 것이다. 일의 순서를 생각하고 있는데 스마트폰이 울렸다. 델마의 번호였다.

"루이, 문제가 생겼어."

델마의 목소리가 다급했다.

"무슨 문제?"

"지금 계단으로 1층까지 내려왔는데."

델마의 숨이 거칠다.

"정문 현관에 CCTV가 있어. 어떡하지?"

방심했다. 아파트 정문에는 보통 방범용 CCTV가 설치되어 있다. 시체를 악기 케이스에 넣어 숨긴다 해도, 운반하는 모습이 찍히면 곤란하다. 나중에 영상을 조사하면 의심받을 수밖에 없다. CCTV에 찍히지 않고 아파트 바깥으로 나갈 방법은 없을까?

"바깥쪽 계단은 어때?"

실내 계단과는 별개로 뒷문으로 연결되는 바깥 계단이 있다.

"뒷문엔 CCTV가 없을 수도 있어."

"보고 올게. 기다려."

스마트폰 너머로 발소리만 들려왔다. 대답을 기다리는 나를 이즈미가 숨을 죽이고 지켜보았다.

"안 돼. 뒷문에도 있어."

정문과 뒷문 양쪽 다 CCTV가 설치되어 있다. 아파트를 나가려면 어떻게든 CCTV를 처리해야 한다. 험난하구나. 바깥으로 나가는 것부터 이렇게 힘이 들 줄이야. 문제를 해결했다 싶으면 다른 문제가 발생한다. 아직 할 일이 태산인데. 지금 하려는 일은 그만큼 무모하고 위험하다. 하지만 그만둘 마음은 없었다.

"CCTV는 내가 해결할게. 델마는 계획대로 렌터카 찾아와."

전화를 끊고 이즈미 쪽으로 돌아섰다.

"난 1층에 가서 CCTV 좀 보고 올게. 이즈미는 여기를 정리해. 할 수 있지?"

크고 또렷한 이즈미의 눈동자가 불안으로 흔들렸다. 걱정스럽게도.

"안심해. 내가 어떻게든 할게. 괜찮을 거야."

어떤 근거도 없이 그렇게 말하는 스스로가 머쓱했다. 하지만 이즈미는 고개를 깊숙이 끄덕였다.

"응. 루이를 믿어."

그러지 마. 그런 말을 들으면 반드시 어떻게든 해내야 할 것 같잖아.

"문 걸어 잠그고 체인도 잊지 말고 걸어. 전화할게."

나는 1층까지 거의 뛰어가듯 계단을 내려갔다.

노르스름한 조명이 비치는 정문 현관은 조용하고 썰렁했다. 방범용 CCTV는 현관의 천장 구석에 설치되어 있었다. 어떤 나쁜 짓도 놓치지 않겠다는 듯 현관 전체를 지켜보고 있다. 역시 현관으로 나가는 건 무리다. 어떻게 해도 찍히고 만다.

나는 바깥 계단 쪽으로 이동해 뒷문의 CCTV도 확인했다. 이쪽도 틀렸다. 출입구가 제대로 찍히는 각도로 설치되어 있었다. 혀를 차며 머리 위 CCTV를 노려봤다. 마치 우리가 무슨 짓을 할지 다 알고 있다고 우쭐대는 것처럼 보인다. 때려 부술까? 아니, 극단적인 방법은 위험하다. 충동적으로 행동하면 안 된다. 냉정하게 대처법을 검토해야 한다. 심호흡을 했다. 일단 저 CCTV를 조사해보자. 스마트폰을 꺼내서 CCTV의 사진을 찍은 다음 이미지 검색 앱을 켰다. 몇 초 만에 상품명부터 제조 업체, 가격까지 정보가 주르륵 나왔다. 제조 업체의 공식 사이트에 들어가 상품 정보 페이지를 확인했다. 옥외 사용 가능, FHD 고화질, 야간·어두운 장소에서 촬영 가능. 더없이 믿음직한 상품 특징을 하나하나 읽어갔다. SD 카드의 녹화 시간은 최장 600시간. 날수로 바꾸면 25일. 그 시간이 지나면 SD 카드에 기록된 영상을 새로 찍은 영상이 덮어쓴다. 즉, 한 달이 지나면 우리를 찍은 영상은 저절로 지워진다. 다른 영상이 우리 영상을 덮어쓸 때까지 내버려둘까? 아니다. 한 달은 너무 길다. 아파트 입주자가 실종되면 먼저 CCTV 기록을 확인할 것이다.

어쩌지? 어떻게 해야 하지? 초조한 마음을 억누르고 설명서를 계속 읽었다. 그때 한 구절이 눈에 들어왔다. 화면을 스크롤하던 손가락을 멈추고 천천히 눈으로 글자를 좇았다. 이거라면 혹시…… 아니, 지레짐작으로는 안 된다. 확증이 필요하다. 취급 설명서를 다운로드해서 상세 내용을 확인했다. 머리 위에 있는 CCTV의 구조를 다시 관찰했다. 역시 틀림없다.

바로 전화를 걸었다. 신호가 떨어지자마자 이즈미 목소

리가 흘러나왔다.

"CCTV는 해결할 수 있을 것 같아."

필요한 물건을 이야기하고 전화를 끊었다. 얼마 지나지
않아 이즈미가 1층 뒷문에 나타났다.

"정말 가능한 거야?"

"응. 저거 SD 리코더 방식이야."

나는 CCTV를 가리켰다. 내 설명이 너무 짧았는지 이즈
미는 고개를 갸웃했다.

"이 CCTV는 촬영한 영상을 SD 카드에 저장하는 타입
이야."

"아, 방범용 CCTV 영상은 하드 디스크나 클라우드에
저장되는 줄 알았어."

"나도."

그래서 손을 쓸 수가 없다고 생각했다.

"SD 카드 방식의 CCTV는 설치가 간단한 게 장점이야.
물론 단점도 있지. CCTV에 내장된 SD 카드를 잃어버리면
영상을 확인할 수 없으니까."

이즈미의 두 눈이 휘둥그레졌다.

"그러니까, 그 말은······."

"저 CCTV에서 SD 카드를 빼내면 아무도 영상을 못 봐."

"그래서 사다리가 있냐고 물었구나."

"응. 사다리가 있어야 CCTV에 손이 닿으니까."

나는 주위에 사람이 없는지 확인했다.

"누가 오기 전에 SD 카드를 빼자."

"응, 사다리 어디에 놓을까?"

나와 이즈미는 CCTV 아래쪽 비스듬히 사다리를 배치했다.

"올라갈게."

이즈미가 붙잡고 있는 사다리를 한 단씩 올라갔다. 단숨에 눈높이가 높아졌다. 사다리 맨 위에 서서 천장까지 거리를 가늠했다. 닿을 수 있는 거리다. 몸의 균형이 무너지지 않게 살짝 손을 뻗었다.

"닿을 것 같아?"

이즈미가 물었다.

"아슬아슬하게."

나는 힘껏 손을 뻗었다.

"안 닿아."

몸체에는 닿지만, SD 카드가 꽂혀 있는 슬롯에는 손이 닿지 않는다. 까치발로 딛고 서서 팔을 뻗었다. 그래도 닿지 않는다. 몸이 흔들린다.

"괜찮아?"

"그럭저럭."

나는 한계까지 발끝을 세웠다. 조금만 더. 근육이 아플 만큼 팔을 뻗었다. 마침내 닿았다. 팔이 저려왔지만, CCTV 본체 뒤로 손을 뻗어 카드 슬롯을 손가락으로 눌렀다. 슬롯에서 카드가 나온 것을 손끝으로 확인하고, 그 카드를 신중하게 뽑았다.

"빠졌어."

그 말과 동시에 몸의 균형이 무너졌다. 까치발로 선 채 사다리 위에서 휘청거리자 사다리가 흔들렸다. 몸이 순식간에 기울더니 머리부터 뒤로 쓰러졌다.

"위험해!"

이즈미가 나를 껴안듯 받쳐주었다.

"고마워."

나는 자세를 바로잡고 손바닥에 있는 SD 카드를 보았다. '64GB'라고 적힌 SD 카드. 여기에 질량 이상의 무게가 있었다. 이 64GB에 우리 운명이 걸려 있었다. 나는 SD 카드를 신중하게 주머니에 넣었다.

"이것으로 뒷문은 해결. 이제 남은 건 정문 CCTV."

정문의 CCTV에는 오늘 밤 우리가 사무실을 방문한 영상이 남아 있다. 하우라와 이즈미가 같이 사무실로 올라가는 모습도 찍혔을 것이다. 확실히 없애야 할 증거였다. 정문은 뒷문과 달리 입주자와 맞닥뜨릴 확률이 높다. 입주자와 마주쳤을 때 평정을 유지할 수 있을지, 수상쩍게 보지는 않을지 걱정했지만, 다행히 정문에 얼쩡대는 사람은 없었다. 아까와 마찬가지로 사다리를 놓고 올라가서 SD 카드를 빼냈다. 뒷문보다 CCTV 위치가 낮아서 작업은 원활하게 종료되었다.

나는 두 장의 SD 카드를 주머니에 넣고, 이즈미와 함께 사무실로 올라갔다. 그러고 나서 몇십 분 후, 렌터카를 빌리러 간 델마가 돌아왔다. 시체는 케이스에 넣었고, 감시의 눈도 망가뜨렸다. 준비는 끝났다. 이제 시체만 없애면 된다.

"바깥 계단으로 내려가서 뒷문으로 나가자. 정문보다 사람과 마주칠 가능성이 적어."

내 말에 델마와 이즈미는 진지하게 귀를 기울였다. 사무실 안에서 마지막으로 계획을 확인했다.

"먼저 콘트라베이스 케이스를 차로 옮기자."

나는 하우라가 들어 있는 콘트라베이스 케이스를 흘낏 쳐다봤다.

"그러고 나서 대표 소지품을 차에 실어."

바닥에 놓인 캐리어를 가리켰다. 캐리어 안에는 하우라의 옷 몇 벌, 전원을 끈 스마트폰과 노트북이 들어 있었다.

하나같이 경찰 손에 들어가면 골치 아픈 기기들이다. 시체와 함께 없애야 한다.

"이동 중에는 아파트 입주자들이랑 마주치지 않게 주의하고. CCTV는 못 쓰게 만들었지만, 사람들 눈에 띄는 것도 피해야 해."

"수상하게 보면 성가시니까. 지금 시간도 그렇고."

델마가 맞장구를 쳤다.

"아무래도 짐이 너무 튀니까."

심야에 커다란 악기 케이스를 운반하는 여자 3인조라니, 의심스러울 수밖에 없다. CCTV 영상뿐 아니라 사람의 기억에도 남아서는 안 된다.

"짐을 전부 차에 싣고 산으로 가는 거야."

나는 이야기를 마무리 지으며 물었다.

"질문 있는 사람?"

델마가 고개를 저었다.

"괜찮아?"

줄곧 입을 다물고 있던 이즈미가 작은 소리로 물었다. 눈을 내리깐 채 망설이듯 뜸을 들이다 다시 물었다.

"두 사람 다 정말 괜찮아?"

명료하지 못한 질문. 하지만 무엇을 묻고 있는지는 알 수 있었다. 나와 델마는 가만히 이즈미를 응시했다.

"아직 안 늦었어."

이즈미가 현관 쪽을 가리켰다.

"지금 저 문을 나가면 아직 괜찮아. 이제부턴 나 혼자 할 게. 오늘 밤 두 사람이 여기에 왔던 건 절대로 아무한테도 말 안 해."

얻어맞아 부어오른 눈두덩이, 그 속의 눈동자가 어두운 각오를 머금고 있었다. 이즈미는 진심이다. 지금 우리가 나간다 해도 이즈미는 혼자 나머지 일을 처리하고 오늘 밤 있었던 일을 끝까지 감출 작정이다.

"멍청한 소리."

델마가 강한 어조로 일축했다.

"이제 와서 뭐라는 거야?"

"지금이 마지막 기회니까 말하는 거야."

이즈미는 더욱 세게 받아쳤다. 사무실의 공기가 긴장으로 팽팽해졌다.

"미안해. 하지만 더 이상은 안 돼. 진짜 돌이킬 수 없을 거야. 지금이라면 아직 두 사람은 돌아갈 수 있어. 아무 일도 없었던 것처럼 지낼 수 있어."

침묵이 흘렀다. 시신 유기, 범죄 방조, 증거 은닉. 앞으로 우리가 저지를 죄가 머리에 떠올랐다. 이제 평범한 삶으로 돌아갈 수 없다.

"진심으로 하는 말이야?"

델마가 타이르는 말투로 말했다.

"너 혼자 한다 치자. 일단 저걸 어떻게 옮길 건데? 대표가 마른 편이긴 하지만 적어도 60킬로그램은 나갈 텐데."

"할 수 있어. 어떻게든 하면 돼."

"산에 묻는 건? 사람 하나 온전히 파묻을 구멍을 파는 게 얼마나 힘든 일인지는 유치원 꼬맹이도 알겠다. 근데 그걸 너 혼자 하겠다고?"

"할 거야. 어떻게든."

"못 해. 네가 제일 잘 알잖아."

"하지만."

"하지만이고 뭐고, 너 혼자서 어떻게 할 수 있는 상황이 아니라니까! 시체를 처리하는 게 무슨 장난인 줄 알아? 나는 이미 각오했어. 근데 네가 그런 소리를 하면 어떡해."

"그래도 역시 두 사람을 더 이상 끌어들일 순 없어. 미안해, 내가 전화로 불러냈으면서. 정말 미안해. 하지만 나 같은 건 빨리 버리는 게 맞아. 난 돌이킬 수 없는 짓을 저질렀어. 사람의 목숨을 빼앗았으니까."

'빼앗았다.'

이즈미 얼굴의 검붉은 멍, 겁에 질린 표정, 바닥에 흩어져 있던 합성 마약.

아니다. 이즈미가 빼앗은 게 아니다.

"빼앗은 건 저쪽이야."

나는 확실히 알려주었다. 몇 번이나 무자비하게 폭행을 당하고, 공포에 떨며 위험한 약까지 먹을 뻔했다. 자유, 자존심, 존엄, 많은 것을 빼앗겼다. 이즈미는 그것을 되찾았을 뿐이다.

"넌 아무것도 빼앗지 않았어."

델마가 힘차게 고개를 끄덕였다. 이즈미는 멍하니 굳어 있었다. 나는 숨을 들이마시고 말을 이었다.

"우릴 끌어들이고 싶지 않은 이즈미 마음도 이해해. 하지만 이즈미 혼자 짊어지게 할 순 없어. 알아버린 이상, 못 본 척할 수 없으니까. 그러니까 아무도 빠지지 않을 거야. 셋이서 해. 함께 아이돌을 계속하기로 했잖아."

강요를 받은 것도 협박을 받은 것도 아니다. 나는 내 의지로 지금 여기에 서 있다.

"맞아. 이건 전부 그룹을 위해서야."

델마가 이즈미의 어깨에 손을 얹었다.

"너 혼자 책임이나 부담을 느낄 필요 없어. 전부 우리 셋의 몫이니까."

"정말 괜찮아?"

이즈미의 목소리는 잠겨 있었다.

"이제 평범하게 살 수 없어."

"멍청아, 평범한 여자애처럼 살고 싶었다면 아이돌 안 했지."

"델마가 말한 대로야."

이즈미가 눈도 깜빡이지 않고 우리를 응시했다. 눈물이 흰 뺨을 타고 흘러내렸다.

"고마워."

"울지 마."

나는 티슈를 건넸다. 이즈미는 티슈로 눈가를 닦고 코를 풀었다.

"미안, 이제 괜찮아."

그렇게 말하는 이즈미의 눈언저리는 멍과 눈물로 엉망이었지만 눈동자에 깃든 어두운 빛은 사라지고 없었다.

"그럼, 다시 묻겠는데."

나는 두 사람을 보았다.

"준비됐어?"

델마와 이즈미가 차분하게 고개를 끄덕였다.

"가자."

그게 신호였다. 우리는 조용히 행동을 개시했다. 셋이 함께 콘트라베이스 케이스를 들고 현관을 나섰다. 어깨끈이 망가져서 손으로 들어 옮겨야 했다. 밖에는 차가운 바람이 불고 있었다. 되도록 발소리가 나지 않도록 주의하며 공용 복도를 지나 바깥 계단으로 향했다.

"발밑 조심해."

"이 계단 가파르네."

"천천히, 천천히 내려가."

서로 나지막하게 말을 건네며 바깥 계단을 내려갔다. 아무에게도 들키지 않게 되도록 빨리 차로 운반해야 한다. 하지만 시체를 담은 케이스는 예상보다 훨씬 무거웠다. 세 명이 함께 들었는데도 옮기기가 쉽지 않았다. 조금이라도 힘을 빼면 바로 떨어뜨릴 것 같았다. 계단을 빨리 내려가는 건 도저히 무리였다. 케이스 원단을 통해 하우라의 뒤통수를 고스란히 느끼며 신중하게 한 계단씩 내려갔다. 3층에 다다랐을 무렵에는 숨이 턱 끝까지 차올랐고, 온몸에 땀이 흥건했다.

"조금만 더 가면 돼. 힘내자."

나는 작은 소리로 두 사람을 독려했다.

"팔이 막 떨려."

"손가락 끊어질 것 같아."

거친 숨을 몰아쉬며 두 사람이 대답했다. 힘들어 보이지만 1층까지는 그럭저럭 버틸 수 있을 것이다. 나는 케이스를 잡은 손에 힘을 주고 계단을 헛디디지 않도록 조심하며 나아갔다.

갑자기 근처 간선도로에서 바이크 엔진 소리가 들려왔다. 신호 대기 중에 엔진을 고속으로 회전시키는지, 귀청을 찢는 굉음이 울려 퍼졌다. 평소라면 시끄럽다고 욕했겠지만 지금은 그저 고마웠다. 저 소음이 우리가 내는 소리를 감쪽같이 지워줄 테니까. 바이크 소리가 한층 더 크게 들리더니 서서히 멀어져갔다. 바이크가 떠나가고 다시 주변이 조용해졌을 때, 소리가 들려왔다.

탁, 탁, 탁.

전율이 일었다. 우리는 말없이 서로 얼굴을 마주 보았다. 발소리다. 누군가 계단을 올라오고 있었다. 바이크 소리 때문에 다가오는 발소리를 전혀 알아차리지 못했다. 아마 여기 입주민일 것이다. 바로 아래까지 왔다. 이대로라면 마주치고 만다. 어쩌지? 계단을 올라가서 몸을 숨기는 수밖에 없다. 세 사람 모두 똑같은 결론에 다다른 게 분명했다. 우리는 일제히 몸을 돌려 계단을 올라갔다. 하지만 너무 급하게 서두르느라 움직임이 제각각이었다. 가까스로 버티던 힘의 균형이 무너졌다. 큰일이다! 속으로 외쳤을 때는 이미 세 사람의 손에서 케이스가 떠난 뒤였다. 60킬로그램 가까운 물체가 들어 있는 케이스가 바닥으로 떨어졌다. 악기가 떨어졌다고 보기엔 너무나 둔탁한 소리가 났다.

"응?"

바로 아래쪽에서 남자의 낮은 목소리가 들렸다. 발소리가 다시 가까워졌다. 빨리, 빨리 서둘러. 나는 케이스에 손을 뻗으려다 얼어붙고 말았다. 케이스에서 하우라의 팔이 삐져나왔다. 바닥에 떨어진 충격으로 지퍼가 완전히 망가진 것이다. 힘겹게 닫아놓았던 지퍼가 열리고, 거기서 하우라의 팔이 비죽 나와서 축 늘어졌다. 나는 하우라의 팔을 황급히 케이스에 밀어 넣었다.

"무슨 일이야?"

등 바로 뒤에서 남자의 목소리가 들렸다. 렐마와 이즈미는 위층을 올려다보는 자세 그대로 굳어버렸다. 그 등에서 격렬한 동요가 전해졌다. 늦었다. 들키고 말았다. 낙담 속에서도 나는 머리를 굴렸다. 여자 셋이 계단 중간에서 오도 가도 못하고 있으니 말을 걸었을 뿐이야. 설마 시체를 옮기고 있을 거라고는 생각하지 못할 거야. 어떻게 대답하지? 뭐라고 얼버무리지?

"나? 지금 집에 가는 중이지."

이쪽이 대답하기도 전에 남자가 다시 말했다. 이상하다. 어디 가냐고 묻지도 않았는데. 나는 돌아서서 목소리의 주인을 찾았다. 하지만 남자는 보이지 않았다. 아래층 층계

참에 멈춰 선 그림자가 보였다.

"진짜? 난바에서 마시고 있다고?"

아, 통화 중이구나. 남자는 층계참에 선 채로 걸려 온 전화를 받고 있었다.

"당연히 괜찮지. 갈 수 있고말고. 바로 갈게."

통화를 마친 남자는 콧노래를 부르며 계단을 내려갔다.

탁, 탁, 탁.

발소리가 서서히 멀어졌다. 우리는 숨죽인 채 그 소리를 들었다. 얼마 지나지 않아 발소리가 완전히 사라졌다. 서로 한마디도 하지 않고 우리는 케이스에 손을 뻗었다. 케이스를 고쳐 잡고, 다시 계단을 내려가기 시작했다.

"수명이 5년은 줄었어."

델마가 나지막하게 중얼거렸다. 그 후로는 입주자와 스치는 일 없이 뒷문에 도착할 수 있었다. 오가는 사람이 있는지 확인하고, 뒷문 가까이에 세워둔 렌터카에 케이스를 실었다. 원박스카라서 공간은 넉넉했다. 뒷좌석을 눕혔더니 하우라의 시체가 들어 있는 커다란 케이스도 어렵지 않게 들어갔다. 망가진 지퍼는 접착력이 센 테이프로 응급조치했다. 운전 중에 시체가 튀어나오면 큰일이니까. 그러고 나서 다시 사무실로 돌아가 하우라의 소지품을 넣은 캐리어를 들고 와 차에 실었다. 옮길 물건을 다 싣고 나서 내비

게이션으로 목적지인 산 주변까지의 경로를 검색했다. 도착 예정 시각은 앞으로 한 시간 반 뒤.

"출발한다."

나는 시동을 걸고 차를 출발시켰다. 차가 인적 없는 골목을 달리기 시작했다. 백미러로 후방을 확인하자 어둠 속에 솟아 있는 쓰텐카쿠가 보였다.

"해냈네. 위험했지만."

뒷좌석의 델마는 창에 달라붙듯이 앉아 있었다. 가운데 좌석에 있는 시체와 조금이라도 거리를 두고 싶을 것이다.

"정말 위험했어."

조수석의 이즈미가 긴 한숨을 토해냈다. 조금 전까지 팽팽하게 긴장되어 있던 공기가 조금은 느슨해졌다. 죽을 듯이 피곤했지만, 이제 남에게 들킬까봐 경계하지 않아도 된다는 사실만으로도 제법 마음이 편해졌다. 나는 난방을 조절하며 말했다.

"둘 다 좀 쉬어둬. 산에 도착하면 그때부터 본방이니까."

시체를 나르는 것보다 훨씬 고된 작업이 기다리고 있다.

"루이도 힘들면 말해. 운전 교대해줄게."

델마가 말을 붙였다. 나와 델마는 회사 차를 운전해야 할 때가 많아서 운전에는 그럭저럭 익숙했다.

"난 운전면허가 없으니까 길 안내는 확실히 할게."

이즈미는 지도 앱을 켠 스마트폰을 치켜들었다.

"부탁한다. 산까지 가는 길을 아는 사람은 이즈미뿐이니까."

"응, 나한테 맡겨."

두 사람의 대화를 들으면서 나는 핸들을 꺾어 우회전했다. 그러고 보니 처음 아닌가? 델마가 이즈미의 이름을 부르는 것을 처음 들었다.

심야의 도로는 텅 비어 있었다. 그러나 절대로 빠르게 달리지 않고 일정한 속도를 유지하며 신중에 신중을 거듭해 차를 몰았다. 조금이라도 빨리 산에 도착하고 싶지만, 시체를 실은 채 사고를 일으키면 끝장이다. 평소에는 아무렇지 않게 할 차선 변경이나 고속도로 합류도 답답할 만큼 주의를 기울였다. 마주 오는 차와 스쳐 지나갈 때마다, 뒤따라오는 차에 추월당할 때마다 충돌하는 게 아닐까 가슴이 조여들었다.

신경을 바짝 곤두세운 채 운전하면서 이즈미네 산에 대해 설명을 들었다. 이즈미의 조부가 지인에게 구매한 산으로, 면적은 약 8헥타르. 대략 고시엔 구장 두 개가 들어갈 만한 부지다. 이즈미가 어렸을 적에는 가족이 종종 캠핑이나 단풍놀이를 하러 가곤 했지만, 최근 몇 년 동안은 거의 찾은 적이 없다고 한다. 한때 팔 생각도 했지만 적당한 구매자가 없었고, 지자체에 기부하자는 말도 나왔는데 부동산 가치가 낮다며 받아들여지지 않았다고. 가옥이 없는 임야라서 세금 등 유지비는 거의 들지 않아 그냥 방치해놓은 상태라고 한다. 뭔가를 숨기기에는 안성맞춤인 장소였다.

차는 한신 고속도로를 줄곧 달리다가 일반도로로 빠졌다. 다시 몇십 킬로미터를 달리자 건물이 서서히 줄어들고, 도시의 빛이 끊겼다. 차는 산길을 쉬지 않고 달렸다. 주위에 민가도 없고 도로에 차도 없었다. 헤드라이트가 어둠을 둥글게 떼어내며 칠흑 같은 밤길을 나아갔다. 주위는 온통 모든 것을 집어삼킬 듯한 암흑이 펼쳐져 있었다. 공포스럽지는 않았다. 오히려 우리를 숨겨줄 것 같아서 안심이 됐다.

"거의 다 왔어. 조금만 더 가면 돼. 다음 갈림길에서 좌회전."

이즈미가 스마트폰과 창밖을 번갈아 보았다. 델마는 뒷좌석에서 몸을 내밀어 이즈미의 스마트폰을 들여다보고 말했다.

"1킬로쯤 지나면 갈림길이 나오네."

나는 차의 속도를 늦추었다. 이윽고 갈림길이 나타났다. 좌회전해서 다시 산길을 올랐다. 얼마 지나지 않아 이즈미가 전방을 가리켰다.

"도착했어. 저기가 우리 산 입구야."

이즈미의 손가락이 가리키는 끝에는 차 한 대가 간신히 지나갈 만큼 좁은 길과 '여기서부터 사유지: 출입 금지'라고 적힌 입간판이 있었다.

"이 길로 직진해."

이즈미의 지시에 따라 사유지로 들어섰다. 비좁은 길을 최대한 천천히 나아가자 조금 트인 장소가 나왔다.

"차가 들어올 수 있는 건 여기까지야."

이즈미의 말에 차를 세웠다. 라이트가 비추는 끝에 조립식 창고가 있었다.

"창고에 삽이 있을 거야."

"가보자."

시동을 끄고 차에서 내렸다. 지독하게 추웠다. 몸이 심지부터 차가워지는 밤공기다.

"너무 추워. 여기 진짜 간사이 맞아?"

"지금 기온, 영하 3도래."

차에서 나온 두 사람이 하얀 입김을 토하며 팔을 쓰다듬었다. 이즈미가 창고 문에 설치된 다이얼식 열쇠 보관함에서 열쇠를 꺼내어 창고를 열었다. 문을 열자마자 곰팡내가 훅 덮쳐왔다. 스마트폰 조명으로 창고 안을 비추었다. 서

둘러 삽, 헤드라이트, 목장갑 같은 장비를 찾아들고 창고를 나섰다.

남은 미션은 이제 하나다.

"어디에 묻을까?"

"저쪽에 좋은 곳이 있어. 좀 걸어야 하지만."

이즈미가 창고 뒤쪽에 있는 캄캄한 숲을 가리켰다.

"앞장서."

"응. 날 따라와."

이즈미가 앞에서 걷기 시작했다.

"저렇게 어두운 숲으로 들어간다고? 빡세네."

델마는 한숨을 지으며 혼잣말을 했다.

"여기서 기다릴래?"

내 제안에 델마는 고개를 저었다.

"아냐, 같이 가."

등 뒤의 차를 힐끗 보며 델마는 말했다.

"혼자 여기 있는 게 더 빡세."

이즈미를 선두로 우리는 숲을 헤치고 들어갔다. 달빛도 닿지 않는 숲은 어둠의 밀도가 한층 짙었고 차가웠다. 스마트폰 조명만을 의지해 먹을 쏟은 듯한 암흑의 숲을 걸었다. 나뭇가지와 이파리에 뺨이 스치고, 거미줄에 얼굴이 걸리고, 나무뿌리와 돌멩이에 발이 걸렸다. 그때마다 나는 흠칫했다. 델마는 몇 번이나 비명을 질렀다. 앞장선 이즈미만 멀쩡하게 발걸음을 옮겼다. 어린 시절부터 왔던 곳이어서일까? 아마 그런 이유만은 아닐 것이다. 각오를 한 거겠지. 우리를 끌어들인 책임을 지고 반드시 이 일을 끝마치겠노라고.

"다 왔어."

이즈미가 스마트폰 조명으로 주위를 비추었다. 그 주변만 나무가 없이 덩그러니 비어 있었다. 여기라면 나무뿌리가 없을 테니 깊이 팔 수 있을 터였다. 나는 힘주어 땅을 밟아보았다. 부드럽다. 탄력이 있는 검은 흙이다. 삽을 지면에 꽂으니 푹 들어갔다. 어렵지 않게 팔 수 있겠다.

"여기라면 될 것 같아. 짐 가지고 오자."

삽을 땅에 꽂아둔 채, 우리는 어두운 숲을 다시 거쳐 차를 세워둔 곳으로 되돌아갔다. 차 트렁크를 열고 하우라의 시체가 들어 있는 케이스를 차 밖으로 꺼냈다.

"이건 어쩌지?"

델마가 차 안에 있는 캐리어를 가리켰다. 캐리어 안에는 하우라의 스마트폰과 노트북이 들어 있다.

"캐리어는 두고 가자."

나는 트렁크를 닫았다.

"그건 다른 곳에서 처분하는 게 나을 것 같아. 이 케이스랑 같이."

전자기기는 물리적으로 파괴하고 버려야 한다. 우리는
머리에 헤드라이트를 차고 불을 밝혔다. 하나 둘 셋, 구호
에 맞춰 케이스를 들어 올리고 다시 숲에 발을 디뎠다. 무
거운 시체를 들고 심야의 숲속을 이동하기란 아파트 계단
을 내려오는 것보다 훨씬 고된 일이었다. 아파트 계단처
럼 큰 단차는 없지만, 나무나 돌 같은 장애물이 많아서 길
이 험했다. 헤드라이트로 발밑을 비추며 신중하게 나아갔
지만, 몇 번이나 발이 걸려 케이스를 떨어뜨릴 뻔했다. 마
침내 묻을 장소에 도착했을 때는 셋 다 온몸이 땀투성이였
다. 무릎부터 무너지듯 허리를 숙이고 거친 호흡을 되풀이
했다. 호흡이 가라앉자 몸을 일으켰다.

"이제 시작하자."

아까 꽂아둔 삽을 잡았다. 델마와 이즈미도 삽을 들었
다. 그 후로는 그저 삽질의 반복이었다. 삽을 꽂고, 땅을 파
고, 흙을 치웠다. 여자 힘으로도 비교적 어렵지 않았다. 이
속도라면 동트기 전에 구덩이가 완성될 것이다. 생각을 비
운 채 삽질에 몰두했다. 어두운 숲에 세 사람의 숨소리와
삽질 소리만 이어졌다. 그렇게 두 시간쯤 뒤에 작업이 끝
났다. 세로 1미터 70센티, 가로와 깊이는 80센티쯤 되는 구
덩이가 생겼다.

"되게 크다."

델마가 구덩이를 들여다보았다.

"이 정도면 될까?"

이즈미가 내게 물었다.

"내가 들어갈 수 있으니까 괜찮을 거야."

하우라는 나랑 키가 비슷하니까 이 정도면 문제없다. 할 수만 있다면 좀 더 크고 깊게 파고 싶지만, 그러기에는 도구와 시간과 기술이 모자랐다.

"가지고 오자."

셋이서 케이스를 구덩이 바로 옆까지 질질 끌듯이 옮겨 왔다.

"꺼내서 묻자."

케이스를 가리키며 내가 말했다.

"왜? 이대로 묻으면 안 돼?"

델마의 얼굴이 굳어졌다. 시체를 보고 싶지 않아서겠지.

"케이스에 넣은 채로 묻으면 썩는 데 오래 걸릴 수 있어."

하우라의 목에 남은 살해 흔적을 생각하면 시체는 되도록 빨리 썩어 없어져야 한다.

"그럼 꺼내서 묻자."

이즈미가 지퍼를 보강해놓은 테이프를 삽날로 잘라냈다. 케이스가 열리고 몸의 일부분이 드러났다. 셋이서 동시에 케이스를 들어 올려 시체를 구덩이로 떨어뜨렸다. 하우라는 아무 저항도 하지 못하고 구덩이로 굴러떨어졌다. 뒤통수를 지면에 세게 부딪쳤지만 말없이 위를 바라볼 뿐이었다. 옷을 벗길까 잠시 고민했지만, 이미 사후경직이 시작되고 있어서 그만두었다. 하우라의 긴 앞머리를 흐트러뜨리고 이마를 드러냈다. 이마에는 커다란 혹이 있었다. 그 혹이 콤플렉스였는지 하우라는 늘 앞머리로 이마를 가리고 다녔다. 나는 삽으로 흙을 퍼서 하우라의 이마에 뿌렸다. 혹은 금세 다시 사라졌다. 그저 단백질 덩어리가 된 하우라에게 흙을 계속 끼얹었다.

그는 죽었다. 새삼스럽게 그 사실이 실감 났다. 하우라와의 추억이 머릿속에 되살아났다. 좋은 추억은 아니었다. 터무니없는 일을 시키고, 폴라로이드 매출이 낮다고 잔소리하던 그런 기억. 하나같이 변변찮은 기억이다. 하지만 가슴은 울렁거렸다. 우리는 지금 대표를 묻고 있다. 아무도 찾지 못하게 없애는 중이다. 용서받지 못할 죄를 저지르고 있다. 델마가 토했다. 이즈미는 피가 나올 만큼 세게 입술을 깨물고 삽질을 했다. 묵묵히 흙을 계속 끼얹었다. 다 묻은 후, 흙을 밟아서 다지고, 다른 부분과 구분이 되지 않도록 표면을 골랐다. 묻은 곳이 두드러지지 않도록 낙엽과 나뭇가지를 그 주변에 골고루 흩뿌렸다. 우리가 지금

할 수 있는 일은 이 정도일 것이다.

드디어 작업이 끝났다. 우리는 서로 마주 보며 고개를 끄덕이고 말없이 그 자리를 떠났다. 창고에 도구를 가져다 놓고 차에 올라탔다. 나는 운전석에 앉아 시동을 걸었다. 핸들을 조금씩 틀어가며 출구로 향했다. 액셀을 밟으면서 운전석 옆 창을 조금 열었다. 파우치에서 담배를 꺼내 불을 붙였다. 열린 창 틈새로 연기를 내뿜다 말고 멈칫했다. 그동안 두 사람 앞에서 담배 피우는 모습을 보여주지 않으려고 조심했는데, 나도 모르게 피우고 말았다. 차 안을 흘깃 둘러보았다. 델마와 이즈미는 축 늘어져 자리에 기대 있었다. 흡연에 딱히 놀라지도 않을뿐더러 담배를 꺼리지도 않았다. 그저 넋이 나간 모습으로 축 늘어져 있을 뿐이었다. 나는 연거푸 담배를 세 개비 피웠다. 차 안은 깊은 침묵으로 빠져들었다. 누구 하나 입을 떼지 않고 산길을 내려갔다.

"씻고 싶어."

델마가 입을 연 것은 한참 뒤였다. 새벽이 오고 있었고 차는 슬슬 오사카 시내로 진입하려던 참이었다.

"땀에다 흙까지. 엉망이야."

"나도. 끈적끈적해서 기분 나빠."

이즈미가 자기 목덜미를 만졌다.

"어디 목욕할 데 없나?"

"지금 시간이 이래서……."

이즈미가 스마트폰을 꺼냈다.

"영업 중인 목욕탕이 없나 봐."

곧 도착하니 집에 가서 씻으면 되지 않을까 생각했지만, 둘 다 혼자 있고 싶지 않겠지. 그 마음은 충분히 이해할 수 있었다. 게다가 앞으로 어떻게 할지 의논해야 하니까 아직은 해산할 때가 아니다.

"새벽 댓바람이니까."

델마는 뒷좌석으로 널브러졌다.

"이런 시간에 문을 연 목욕탕은 없을 거야."

"있어."

나는 브레이크를 밟으며 말했다. 차가 빨간불 앞에서 멈추었다. 델마가 몸을 일으켰다.

"어디?"

"우리 집 근처에 새벽부터 영업하는 목욕탕이 있어."

가게 이름을 덧붙여 말했다.

"진짜네. 벌써 문을 열었어."

이즈미가 스마트폰 화면을 우리에게 보여주었다.

"가자."

델마가 말하자마자 신호가 파란불로 바뀌었다. 나는 액셀을 밟아 새로운 목적지로 향했다. 20분도 채 지나지 않아 목욕탕에 도착했다. 목욕탕이라고 적힌 포렴 밑을 지나 안으로 들어갔다. 청동 조각처럼 미동도 없이 카운터를 지키는 아줌마에게 돈을 내고 탈의실로 향했다. 아직 해도 뜨지 않은 새벽이라 그런지 탈의실에는 아무도 없었다.

"우리가 전세 냈네."

델마의 목소리가 조금 활기를 띠었다.

"여긴 아는 사람만 오는 데라서."

몇 번 이용한 적 있지만, 언제 와도 사람이 없었다.

"잠깐 화장실 좀 갔다 올게."

먼저 들어가, 하며 이즈미는 탈의실 구석에 있는 화장실 문을 닫았다. 나와 델마는 나란히 옷을 벗었다. 간신히 둘이 되었기에 나는 줄곧 마음에 걸리던 것을 물었다.

"왜 도운 거야?"

셋이서 아이돌을 계속하고 싶다, 델마가 이렇게 말하지 않았다면 우리는 다른 선택을 했을지도 모른다. 하우라를 묻어버리는 선택이 아니라. 공범이 되면서까지 델마가 이즈미를 도운 이유는 무엇일까? 돌이킬 수 없는 짓을 해서라도 셋이서 아이돌을 계속하고 싶은 이유를 알고 싶었다.

"나도 잘 몰라."

델마는 셔츠를 벗으며 말했다.

"처음에 전화로 이야기를 들었을 땐 신고할 생각이었어. 세상에 같은 그룹 멤버가 대표를 죽이다니. 이건 내가 감당할 수 있는 일이 아니잖아. 경찰이 해결할 일이지."

하지만, 하고 델마는 말을 이었다.

"사무실에서 이즈미를 보고 그런 생각은 몽땅 날아가버렸어. 멍이 든 이즈미 얼굴을 보니까 아무 말도 못 하겠더라고. 뭐 하나 부족한 거 없이 편하게만 산다고 한심해하던 애가 그런 꼴을 당하고 있을 줄이야. 난 정말 몰랐어. 알려고도 안 했고."

이즈미에게 모질게 굴었던 자신을 반성하듯 델마는 미간을 찌푸렸다.

"정신 차리고 보니 내가 시체를 옮기고 있던데? 내가 감당 못 할 일이라고 생각하면서도 몸이 멋대로 움직였어."

그랬구나. 결국.

"머리가 시킨 게 아니었구나."

"이성적으로 따져봤자, 셋이 아이돌을 계속할 수 있는 방법은 없으니까."

"힘들지, 그건."

경찰에 신고하면 셋이서 아이돌을 하던 나날은 끝이다. 그러니 이성을 뛰어넘을 수밖에 없었다.

"이걸로 됐어, 그치? 이렇게 할 수밖에 없었던 거야."

묻고 있는 건지, 자신을 타이르는 것인지 분명하지 않은 말투였다. 델마는 내게 답을 구하지 않았다. 나도 아무 말도 하지 않았다. 대화를 어중간하게 끝낸 채 옷을 모두 벗고 욕장 쪽으로 걸음을 내디뎠다. 온탕과 냉탕 한 개씩만 있는 아담한 욕장이었지만, 우리끼리만 있으니 해방감이 느껴졌다. 무엇보다 녹초가 된 몸에 목욕은 즉각적인 효과가 있었다. 우리 셋은 다리를 뻗고 욕탕 깊숙이 몸을 담갔다. 델마가 으으으으, 하는 신음을 흘렸다. 이즈미는 조용히 눈을 감았다. 두 사람 모두 기분이 좋아 보였다. 나도 쾌적한 온기에 그저 몸을 맡기기로 했다.

몸에 엉겨 붙은 불쾌한 땀과 흙이 씻겨나갔다. 겨울 산의 한기와 장시간의 작업으로 딱딱하게 굳은 몸을 따뜻한 물이 천천히 풀어주었다. 계속 물속을 떠다니고 싶을 만큼 쾌적했다. 나는 힘이 빠진 팔다리를 흐늘거리며 천장을 올려다보았다. 천창으로 아침 해가 들어오고 있었다. 부드러운 햇빛이 반짝반짝 욕장을 비추었다. 더없이 평온한 풍경이었다. 아침의 대중목욕탕은 평화의 상징이다. 이렇게나 목가적이면 여기에 다다르기 전까지 있었던 일은 전부 꿈이었나 하는 의심마저 든다.

하지만 내 손에는 하우라의 무게가 아직도 남아 있고,

코에는 배설물 냄새가 들러붙어 있다. 으스스한 산의 정적
도, 얼어붙을 듯한 추위도, 달빛조차 닿지 않던 어둠도, 밟
아 다지던 땅의 감촉도 또렷하게 몸에 새겨져 있었다. 시간
이 지나면 희미해질지언정 없어지지는 않을 것이다. 어디
에 있든, 무엇을 하든 문득 떠오를 것이다. 당시의 기억이
생생하게 되살아나고 그때마다 크게 타격을 받을 것이다.

"있잖아."

조심스러운 목소리가 상념을 차단했다. 이즈미가 나와
델마를 번갈아 보았다.

"두 사람은 왜…… 왜 날 도와줬어?"

역시 이즈미도 궁금했던 모양이다. 젖은 머리카락을 손
가락으로 만지며 물었다. 한쪽 눈에 멍이 들고 통통 부은
얼굴. 끔찍한 범죄를 저지르고 난 다음인데도 이즈미는 변
함없이 아름다웠다.

"왜긴 왜야. 그야 뭐, 상황이 좀 그랬으니까, 뭐."

델마는 당황한 듯 얼버무리며 나를 보았다. 자기 스스로
도 이유를 말로 설명할 수 없는지 당혹스러워 보였다. 그
럼 나는 왜 이즈미를 도왔을까? 어째서 살인 은폐에 가담
했을까? 속죄, 이 말이 뇌리를 스쳤다. 웃기지 마. 속죄 따
위 못 해. 뭘 하든 이미 늦었어. 과거의 기억이 슬글슬금 떠
오르면서 자기혐오로 얼굴이 일그러지는 게 느껴졌다. 부

랴부랴 두 손으로 물을 떠서 얼굴에 끼얹었다.

"동료니까."

나는 허울 좋은 말로 얼버무렸다.

"이즈미는 같은 그룹 동료니까."

"나도 뭐, 그래서 그랬지."

델마가 동의했다. 이즈미는 우리를 지그시 바라보았다.

"두 사람 다 고마워."

불쑥 그렇게 말했다.

"두 사람이 없었다면, 나 혼자 끝까지 해내지 못했을 거야. 정말 고마워."

델마가 얌전히 고개를 끄덕였다. 하지만 나는 끄덕일 수 없었다. 아직 끝난 게 아니기 때문이다.

"아니, 지금부터야."

두 사람의 시선이 나에게 모였다.

"명심해. 지금부터가 시작이야."

출발선에서 이제 막 달리기 시작했을 따름이다.

"우리가 한 짓을 앞으로 영원히 누구한테도 들켜서는 안 돼. 무슨 일이 있어도 숨겨야 해. 그렇게 돼야 비로소 끝마쳤다고 할 수 있어."

더는 한 걸음도 떼지 못할 만큼 지쳐도, 어떤 장애물이 있어도 멈추는 건 허락되지 않는다. 오로지 계속 달릴 수밖에 없다. 언제까지? 죽을 때까지.

"하지만 우리 잘 처리한 거 아냐? 뭐 하나 실수한 것도 없었어."

델마가 반박했다.

"카메라에도 안 찍혔고, 아무도 안 가는 곳에 묻었잖아."

"어딘가 빈틈이 있었을지도 몰라."

아파트 아닌 곳에서 결정적인 증거를 남겼을지도 모른다. 부패한 냄새를 맡은 짐승이 시체를 파낼지도 모른다. 사건이 드러날 가능성은 얼마든지 있다.

"사전 계획이나 준비 없이 저질렀으니까. 어디선가 실수가 있었다고 전제하는 편이 나아. 완벽한 뒤처리는 절대로 불가능해."

애초에 AI에 의한 감시 시스템이 나날이 진화하는 이 나라에서 완벽하게 범죄를 숨기기란 불가능에 가깝다.

"설마…… 그럴까."

이즈미가 비통한 목소리로 중얼거렸다. 델마는 납득이 가지 않는다는 듯 미간을 찌푸렸다. 괜스레 불안을 부추기고 싶어서가 아니다. 본론은 지금부터다.

"그러니까 우리가 완벽하지 않다는 걸 자각하고 행동하자는 이야기야. 언제든 우리를 수상하게 보거나 의심하는 사람들이 나타날지도 모르니까."

그래도, 하고 나는 목소리를 낮추었다.

　　"시체가 발견되지 않는 한 괜찮을 거야. 사건성이 없으면 일단 경찰은 개입하지 않으니까. 어쨌든 중요한 점은 대표가 자기 의지로 사라졌다고 사람들이 믿게 하는 거야. 그 과정에서 아무리 사람들이 우리를 수상하게 보거나 의심하더라도, 제일 중요한 증거가 저기 묻혀 있는 한 문제없어. 그러니까 꼭 완벽하지 않아도 돼."

　　완벽하지 않아도 완전범죄는 가능하다. 수증기 너머로 보이는 두 사람은 어딘가 멍한 표정이었다. 델마가 눈에 떨어진 물방울을 닦으며 말했다.

　　"늘 냉정하다고는 생각했지만, 이런 상황이 되고 보니까 역시 루이 엄청 냉정하다."

　　"진짜로."

　　이즈미가 델마의 말에 고개를 끄덕였다.

　　"난 경험자니까."

　　"경험자?"

　　두 사람이 고개를 갸웃했다.

　　"사람을 죽인 적이 있으니까."

　　나는 그들보다 한발 먼저 탕에서 나왔다.

　　꿈을 꾸었다. 아버지가 고함을 지른다. 어머니는 고개를 숙인 채 침묵을 지킨다. 아, 또 이 꿈이구나. 꿈속이지만 질린다.

지독하게 지치는 날이면 옛 기억을 꿈으로 꾸곤 했다. 내가 여섯 살 때의 기억이다. 그 무렵 우리 집은 급격하게 무너지고 있었다. 먼저 아버지가 바뀌었다. 온화하고 차분하던 아버지는 극단적으로 성미가 급해지고 사소한 일로도 언성을 높이고 화를 냈다. 사업이 어려워진 것이 원인이었을 것이다. 그리고 어머니가 지독한 우울증에 걸렸다. 어머니는 무기력해졌고 아버지는 어머니의 행동 하나하나에 트집을 잡고 질책했다. 어머니는 점점 더 움츠러들었고 그런 어머니를 아버지는 더 책망했다. 악순환이 이어지면서 어머니의 심신이 모두 깎여나갔다. 얼굴에서 웃음이 사라지고, 우중충한 공기가 늘 어머니를 휘감았다. 아버지가 고함을 치고, 어머니가 창백한 얼굴로 몸을 떤다. 그것이 그 무렵의 일상이었다. 양친의 불화는 여섯 살 아이의 세계를 뒤흔드는 비극이었다.

그래서 아버지의 일방적인 비난이 시작될 기미가 보이면 나는 침대로 숨어 폭풍이 지나가기를 기다렸다. 슬펐다. 하지만 고독하지는 않았다. 여동생이 있었기 때문이다. 아버지의 목소리가 동생에게 닿지 않도록 나는 침대 속에서 동생의 귀를 막았다. 아직 어려서 아무것도 몰랐던 두 살짜리 동생은 나를 보며 생글생글 웃었다. 그 천진난만한 모습이 어둡게 가라앉는 마음을 건져주었다. 무너져 가는 집에서 동생만이 나의 구원이었다. 이 아이만은 지켜야지. 어린 나는 그렇게 마음먹었다.

알람이 울린다. 의식이 순식간에 현실로 돌아왔다. 나는 눈을 떴다. 눈꺼풀 안으로 떠올랐던 추억이 사라지고 현실이 시작되었다. 아침 6시. 널따란 침실은 조용했다. 커튼 틈새로 아련하게 햇살이 비쳤다. 나는 이불을 젖히고 상체를 일으켰다. 춥다. 몸이 무겁다. 특히 목덜미에서 어깨까지 근육이 지독하게 당겼다. 무거운 것을 옮기고 삽질을 한 영향일 것이다. 침대에서 나오기 전에 스마트폰을 확인했다. 뉴스 사이트를 열어 기사를 읽었다. 대학 입학 시험, 지진 재해 추도, 유명 연예인의 불륜……. 전국 뉴스를 한 차례 훑고, 간사이 지방의 뉴스를 찾아보았다. 고속도로 정체, 사기 사건, 이번 주말 날씨 예보……. 샅샅이 찾아봤지만 역시 없다. 산에서 시체가 발견되었다는 뉴스는 어디에도 없었다. 안도의 한숨을 내쉬고 침대에서 일어나 침실을 나섰다. 세면대에서 얼굴을 씻고 거실로 이동해 스마트폰으로 SNS를 훑어보고 있자니 뒤에서 인기척이 들려온다.

"안녕."

이즈미가 거실로 들어왔다. 여전히 눈가의 멍이 딱해 보였다.

"안녕. 잘 잤어?"

"별로. 밤에 몇 번이나 깼어."

그랬겠지. 고작 하루이틀 정도로 회복될 리 없다.

"커피 내릴 건데 루이도 마실래?"

"응. 고마워."

이즈미가 부엌에서 컵 두 개를 꺼냈다. 안색은 어제보다 꽤 나아졌다. 조금이지만 식사도 했고 겉으로는 문제가 없어 보였다. 마음이 어떤지는 모르겠지만. 나와 이즈미는 테이블을 사이에 두고 마주 앉아 김이 오르는 컵에 입을 댔다. 향긋한 커피 향이 비강을 지나자 기분이 누그러졌다. 그때 다시 거실 문이 열렸다.

"안녕."

잔뜩 헝클어진 까치집을 이고 델마가 얼굴을 내밀었다. 배를 긁적긁적 긁으며 느릿느릿 의자에 앉는다.

"너도 커피 마실 거야?"

"마실래."

아직 꿈속에 있는 듯한 목소리다.

"설탕은 빼고 우유는 넣고, 맞지? 기다려."

이즈미가 서둘러 주방으로 간다. 아침 시간에 약한 델마는 반쯤 뜬 눈으로 멍하게 앉아 있었다.

"너 침 흘렸어."

그렇게 말하자 델마는 느릿한 동작으로 입가를 닦았다.

"여기 커피."

한 손에 컵을 들고 돌아온 이즈미는 어째선지 선 채로 우리를 바라보았다.

"왜 그래?"

"우리 집 거실에 루이랑 델마가 있는 게 낯설어서."

"하긴. 너네 집에 한 번도 온 적이 없었네."

이런 상황이 아니었다면 딱히 찾아올 일은 없었을 것이다. 하우라를 산에 묻고 나서 하루가 지났다. 나와 델마는 집으로 돌아가지 않고 이즈미의 본가로 왔다. 함께 있어달라는 이즈미의 부탁을 거절할 수 없었기 때문이다. 이즈미의 부모님은 일 때문에 해외에 있다. 부탁받지 않았더라도 이즈미를 혼자 둘 생각은 없었다. 이즈미는 우리보다 훨씬 많은 것을 짊어지고 있다. 언제라도 죄의식이나 양심의 가책에 무너질 수 있다. 그렇게 되면 사건을 끝까지 숨길 수 없다. 이즈미는 위태롭다. 당분간은 곁에서 돌볼 필요가 있다. 아니, 정확히는 감시라고 해야 하나. 만약을 위해 세 사람의 스마트폰에 GPS 추적 앱을 깔았다. 이제 누가 어디에 있는지 알 수 있다. 가능하다면 앱을 사용할 만한 사태가 벌어지지 않기를 바랄 뿐이다.

나는 컵을 테이블에 놓으며 말했다.

"오늘 일정을 한 번 더 확인하자."

이즈미의 등이 펴지고, 델마의 눈이 번쩍 열렸다. 어젯
밤에도 확인했지만, 그땐 세 사람 다 너무 지쳐서 머리가
제대로 돌아가지 않았다.

"이즈미는 오늘 학교 가는 날이지?"

"응. 오늘부터 2학기 시험 시작이야. 하필 이럴 때 미안
해."

"괜찮아. 급하게 처리해야 할 일은 이미 끝냈으니까."

어제 자정쯤 하우라의 스마트폰과 노트북을 완전히 망
가뜨려서 버렸다. 하우라를 넣었던 콘트라베이스 케이스
도 처리했다. 급한 불은 모두 끈 셈이다.

"게다가 시험을 빠지면 더 수상해 보일 거야. 평소랑 똑
같이, 늘 하던 대로 행동해야 해."

아무 일도 없었던 것처럼 일상을 보내는 게 중요하다.
이즈미는 범죄 따위와는 아무 상관도 없는 대학생을 계속
연기해야 한다.

"늘 하던 대로. 그렇지, 응."

기운찬 목소리로 말하지만 이즈미는 아무래도 불안한
눈치였다. 그런 이즈미를 보며 델마가 "괜찮아. 나도 같이

학교에 갈 테고"라며 소리 내어 커피를 홀짝였다. 이즈미 혼자 학교에 보내기가 아무래도 불안해서 델마가 따라가기로 했다. 어젯밤 함께 의논해서 정한 일이다.

나와 델마는 아이돌 활동할 때 빼고는 거의 대부분의 시간에 아르바이트를 한다. 나는 도시락 공장에서 야간 근무를 뛰고, 델마는 음식 배달을 한다. 둘 다 일정을 조정할 수 있는 아르바이트라서 당분간은 우리가 돌아가면서 이즈미를 보살피기로 했다.

"고마워, 델마."

이즈미가 안도의 한숨을 내쉬었다. 며칠 전이라면 델마와 둘이 가는 것을 틀림없이 싫어했을 텐데.

"두 사람 학교에 다녀올 동안 난 렌터카 반납할게."

여기까지가 오늘의 일정이었다. 다만 가장 중요한 이야기는 끝나지 않았다.

"그건 그렇고……."

나는 약간 몸을 내밀며 말했다.

"슬슬 도이 씨한테서 연락이 올 텐데."

도이는 소속사의 유일한 직원이다. 회사 경리와 매니저 업무를 겸임하고 있다. 지난 주말에는 휴가였고 오늘부터 다시 출근할 터였다.

"사무실 열쇠는 건물 우편함에 들어 있으니까 도이 씨

가 사무실 문을 열겠지. 딱히 수상하게 여기진 않을 거야."

평소 경각심이 없는 하우라는 사무실을 비울 때면 열쇠를 우편함에 넣어두고 도이에게 관리를 맡겼다. 이번에도 도이는 여느 때와 같은 상황이라고 판단할 것이다. 그날 밤 사무실 청소를 했으니 우리를 의심할 만한 증거는 남아 있지 않다. 도이는 아무 의심 없이 일을 시작할 것이다.

"하지만 시간이 지나도 대표가 회사로 출근하지 않을 테고."

도이는 하우라에게 연락을 시도할 것이다. 하지만 아무리 기다려도 대답은 오지 않는다.

"그러면 우리한테 연락이 오겠지."

"대표랑 마지막으로 만난 게 우리니까."

델마와 이즈미가 경계하듯 스마트폰 화면을 확인했다.

"만약 도이 씨한테서 연락이 와도 절대 동요하면 안 돼. 대표에 관해 물으면 그저께 라이브 있던 날 이후론 본 적 없다, 그렇게만 말하면 돼."

"알았어. 쓸데없는 말은 안 할게."

델마가 말했다. 이즈미는 "라이브 이후론 본 적 없다"라며 염불 외듯 되풀이했다.

"그나저나 생각해봤는데."

델마는 팔짱을 끼며 못마땅한 얼굴로 말을 꺼냈다.

"이즈미랑 대표랑 사귄 거, 도이 씨가 알고 있을 수도 있잖아? 그러면 대표 실종이 이즈미랑 관계 있을 거라고 당연히 의심할 텐데."

굳어버린 이즈미는 "도이 씨는 몰라, 절대로"라며 빠르게 부정했다.

"델마랑 루이한테도 비밀로 했으니까."

"하지만 둘이 사무실에서 만날 때 도이 씨가 우연히 봤을지도 모르잖아?"

"사무실에서 둘이 만난 건 그저께가 처음이야. 아무한테도 들키지 않게 정말 철저하게 숨겼어. 애초에 그렇게 자주 만나지도 않았고."

이즈미의 목소리는 점점 작아졌다. 아무리 철저하게 숨겼다 하더라도 불안할 것이다. 사실 도이만 문제가 아니다. 아이돌에게는 팬의 눈도 있다. 어딘가에서 보고 있었을지도 모른다. 우리 같은 지하 아이돌의 팬 수는 메이저 아이돌에 비하면 형편없이 적지만, 그만큼 팬 한 사람 한 사람이 열정적이었다. 스토커처럼 아이돌을 감시하는 팬도 있다. 그래서 팬을 통해 연애가 들통나는 경우가 일상다반사다. 하지만 하우라와 이즈미의 밀회가 목격되었을 가능성은 낮다.

"나도 도이 씨가 아무것도 모를 거라고 생각해. 하우라는 부하 직원에게 사생활을 들킬 만큼 어설픈 사람이 아니거든."

완벽하지는 않을지언정 하우라는 프로다. 연애가 금지된 아이돌에게 소속사 대표와 사귀는 일이 얼마나 치명적인지 잘 알고 있다. 하물며 이즈미는 그룹의 센터. 섣불리 굴다가는 주 수입원을 잃는다. 관계가 드러나지 않도록 세심한 주의를 기울였을 것이다.

그 증거로 하우라는 이즈미가 무대 의상을 입었을 때 멍이 보이지 않는 부분만 노려서 주먹을 휘두를 정도로 교활했다. 그날 밤에만 이즈미를 사무실로 부른 까닭은 도이가 고향에 갔다는 이야기를 들었기 때문일 것이다.

"만에 하나, 도이 씨가 두 사람의 관계를 알았다 쳐도 그렇게 위협은 되지 않을 거야. 대표랑 사귀었다고 말 안 하는 건 당연하고, 실종 관련해서 뭐 알고 있는 거 없냐고 추궁해도 이즈미 답은 정해져 있어. 그치?"

"그저께 라이브 있던 날 이후로는 만나지 않았다."

이즈미는 한 글자, 한 구절까지 가르쳐준 대로 말했다.

"대표 행방을 아냐고 물으면 그렇게 대답하면 돼. 그리고 한 번 내뱉은 말은 절대로 바꾸지 마. 발언이 오락가락하면 의심받아."

"알았어."

델마가 한쪽 손을 든다.

"근데 그렇게 바로 연락이 올 가능성은 적지 않아? 대표, 종종 잠적하곤 했잖아."

"그건 그래. 사무실에 하루쯤 안 나타난다고 굳이 우리한테까지 묻지는 않을 것 같아."

하우라가 일정을 일러주지도 않고 외출하는 일은 종종 있었다. 해야 할 일이 있든 말든 연락이 끊기기도 했다. 그런 사태에 익숙한 도이는 담담하게 하우라가 남긴 업무를 처리하곤 했다.

"나, 한번 물어본 적 있어. 왜 사람들 연락을 무시하냐고."

이즈미가 말했다.

"혼자 생각하고 싶을 때는 연락이 와도 절대로 안 받는댔어. 그렇게 하다가 일도 친구도 죄다 떨어져나간 모양인데 본인은 신경도 안 쓰는 것 같았어. 크리에이터는 고독을 느껴야 한다느니 어쩌느니 하면서."

"말만 들으면 아주 거장 나셨네."

델마가 입을 비죽였다.

"그렇게 하루 종일 연락이 안 되면 현장은 난리가 나는데."

"하루가 뭐야. 일주일이나 사라진 적도 있어."

내가 되받았다.

"아, 들은 적 있다. 내가 그룹에 들어오기 전 이야기지?"

"그게 뭐야? 나 전혀 몰라."

아직 그룹 전원이 원년 멤버였던 무렵, 당연하던 일상이 팬데믹 때문에 무너지고 마스크가 익숙해지던 시기였다. 시간이 흘러 완전히 금지됐던 라이브하우스 공연이 조금씩 재개되면서 우리 같은 아이돌도 그럭저럭 라이브를 시작하던 때, 하우라가 모습을 감추었다. 누구에게도 아무 언질도 없이, 홀연히. 이삼일이 지나도 연락조차 없어 당시 소속사 직원들이 여기저기로 전화를 걸었다. 하우라의 가족과 지인에게 행방을 물어도 하나같이 모른다는 말뿐이었다. 회사 내부에 초조함이 번져갔다. 일주일쯤 지나고, 이제는 정말 야단났다고 온 회사가 시끌벅적해졌다. 그때, 하우라가 불쑥 회사로 돌아왔다.

"어디서 뭘 한 거야?"

델마와 이즈미가 당연한 의문을 던졌다.

"전국 순회. 지방 라이브하우스를 돌아다니면서 홍보하고 다녔대."

"진짜야?"

델마가 못 믿겠다는 듯 눈썹을 찌푸렸다.

"대표가 그렇게 열정 넘치는 사람이었나? 홍보고 영업이고 죄다 직원한테 떠맡겼잖아."

"애초에 회사랑 의논도 없이 독단으로 할 일이 아니지 않아? 아무리 대표라고 해도 이상해."

두 사람의 지적은 지극히 당연했다. 하우라의 미심쩍은 주장에 그 무렵 회사에 있던 직원이나 아이돌이나 모두 의심을 품었다. 그런데 얼마 뒤 기타신치의 술집 여성이 SNS의 비밀 계정에 하우라와 찍은 사진을 올렸다. 최고급 호텔 객실의 야경을 배경으로 건배하는 사진이었다. 마침 정부에서 여행 지원 사업을 하던 시기라 호화스런 여행을 떠난 것이다. 팬데믹으로 일찍이 겪어본 적 없던 위기를 겪으며 회사 직원들이 발버둥을 치는 동안 대표라는 사람은 그렇게 유흥에 빠져 지냈다. 다들 실망했고, 그중 몇은 회사를 떠났다.

그때는 그저 터무니없는 추태라고 생각했다. 하지만 지금 같은 상황에서는 오히려 잘된 일이다. 도이가 이번에도 대표가 여행을 갔다고 대수롭지 않게 여긴다면 그다음 벌어질 사태를 미룰 수 있다. 실종 신고는 되도록 늦추고 싶었다.

대표가 여행을 간 것처럼 보이기 위해 하우라의 캐리어도 처분했다. 이것으로 일주일의 유예가 생겼다. 물론 모든 일이 바람대로 잘 풀렸을 때의 이야기지만.

"아무튼 언제 도이 씨한테 연락이 오더라도 당황하지

않게 마음의 준비를 해놓자."

나는 이야기를 마무리 지으며 커피잔에 입을 댔다.

델마와 이즈미를 대학교까지 데려다주고 나서 렌터카 업체로 이동했다. 반납하기 전에 차에 이상이 없는지 직접 확인했는데도 렌터카 업체 직원이 다시 차를 점검할 때는 긴장했다. 차내에 이상한 얼룩이나 냄새가 난다는 지적을 받을까봐 걱정했지만, 아무 문제도 없이 반납을 마쳤다. 나는 렌터카 업체를 뒤로하고 오후의 대로를 걸었다. 정오를 넘긴 시각. 이즈미와 델마는 대학교에서 점심을 먹고 있으려나? 그러고 보니 어제는 거의 아무것도 먹지 않았다. 뭐라도 위에 넣자. 이 근방에 적당한 가게가 없을까. 나는 빨간불이 켜진 횡단보도 앞에 서서 스마트폰을 꺼냈다. 그런데 전원 버튼을 누르기도 전에 스마트폰의 화면이 확 밝아졌다. 전화다. 화면에 표시된 이름을 본 순간 가슴이 철렁했다. 도이.

이런 시간에 왜? 나름 마음의 준비를 했지만, 너무 이르다. 어째서? 사무실에 무슨 일이 벌어졌나? 혹시 중요한 증거를 발견했나? 설마 혈흔이 남아 있었나? 목구멍으로 차오르는 동요를 간신히 누르고 스마트폰을 귀에 댔다.

"여보세요."

"수고 많으십니다. 도이입니다."

억양 없는 사무적인 말투. 평소의 도이다.

"안녕하세요."

나는 평탄한 목소리로 응했다.

"오랜만이에요. 무슨 일이에요?"

"아, 사실은 그게 말입니다."

발소리가 들렸다. 걷는 소리. 사무실은 아닌 듯하다. 어디지?

"마침 지금……."

목소리가 소란에 지워진다.

"죄송해요. 전화가 잘 안 들리네요."

"아, 지금은 들립니까?"

이번에는 확실히 들렸다. 그것도 스마트폰 안팎으로. 나는 반사적으로 옆을 보았다.

"역시 루이 씨였네요."

옆에 코트 차림의 남자가 서 있었다. 짧게 자른 머리와 가느다란 눈. 도이다. 나는 스마트폰을 귀에 댄 채 눈을 크게 떴다. 가슴이 몹시 두근거렸다.

"아니, 도이 씨가 어떻게 여기에?"

의문이 고스란히 입에서 흘러나왔다.

"근처에서 이벤트 미팅이 있었습니다."

도이가 스마트폰을 주머니에 넣었다.

"미팅 끝나고 사무실로 돌아가는 길이었는데, 루이 씨를 닮은 사람이 보여서 전화를 걸어봤습니다."

"아, 그랬군요."

오늘 외근이었구나. 어쩜 이렇게 심장에 나쁜 우연이 다 있담. 나는 내가 아직도 스마트폰을 귀에 대고 있다는 사실을 깨닫고 스마트폰을 내렸다. 초조해하지 마. 침착해.

"깜짝 놀랐어요, 진짜."

"놀라게 할 생각은 아니었지만, 죄송합니다."

경제 지표를 소리 내어 읽는 듯한 단조로운 억양으로 사과를 받았다. 도이는 언제든 누구에게든 존댓말을 쓴다. 하지만 겸손하다기보다 기계적인 말투다.

"그런데 루이 씨, 여기서 뭘 하고 계셨습니까?"

"점심 먹으러 가던 길이었어요."

대답은 아주 자연스러웠다. 심장의 두근거림도 잦아들었다.

"이 근처에 가보고 싶었던 식당이 있어서요."

"점심 드시는군요. 좋으시겠어요."

말과는 달리 조금도 부럽지 않다는 말투였다. 나는 곁눈으로 교차로를 살폈다. 아직 바뀔 때가 아닌가. 빨리 좀 바뀌어라. 곧 신호가 파란불로 바뀌었다.

"자, 그럼 전 이만 가볼게요."

가볍게 고개를 숙이고 교차로에 반걸음 내디뎠다.

"예. 그럼 모레 라이브에서 뵙겠습니다."

도이는 불러 세우지도 않고 똑같이 묵례로 답했다. 나는 다시 한번 고개를 숙이고 횡단보도를 건넜다. 이 자리를 한시라도 빨리 떠나고 싶은 마음을 억누르고, 주위의 다른 보행자와 똑같은 속도로 걸었다. 가장 주의해야 할 상대와 이렇게 맞닥뜨리라고는 상상도 하지 못했다. 사무실에서 그리 멀지 않은 곳이긴 했지만, 설마 이런 우연이 일어날 줄이야. 놀랐다. 하지만 수상한 언동은 하지 않았다. 돌발적인 사태치고는 그럭저럭 대응한 편이다.

하지만 대화를 돌이켜보다 깜짝 놀랐다. 도이는 전화를 걸기 전부터 나라는 걸 알아차렸다. 나를 보고 있었다. 아까 내 행동에 정말 문제가 없었을까? 내가 스마트폰에 뜬 이름을 확인했을 때의 반응은 이상하지 않았을까? 스마트폰 화면에서 도이의 이름을 본 순간, 잠깐이지만 마음이 흐트러졌다. 어쩌면 심각한 표정이었을지도 모른다. 도이가 그 얼굴을 보고 있었던 게 아닐까? 회사 사람 전화에 왜 저렇게 반응할까, 수상하게 여기지는 않았을까?

나는 뒤를 돌아보고 싶은 마음을 간신히 억눌렀다. 만약 지금 돌아봤다가 도이와 눈이라도 마주치면 공연히 의심을 돌울 뿐이야. 수상쩍게 굴지 마. 똑바로 앞만 보고 걸어. 괜찮아. 잘했어. 문제없어. 자신을 타이르며 발걸음이 흐트러지지 않게끔 걸었다. 횡단보도를 다 건널 때까지 줄곧 등에 시선이 달라붙어 있는 듯했다.

"안녕하세요. 베이비★스타라이트예요!"

세 사람의 목소리가 라이브하우스에 울려 퍼졌다. 관객이 술렁였다.

"왜 저래?", "괜찮나?", "다친 거야?" 객석에서 들리는 걱정의 목소리에 "아, 사실은 이거요" 하고 이즈미가 왼쪽 눈의 안대를 건드렸다. 안대 아래에는 멍이 있다. 오늘은 그날 밤 이후, 하우라가 사라지고 나서 처음 하는 라이브였다.

"눈이 좀 부었거든요."

안대를 건드리는 손이 잘게 떨렸다. 왜? 어째서? 원인은? 시선을 한 몸에 받은 이즈미는 주눅이 든 듯 멈칫했다. 목울대가 꿀꺽 움직였다.

"눈다락지야, 눈다락지."

델마가 옆에서 말했다.

"갑자기 안대를 하고 나와서 모두 깜짝 놀랐지? 근데 이즈미는 이제 와서 중2병에 눈을 뜬 것도 아니고, 해적이 되려는 것도 아니야."

객석에서 조금 웃음이 일었다. 델마는 내게 눈짓을 보내
며 말을 이었다.

"나도 몇 번 난 적이 있는데, 아프고 어색해서 힘들더라.
루이는 눈다락지 난 적 있어?"

"어릴 때 딱 한 번."

아프다고 우는 나를 무릎에 눕히고 어머니가 약을 발라
주었던 기억이 난다.

"그러고 보면 눈다락지란 말, 사투린 거 다들 알고 있
어?"

"진짜? 다른 데선 뭐라 그러는데?"

"보통 다래끼라고 하지."

"무슨 요괴 이름 같네. 그럼 루이는 도쿄 출신이니까 다
래끼라고 해?"

"아니, 난 다르게 부르는데."

"뭐라고?"

"뽀루지."

"뽀루지라니!"

델마가 뿜었다.

"여드름이야, 뭐야."

객석에서 다시 웃음이 터졌다. 이즈미도 웃었다. 그녀의
어깨를 짓누르던 긴장이 느슨해지는 것이 보였다. 델마와

서로 눈짓을 주고받았다.

"슬슬 가볼까?"

"이즈미, 부탁해."

마이크를 떼고 속삭이듯 말했다. 이즈미가 고개를 끄덕이고 크게 숨을 들이마셨다.

"그럼 첫 번째 곡 갈게요. 모두 마지막까지 함께 신나게 달려요!"

다소 새된 목소리로 지르는 구호에 맞추어 라이브가 시작되었다. 라이브는 막힘없이 진행되었다. 여러 아이돌 그룹이 번갈아 무대에 서느라 대기 시간이 짧다는 점도 좋았다. 이렇다 할 말썽도 없이 30분의 라이브를 무사히 마칠 수 있었다. 분장실로 돌아온 우리는 쓰러지듯 의자에 앉았다.

"힘들어서 죽을 거 같아……."

델마가 어깨를 한껏 들썩이며 숨을 쉬었다. 나는 멍하니 천장을 올려다보았고, 이즈미는 흥건한 땀방울을 수건으로 닦았다. 이렇게까지 지쳐서 나가떨어진 라이브는 오랜만이었다. 라이브 시간은 짧았지만, 줄곧 신경이 곤두서 있었기 때문에 두 시간짜리 단독 공연 못지않게 피로했다.

"미안해. 라이브 시작할 때 말을 제대로 못 해서."

이즈미가 안대를 만지며 한숨을 내쉬었다.

"어쩔 수 없지. 차차 익숙해지자."

내 말을 "그래, 그래" 하고 델마가 이었다.

"우리도 도울 거고."

믿음직한 대사다. 실제로 오늘 가장 걱정했던 등장 인사를 델마가 잘 처리해준 덕분에 무사히 넘겼다. 이즈미가 안대를 한 이유를 매끄럽게 설명하지 못하면 옆에서 어떻게 말해야 할지 사전에 의논했던 것이 제대로 먹혔다.

"게다가 오늘 라이브, 느낌이 좋았어."

"응. 객석 반응도 나쁘지 않았던 것 같아."

나는 델마의 말에 대답했다.

"사람들 호응이 꽤 좋았지? 필사적으로 춤추느라 객석은 잘 못 봤지만."

델마의 말처럼 오늘은 라이브 분위기가 꽤 달아올랐다. 이즈미도 멘트는 실패했지만 평소보다 춤이 더 좋았다. 아직 몸 여기저기 남아 있는 멍 때문에 아플 텐데, 아무도 알아차리지 못하도록 필사적으로 퍼포먼스를 선보였다. 사람들은 우리가 어떤 비밀을 품고 있는지 짐작조차 하지 못할 것이다. 적어도 관객은.

노크 소리에 우리는 일제히 문 쪽을 보았다.

"계십니까?"

문 너머 들리는 낮은 목소리. 매니저 도이다. 이틀 전의 만남을 떠올리고 나는 몸을 움찔했다. 그 후, 도이는 연락하지 않았다. 오늘 라이브 시작 전에 만났을 때도 하우라의 행방에 대해 전혀 묻지 않았다. 여느 때처럼 하우라가 아무 일도 없이 돌아오리라 생각해서 잠자코 있는 것일까? 그렇지 않으면 뭔가 다른 이유가 있어서일까? 이틀 전헤어질 때 느낀 시선에 내 가슴이 술렁였다.

"들어가도 됩니까?"

문 너머에서 도이가 물었다.

"네, 들어오세요."

델마는 등을 슬쩍 폈고, 이즈미는 의상의 흐트러진 매무새를 간단히 고쳤다. 두 사람 모두 신경이 곤두서 있었지만, 그 이상으로 라이브를 무사히 마쳤다는 안도감이 컸다. 두 사람에게는 이틀 전 거리에서 우연히 도이와 마주쳤다고만 이야기했다.

"라이브 수고하셨습니다."

도이가 무표정한 얼굴로 분장실에 들어왔다. 나는 인사에 답하면서 그 무표정 속에 감춘 것이 없는지 살폈다. 하지만 무엇 하나 읽어낼 수 없었다. 으스스할 정도로. 도이가 무미건조하게 이야기를 시작했다. 우리 뒤에 출연한 그룹의 라이브에서 음향에 말썽이 생기는 바람에 시간이 지연되었지만, 라이브가 다 끝난 후 팬 미팅은 정시에 시작한다는 이야기였다.

"이상입니다. 시간이 되면 다시 오겠습니다."

도이는 이렇게 말을 남기고 걸음을 돌렸다. 어쩐지 몸이 가벼워지는 느낌이었다. 무의식중에 어깨에 힘이 들어갔나 보다. 텔마와 이즈미의 표정도 풀렸다. 문으로 향하는 뒷모습을 셋이서 지켜보는데 "그렇지, 참" 하는 혼잣말과 함께 도이가 돌아섰다.

"제가 없는 동안 무슨 일이 있었습니까?"

등줄기에 오한이 일었다. 텔마와 이즈미는 감전이라도 된 것처럼 숨을 멈췄다. 도이가 없는 동안, 즉 하우라가 사라진 날에 무슨 일이 있었는지를 묻는 걸까? 무엇 때문에? 혹시 눈치라도 챘나? 그렇다면 어쩌지? 어떻게 대답해야 할까?

"무슨 말이에요?"

되물을 수밖에 없었다. 나는 최대한 아무렇지도 않은 표정으로 도이를 바라보았다. 도이의 표정은 역시 읽을 수 없었다. 무표정으로 핵심을 찔러오는 무시무시함이 있었다.

'너희가 대표를 묻었지?'

"아, 사실은 말입니다."

도이의 입이 움직인다. 다음에 어떤 말이 이어질까. 추궁인가, 단죄인가. 나는 꿀꺽 침을 삼켰다.

"조금 전 라이브가 워낙 좋아서요."

라이브가 좋았다? 예상한 그 어떤 말과도 다른 대답에 당황스러웠다.

"제가 쉬는 동안 따로 모여서 연습하셨나 생각했습니다."

도이의 말을 이해하기까지 몇 초가 걸렸다. 도이는 그저 라이브 퍼포먼스가 좋아진 이유를 묻고 있을 뿐이다. 예상을 완전히 벗어나는 흐름에 어깨에서 힘이 빠졌다. 이즈미와 델마는 아직 머릿속이 정리되지 않은 듯했다.

"좋았다니, 뭐가요? 무슨 말이죠?"

"지금 우리를 칭찬한 거예요?"

"예, 물론이죠. 칭찬입니다"라고 여전히 무표정한 얼굴로 답했지만 두 사람의 얼떨떨한 반응에 도이도 당황하는 눈치였다. 혼란스러운 분위기 속에서 내가 입을 열었다.

"오늘 관객들 열기가 워낙 뜨거워서 저희도 평소보다 기합이 들어갔나 봐요. 그렇지?"

동의를 구하자 두 사람은 몇 번이나 고개를 끄덕였다.

"팬 미팅도 그렇게 부탁드립니다."

도이는 담담하게 말을 남기고 분장실을 떠났다. 문이 쾅 닫히고 분장실은 조용해졌다.

"아, 또 수명이 줄었겠다."

"나도."

델마와 이즈미는 맥없이 늘어졌다. 나는 벽에 기대어 긴 한숨을 내뱉었다. 몇 마디 안 되는 대화에 완전히 녹초가 되었다. 도이와 만날 때마다 매번 이렇게 신경줄이 갈려나 가려나? 그만하자. 미리 마음 졸여봤자 괜히 우울해지니까. 일단 지금은 오늘을 무사히 마치는 데 집중하자. 다행히 내일은 아무 일정도 없다. 조금 쉴 수 있을 것이다. 그러나 기대는 어이없이 어긋나고 만다.

"어떡해."

라이브 다음 날 아침, 이즈미가 거실로 뛰쳐나오며 말했다. 나는 네일 오일을 바르던 손을 멈추었다.

"무슨 일이야?"

"최악이야. 진짜 말도 안 돼."

이즈미가 머리카락을 휘저어 헝클어뜨렸다.

"진정하고 일단 거기 앉아."

내가 재촉하자 이즈미는 의자에 앉았다.

"말해봐. 무슨 일인데?"

"이것 좀 봐."

이즈미가 내민 스마트폰에는 뉴스 기사가 떠 있었다. '긴키 지방에 기록적인 호우 가능성'이라는 헤드라인이 눈에 들어왔다. 나는 스마트폰을 받아서 기사를 읽어 내려갔다. 저기압의 영향으로 이번 주말에 전국적으로 비가 내린다, 특히 긴키 지방에는 1월로서는 기록적인 호우가 내리는 곳도 있겠다. 도로 침수, 하천 범람, 토사 붕괴 등에 주의가 필요. 기사를 휙 훑고 나서 얼굴을 들었다.

"토사 붕괴라……."

"그래."

급소를 찔린 듯 이즈미가 얼굴을 찡그린다.

"기껏 묻어놨는데. 비 때문에 흙이 쓸려가면……."

하우라의 시체가 만천하에 드러나겠지.

"하필 지금 호우경보라니, 진짜 최악이야."

이즈미가 신경질적인 반응을 보였다.

"왜 이렇게 시끄러워?"

막 일어난 델마가 거실에 얼굴을 내밀었다.

"이 뉴스."

내가 스마트폰을 건네자, 델마는 까치집처럼 뻗친 머리카락을 매만지며 뉴스를 소리 없이 읽었다. 왜 소란을 피우는지 알아차린 듯 "아, 그래서" 하고 중얼거리더니 나와 이즈미를 번갈아 보았다.

"너무 걱정할 필요 없을 것 같은데?"

"하지만 만약 정말로 그 산에서 토사가 붕괴되면 하우

라 씨가……."

이즈미의 큰 눈이 사정없이 흔들렸다.

"깊이 파서 제대로 묻었으니까 괜찮을 거야. 게다가 토사 붕괴는 보통 7월쯤에 많이 일어나잖아."

"내 생각도 그래."

확실히 토사 붕괴는 무섭지만, 이 정도 예보로 그렇게까지 예민해질 필요는 없을 것 같았다. 그렇지만 이런 말만으로는 이즈미의 불안을 없애주지 못할 터였다. 나는 스마트폰으로 국토교통성 사이트에 들어가서 최근 몇 년 사이 토사 붕괴 정보를 정리한 자료를 다운로드했다.

"자, 데이터도 있어."

월별 국내 토사 붕괴에 따른 피해 상황이 실린 자료를 이즈미에게 보여주었다. 토사 붕괴는 여름부터 가을에 걸쳐 집중적으로 발생하고, 겨울에는 확실히 감소한다. 또 겨울철 토사 붕괴 건수의 절반 이상은 강설량이 많은 지대에서 눈이 쌓여서 일어나는 것으로, 우리가 시체를 묻은 산에서 그런 재해가 발생할 가능성은 매우 낮다.

"그러니까 주말에 내린 비 때문에 그 산이 무너질 일은 없을 거야."

실제 데이터에 근거한 설명에 "봤지? 걱정할 필요 없다니까"라며 렐마가 얼굴에 웃음을 띠었다. 하지만 이즈미의 표정은 여전히 어두웠다.

"정말 괜찮을까?"

이즈미는 실낱같은 목소리로 중얼거리며 리모컨으로 텔레비전을 켰다. 85인치 화면에 뉴스 방송이 나타났다. 거기에 바로 얼마 전에 본 얼굴이 있었다.

"아, 가와토 씨다."

델마가 나직이 중얼거렸다. 텔레비전 화면 속 가와토는 며칠 전 함께 식사했을 때와 똑같이 온화한 억양으로 사회 정세에 대한 견해를 말하고 있었다. 천만 명 가까이 시청하는 전국 방송의 뉴스 프로그램에 출연하는 '기업인 출신의 인기 시사 평론가' 가와토를 보고 있자니 그가 새삼 다른 세계에 사는 사람임을 실감했다. 하우라가 없어진 지금, 우리가 다시 만날 일은 없을 것이다.

이즈미가 리모컨을 눌러 채널을 바꾸었다. 텔레비전 화면이 간사이 지방 뉴스로 전환되었다. 방송에서는 마침 긴키 지방의 주말 날씨를 다루고 있었다. 기상 캐스터가 심각한 목소리로 호우 피해에 대비하라고 강조하며 어떤 피해가 예상되는지 설명했다.

"하천 범람, 저지대 침수, 토사 붕괴가 일어날 가능성이 있으므로 모쪼록 주의하세요."

집어삼킬 듯 텔레비전 화면을 보던 이즈미가 내 쪽을 돌아보았다.

"진짜 괜찮을까……."

아까보다 더 가냘픈 목소리였다.

"그야 절대로 아무 일 없을 거라고 장담은 못 하겠지만……."

델마의 대답도 시원시원하지 못했다. 하긴 뉴스에서 저렇게까지 강조하니 동요할 수밖에 없다. 불안해 보이는 두 사람의 시선에 나는 마음을 정했다.

"알았어. 대책을 세워보자."

가능성이 낮은 것은 사실이지만 결코 제로는 아니다. 무엇보다 불안을 안고 지내다 일상생활과 아이돌 활동에 지장이 생기는 일은 피하고 싶었다. 설령 기우라고 해도 불안의 싹을 완전히 잘라야 했다.

"일단은 기상 정보부터 자세하게 조사해보자. 노트북 있어?"

"방에서 가져올게."

이즈미가 일어섰다.

"얼른 세수하고 올게. 잠 좀 깨야겠어."

델마가 뒤를 이었다. 나는 테이블에 있던 네일 케어 세트를 치우고 노트북 놓을 공간을 확보했다. 온전히 쉴 예정이었던 하루가 갑자기 아침부터 분주해졌다.

비가 차의 정면 유리창을 두드렸다. 물방울이 끊임없이 흘러 떨어졌다.

"점점 세진다."

델마가 한쪽 눈을 감고 새카만 하늘을 바라보았다.

"기록적인 호우라잖아."

이즈미가 묵직하게 맞장구를 쳤다. 나는 운전석에서 기지개를 켜며 창밖을 둘러보았다. 휑한 주차장에는 우리 말고 다른 차는 없었다.

"아무도 없어."

나는 시트에 몸을 기댔다.

"이런 날씨에 산에 오는 또라이가 어디 있겠어."

델마의 말.

"호우경보도 내려졌고."

이즈미가 덧붙였다. 예보에 따르면 늦은 밤부터 내일 해 뜰 무렵까지 큰비가 계속 내린다고 한다. 이런 상황에 우리가 다시 산으로 향하는 데는 이유가 있다. 물론 하우라 시체에 대한 대책 때문이다. 어제 하루 꼬박 셋이 상의한 결과, 렌터카를 빌려서 다시 산에 가기로 했다. 혹시라도 폭우 때문에 하우라의 시체가 바깥으로 노출됐다면 대처해야 한다. 대처라곤 해도 특별한 건 아니다. 누군가 시체를 발견하기 전에 회수해서 다시 더 깊이 묻는다. 그뿐이다. 당일에 오사카 시내에서 이동하려면 시간이 빠듯해서 전날 밤부터 현장 근처에서 대기하기로 했다.

그래서 산간에 있는 도로 휴게소 주차장에 차를 세운 참이었다. 오늘 밤은 차에서 묵고, 아침이 되면 현장인 산으로 이동할 예정이다. 나는 스마트폰으로 현재 시각을 확인했다. 이미 자정이 지나 있었다. 라이브를 마친 후, 옷을 갈아입고 바로 준비해서 출발했더니 아슬아슬하게 날짜가 바뀌기 전에 도착했다.

"슬슬 잘까?"

"그러자. 내일 일찍 일어나야 하니까."

델마가 페트병 입구를 집어삼킬 듯 물고 음료를 마신다.

"아, 다 마셔버렸다."

"그래? 내가 저기서 사 올게."

이즈미가 공중화장실 옆에 있는 자판기를 가리켰다.

"아냐, 됐어. 이제 잘 건데, 뭐."

"나도 마시고 싶어. 내 거 사는 김에 사 올게. 잘 때 체온이 내려가니까 따뜻한 음료수를 마시면 좋잖아."

루이 것까지 사 올게, 하고 이즈미는 차 문을 열었다. 열자마자 빗소리가 커졌다. 이즈미는 우산을 쓰고 세찬 빗줄기 속을 걸어갔다. 그 등에서 미안함이 전해졌다. 나나 델마나 자기 의지로 이 일에 가담했지만, 이즈미는 괴로운 마음을 떨치지 못했을 것이다. 나는 우산을 쓴 이즈미의 동그란 뒷모습을 지그시 바라보았다.

"진짜 이런 데 있을 애가 아닌데."

델마가 혼잣말하듯 말했다.

"요전에 학교에 같이 갔을 때 느낀 건데, 이즈미는 진짜 주인공 같은 애더라. 친구도 많고 인기도 많고, 정말이지 청춘 영화의 주인공 같은 느낌? 다들 좋아하더라니까. 쟤는 철들 무렵부터 늘 무리의 중심에서 사랑만 받았겠지. 계속 그렇게 밝고 든든하게 살았을 거야. 앞으로도 그렇게 살 수 있었을 테고. 그랬는데……."

창을 두드리는 빗줄기가 더욱 거세진다. 비바람에 이즈미의 우산이 크게 흔들렸다.

"진짜 사람 인생 어떻게 될지 아무도 모르나 봐. 예전에는 흉악 범죄 뉴스를 보면 사람이 어떻게 그런 끔찍한 범죄를 저지르는지 이해도 안 되고, 나랑 같은 인간이 맞나 하고 경악했거든. 이젠 아니야. 그런 사건의 범인도 우리랑 큰 차이가 없는 거 아닐까, 그런 생각이 들어."

"그러게."

델마의 말에 나도 수긍했다. 맞는 말이다. 큰 차이는 없다. 단추 하나 잘못 채운 사소한 차이 때문에 사람은 길을 벗어나기도 한다.

"비가 올 때마다 우린 이렇게 겁에 질려야 하는 걸까, 앞으로 계속?"

창에 딱 달라붙은 델마의 옆얼굴이 우수를 띠었다.

"얼마나 오느냐에 달렸지. 비가 심하게 내리면 뭐라도 해야겠지."

"큰일이다. 남들처럼 살다가도 계속 긴장해야겠네. 시체가 발견되면 어쩌나 하고."

"그렇게 되겠지."

우리는 그럴 만한 짓을 저질렀다.

"빡세다. 각오는 했지만."

델마는 힘없이 웃었다.

"빡세도 해야지. 안 하면 끝이야. 델마도 나도, 이즈미도."

델마가 각오를 굳힐 수 있도록 단호하게 말했다.

"누구 하나만 실수해도 셋 다 망해."

"알아. 안다고."

델마는 통증을 참듯이 고개를 숙였다.

"하지만 만약에, 만약에 우리 중 누구 하나가 못 견디면 어떡해? 다 같이 망해도 되니까 자수하고 싶다고 하면 어쩌지?"

대답하기 힘들었다. 그런 상황은 생각하고 싶지 않아서 일부러 회피해온 문제였다. 동료를 길동무로 삼게 되더라도 죄를 고백하고 싶다는 말을 들으면 어떻게 해야 할까? 아무리 설득해도 통하지 않고, 고집스레 자수하겠다고 나서면 어떻게 대처해야 하지? 고민하는 사이 이즈미가 차로 돌아와서 대화는 어중간하게 끝이 났다.

또 가족이 나오는 꿈을 꾸었다. 내가 여덟 살, 여동생이 네 살이던 무렵의 기억이다. 집은 옛날과 똑같이 삭막했다. 여전히 아버지는 폭언을 퍼부었고, 어머니는 종일 우울한 모습으로 멍하게 지내는 것이 일상이었다. 이때쯤에는 동생도 부모의 불화를 알아차렸다. 아버지가 역정을 내기 시작하면 나와 동생은 침대가 아니라 밖으로 나가 시간을 보냈다. 집에 있으면 분노의 화살이 우리 쪽으로 향했기 때문이다. 싸움을 말리려는 나를 아버지가 폭행한 적도 한두 번이 아니었다.

어떻게 하면 예전처럼 사이좋은 가족으로 돌아갈 수 있을까? 집에서 흠칫흠칫 떨지 않고, 숨죽여 지내지 않으려면 어떻게 해야 할까? 어느새 나는 그 생각만 했다. 어머니를 돕고 싶은 마음도 절실했지만, 무엇보다 아버지가 동생에게만큼은 폭력을 쓰는 일이 없었으면 했다. 마침 그때 아버지가 당분간 집을 비웠다. 신규 거래처 개척이니 뭐니 하는 일로 한 달쯤 장기 출장을 떠난 것이다. 아버지의 고함이 사라진 집은 조용하고 평화로웠다. 소리 하나하나에 신경 쓰지 않고 마음 편히 지내는 하루하루가 너무 좋았다. 하지만 무엇보다 좋았던 점은 어머니의 표정이 돌아왔다는 사실이다. 어머니가 웃는 모습을 본 게 얼마 만이었을까? 나와 동생은 기뻐했고, 지금까지 놓쳐왔던 시간을 되찾으려는 듯 어머니에게 어리광을 부렸다. 우리는 오랜만에 셋이 밥을 먹고, 함께 목욕하고, 한 방에 나란히 누워 잤다. 이부자리에 누우면서 나는 옆에 잠든 동생과 어머니를 바라보았다. 두 사람의 잠든 얼굴이 편안해 보였다.

아, 그렇구나. 우리 가족을 원래대로 되찾을 방법을 알았다. 아버지가 없어지면 된다.

눈을 뜨자 동생과 어머니는 없었다. 대신 델마와 이즈미의 잠든 얼굴이 나란히 있었다. 나는 딱딱한 좌석에서 몸을 일으켰다. 등이 결리고 당겼다. 불편한 자세로 잤기 때문일 것이다. 앞좌석의 등받이를 눕혀 뒷좌석의 시트와 연결해 침대로 만든 공간은 성인 셋이 나란히 자기에는 너무 좁았다.

나는 물방울이 맺힌 창 너머로 바깥을 내다보았다. 주차장은 아직 캄캄해서 아무것도 보이지 않았다. 하지만 비는 어느새 그쳤다. 예상보다 큰비는 아니었다. 안심이다. 차

안으로 시선을 돌렸다. 델마와 이즈미는 살짝 미간을 찌푸린 채 고른 숨소리를 내며 잠들어 있다. 나는 잠시 두 사람의 잠든 얼굴을 지켜보았다. 갑자기 스마트폰이 울렸다. 자기 전에 설정한 알람이다. 델마와 이즈미가 신음을 흘리며 나른하게 몸을 일으켰다.

"몸이 삐걱삐걱하네."

델마가 자기 어깨를 주물렀다.

"만원 전철에 시달리는 꿈을 꿨어."

이즈미가 중얼거렸다. 동쪽 하늘이 어렴풋이 밝아왔다. 주차장 공중화장실에서 얼굴을 씻고 출발했다. 대략 10여 분이 지나 현장에 도착했다. 출입 금지라고 적힌 입간판을 지나 산속으로 들어갔다. 차 한 대 겨우 지나갈 만한 좁은 길을 달려 조립식 창고 앞에 차를 세웠다. 어제 내린 비 때문에 지면 여기저기에 큰 물웅덩이가 있었다.

"발 디딜 데도 없구나."

이즈미가 신중하게 차에서 내렸다.

"장화 신고 오길 잘했다."

델마가 장화로 웅덩이를 밟고 지나갔다. 나는 운전석에서 내려 주위를 둘러보았다. 어디에도 무너진 곳은 보이지 않았다. 아마 현장도 문제없겠지만, 힘들게 여기까지 왔으니 일단 확인하는 편이 좋을 듯했다.

"가보자."

우리는 숲속으로 발을 내디뎠다. 길은 비에 젖어 미끄러웠지만, 아침 해 덕분에 시체를 묻던 날 밤보다 훨씬 걷기 편했다. 어딘가에서 날카로운 새 울음소리가 났다. 산짐승들도 활동을 시작한 모양이다. 숲 전체가 활력이 넘쳐흐르고 약동하는 것 같았다. 얼마 지나지 않아 현장에 도착했다. 비바람에 낙엽과 나뭇가지가 날려 어지럽게 흩어져 있었지만, 그 외에는 그날과 변함이 없었다.

"저기쯤이지?"

델마가 지면을 가리켰다.

"아마."

이즈미가 턱을 당겼다.

"멀쩡해 보이네."

나는 하우라가 묻힌 근처를 밟아보았다. 땅이 질퍽하기는 하지만 이 밑에 시체가 묻혀 있을 거라고 생각할 사람은 아무도 없을 것이다. 사흘 밤낮으로 비가 계속 내려도 시체가 나올 염려는 없다. 비 온 뒤에 땅이 굳는다. 부디 그렇게 되기를. 이대로 아무도 파헤치지 못할 만큼 단단하게 굳어서 우리 죄를 묻어주기를. 다짐하듯 땅을 밟아 다지고 낙엽과 나뭇가지를 주워 와 주변에 뿌렸다.

"이제 돌아가자."

그렇게 말하며 발길을 돌렸다. 하지만 두 사람이 따라오는 기척이 없어 뒤를 돌아보았다. 이즈미와 델마는 이쪽을 등지고 숲속을 보고 있었다.

"왜? 거기 뭐 있어?"

"저거……."

이즈미가 떨리는 목소리로 말했다. 그 옆에 델마도 가만히 서 있었다. 두 사람의 등이 공포로 얼어붙은 것이 보였다. 나는 두 사람의 시선을 따라갔다. 숲속에 거대한 바위가 있었다. 저런 데 바위가 있었나? 고개를 갸웃한 순간, 바위가 움직였다. 온몸에 소름이 끼쳤다. 바위가 아니었다. 멧돼지다. 바위로 착각할 만큼 커다란 야생 멧돼지. 멧돼지도 이쪽의 낌새를 알아차렸는지 등의 털을 곤두세운 채 우리를 노려보았다. 온몸의 모공이 열리는 기분이었다. 어쩌지? 저렇게 큰 짐승이 달려들면 인간의 몸 따위는 쉽게 망가지고 만다. 멧돼지와의 거리는 5미터도 되지 않았다. 어떻게 도망치지? 실패하면 목숨은……. 격렬한 혼란 속에서도 나는 최대한 침착하게 속삭였다.

"괜찮아. 자극만 안 하면 달려들지 않을 거야."

못에 박힌 것처럼 미동도 하지 않는 델마와 이즈미에게 말을 걸었다.

"멧돼지한테서 눈을 떼지 말고 천천히 뒤로 물러나. 천천히."

두 사람이 조심조심 뒷걸음질해서 마침내 내 옆에 섰다. 둘 다 공포로 새파랗게 질려 있었다. 그 모습을 보니 오히려 머리가 차가워졌다. 내가 어떻게든 해야 해.

"그대로 계속 뒤로 천천히, 넘어지지 않게 조심조심."

멧돼지는 아직도 이쪽을 보고 있었다. 그 눈을 마주 노려보며 뒤로 물러났다. 당장이라도 달려들 수 있다. 한 걸음만 삐끗해도 목숨이 위험한 상황이었다. 겨드랑이를 타고 땀이 흘러내렸다. 캭캭, 멧돼지가 위협음을 냈다. 드러난 송곳니가 뾰족하고 날카로웠다. 뒤에 있는 두 사람이 숨을 삼키는 소리가 들렸다.

"괜찮아. 진짜 괜찮아."

두 사람에게 속삭이듯 말하며 나는 한 걸음 한 걸음 물러났다. 한시라도 빨리 떨어지고 싶은 마음을 억누르고, 치솟는 공포를 다스리며 천천히 거리를 벌렸다. 진창에 발이 빠지거나 젖은 나뭇가지나 이파리를 밟고 미끄러지기라도 하면 그 순간 달려들지도 모른다. 이마에서 흘러내린 땀이 눈에 스몄다. 닦을 엄두도 내지 못하고 뒷걸음질을 쳤다. 뎃마와 이즈미 앞을 막아선 채 멧돼지와 대치했다. 종잇장 같은 방패라도 없는 것보다는 낫다. 몇 초라도 도망칠 시간을 벌 수 있다. 단 한 걸음도 실수해서는 안 된다.

한순간이라도 방심하면 끝이다. 멀리서 날갯짓소리가 났다. 까마귀 소리가 경박하게 울려 퍼졌다. 그때 멧돼지가 갑자기 시선을 돌렸다. 천천히 몸의 방향을 바꾸는가 싶더니 숲속으로 모습을 감추었다.

살았나? 아직 알 수 없다. 다음 순간 전속력으로 돌진해올지도 모른다. 우리는 숨쉬기조차 두려운 긴장 속에서 그 자리를 떠났다. 제대로 숨을 쉴 수 있었던 것은 차로 돌아오고 난 뒤였다.

"저게 뭐야, 진짜! 말도 안 돼."

델마의 얼굴은 붉게 달아올라 있었다. 극도의 공포와 긴장에서 해방되면서 묘하게 흥분한 눈치였다.

"대체 어디서 나타난 거지?"

"여긴 산이니까."

멧돼지 쪽에서 보자면 우리가 침입자다.

"아무도 안 다쳐서 다행이야. 멧돼지가 물러나줘서 살았어."

"그 자식 아마 쫄아서 도망갔을걸? 내가 계속 째려봤거든."

아까 델마의 모습은 그보다 더 겁먹을 수는 없을 정도로 무서워하는 것처럼 보였지만 흘려듣기로 했다.

"뭐, 어쨌든 무사히 넘어갔으니 됐다. 잠깐만, 이즈미,

왜 그래?"

나는 뒷좌석 쪽으로 고개를 돌렸다. 이즈미는 제 몸을 껴안은 채 고개를 숙이고 있었다. 조금씩 어깨가 떨렸다. 늘어진 머리카락 때문에 표정은 보이지 않았다.

"괜찮아?"

"어디 아파?"

나와 델마가 묻자, 이즈미는 천천히 고개를 들었다. 이즈미의 두 눈에서 눈물이 왈칵 흘러넘쳤다.

"무서웠어. 이젠 정말 끝났다고 생각했어……."

아이처럼 흐느낀다. 아무래도 안도의 눈물인 모양이다. 나와 델마는 얼굴을 마주 보며 휴, 숨을 내쉬고 조금 웃었다.

"이제 괜찮아. 눈물 닦아."

"코도 좀 풀고."

이즈미는 휴대용 티슈를 세 장 뽑아 눈가를 닦고, 기세 좋게 코를 풀더니 대뜸 입을 열었다.

"나, 안 잊을 거야."

두 눈 그득 눈물을 머금고 이즈미는 "절대로 안 잊을 거야"라고 되뇌었다.

"루이가 앞에 서서 지켜준 것도, 델마가 옆에서 손잡아준 것도 절대로 안 잊을게."

새빨갛게 충혈된 눈에 강한 의지의 빛이 깃들어 있었다.

"나도 두 사람을 지킬게. 앞으로 무슨 일이 있어도 꼭."

얼굴은 눈물, 콧물 범벅에 오들오들 떠는 목소리도 그다지 믿음직하지 않았다. 하지만 진심은 전해졌다. 확실하게 마음을 울렸다. 한동안 아무 말도 나오지 않았다. 델마는 울다 웃으면서 이즈미의 어깨를 두드렸다. 이즈미는 눈물을 흘리면서 몇 번이나 고개를 끄덕였다. 이즈미가 눈물을 그치기를 기다리며 차의 시동을 걸었다.

"슬슬 돌아가자."

차 시동을 걸었다. 이미 하늘은 밝았다. 햇빛이 산길에 눈부시게 내리쬐고 있었다.

"배고프다. 가는 길에 뭐라도 먹자."

"그러게. 나도 배고프네."

오랜만에 확실한 공복감을 느꼈다.

"맥도날드 가자. 지금 시간이면 맥모닝 팔 텐데."

"맥모닝 싫어."

이즈미가 코맹맹이 소리로 항의했다.

"빵도 달고."

"야, 그래서 맛있는 거야."

"그런가. 나는 모스버거가 좋아."

"모스버거도 괜찮네. 거기 감자튀김 맛있어."

"그럼 둘 다 가지, 뭐."

나는 액셀을 밟았다.

"맥모닝 먹고 나서 모스버거도 가자."

"햄버거집 순례야? 폭식도 정도가 있지. 하루 만에 뚱뚱해질걸?"

"가끔은 괜찮아. 과식한 칼로리는 라이브에서 소모하면 되지."

이즈미가 입꼬리를 올렸다.

"내가 살게."

"진짜?"

델마의 목소리가 활기를 띠었다.

"좋았어. 맥도날드랑 모스버거 둘 다 가자. 디저트로 롯데리아랑 버거킹이랑 웬디스도 추가해서."

"위장이 터질걸?"

이즈미의 말에 모두 웃음이 터졌다. 일주일 전만 해도 상상도 할 수 없던 일이다. 사이가 험악했던 델마와 이즈미가 시답잖은 농담을 나누고, 메뉴를 고르면서 셋이 함께 웃는 날이 올 줄이야. 우정 같은 아름다운 것이 아니다. 우리를 잇는 것은 범죄다. 우리는 공범자라는 일그러진 관계로 맺어져 있다. 우리 셋은 배를 타고 어두운 바다를 표류하고 있다. 진흙으로 만든 것처럼 위태롭고, 나뭇잎을 띄운 것처럼 미덥지 못한 배가 칠흑 같은 바다를 떠돌고 있다. 어디에 다다를지, 애초에 다다를 육지가 있는지도 분명하지 않다. 만약 배가 망가지면 우리는 그대로 차가운 물속으로 가라앉을 것이다.

돌아오는 길의 차 안은 떠들썩했다. 뭐가 그렇게 우스운지 아무것도 아닌 말에도 웃음이 터졌다. 위기를 벗어나 긴장이 풀어져서일까. 아니다. 우린 알고 있었던 것 같다. 이제 곧 웃지 못할 날이 온다는 사실을.

이틀 후, 하우라가 사라졌다는 도이의 보고를 받았다.

"대표님과 연락이 되지 않습니다. 어디에 있는지도 모르는 상황입니다."

도이는 일정 보고라도 하듯 담백한 어조로 말했다. 라이브를 마치고 사무실로 오면서 이미 각오는 하고 있었다. 사건이 벌어진 지 일주일, 마침내 하우라의 실종에 대해 도이가 말을 꺼냈다.

도이의 보고를 받은 우리는 서로 얼굴을 마주 보았다. 델마와 이즈미가 불안스레 눈살을 찌푸렸다. 두 사람 다 자연스럽게 동요를 연기했다. 몇 번이나 연습한 성과다.

"매니저에게 어디 가는지 알리지도 않고 없어졌단 말인가요?"

먼저 내가 질문했다.

"네, 그렇습니다."

도이는 말할 때 거의 입술을 움직이지 않았다.

"언제부터요? 언제부터 연락이 없었나요?"

델마가 물었다.

"제가 휴가를 마치고 출근하고부터 줄곧 소식 두절입니다. 즉 1월 16일부터 연락이 끊겼습니다."

도이가 탁상 달력에서 눈을 떼고 우리 셋을 둘러보았다.

"여러분이 대표님과 마지막으로 만난 때가 지난주 주말, 라이브가 있던 14일이었죠? 뭔가 들은 게 없습니까?"

우리는 다시 서로의 얼굴을 마주 보았다.

"글쎄요, 너희는 뭐 들은 거 있어?"

내 물음에 델마와 이즈미는 기억을 더듬는 척 잠깐 뜸을 들이다 고개를 저었다.

"알겠습니다. 혹시 뭐라도 기억이 나면 말해주세요."

도이는 사무실 안쪽에 있는 하우라의 책상을 힐끗 쳐다보았다.

"언제나처럼 불쑥 돌아오시겠지요. 대표님 방랑벽이 어제오늘 일도 아니니까. 여러분에게 괜한 걱정을 끼쳤습니다만, 지금까지 그랬던 것처럼 그룹 활동에 집중해주세요. 다음 달엔 그룹 결성 4주년을 기념하는 중요한 라이브가 있으니까요. 그때까지는 돌아오시겠죠."

하우라가 절대 다시 돌아올 수 없다는 것을 알지만, 우리는 표정을 조금 누그러뜨리고 고개를 끄덕였다. 드디어 시작되었다. 실종이 발각되고부터가 본방송이다. 앞으로 어떻게 행동하느냐에 따라 우리의 운명이 달라진다. 아직 도이는 우리를 의심하는 것 같지 않았다. 아니, 혹은 그런 척하는 걸까? 속으로는 의심하면서 뭔가 증거를 찾고 있는지도 모른다. 도이의 무표정에서는 아무것도 읽어낼 수 없었다.

아무튼 방심해서는 안 된다. 이 사건을 감추는 데 가장 주의해야 할 인물이 바로 도이다. 경계를 늦추지 말자. 냉정하고 신중하게 대응해야 한다. 다시 마음을 다잡았다. 하우라의 실종 사실을 공유한 뒤에 30분 정도 일정 회의를 하고, 그것으로 그날의 업무는 종료되었다.

도이의 배웅을 받으며 사무실을 나온 우리 셋은 이제 정상적으로 작동하는 엘리베이터에 올라탔다. 엘리베이터가 하강한다. 나는 서서히 줄어드는 숫자를 올려다보며 말했다.

"너흰 먼저 집에 가 있어."

"응, 부탁할게."

"무슨 일 있으면 바로 연락해."

델마와 이즈미도 층수 표시 패널을 올려다본 채 대답했

다. 엘리베이터가 1층에 도착했다. 정문에서 두 사람과 헤어지고 난 뒤 아파트 근처에 있는 흡연 구역으로 발걸음으로 옮겼다. 담배를 연달아 두 개비 피우며 마음을 진정시킨 후, 다시 아파트로 향했다. 엘리베이터를 타고 7층까지 올라가서 사무실 인터폰을 눌렀다. 잠시 뒤 문이 열렸다.

"무슨 일입니까? 뭐 두고 갔어요?"

도이가 문틈으로 얼굴을 내밀었다.

"아뇨. 대표님 일로 드릴 말씀이 있어서요."

현관 앞에서 할 이야기가 아니라고 판단했는지 도이가 문을 활짝 열었다.

"들어오세요."

나는 의자에 걸터앉아 눈앞의 회의용 테이블에 시선을 떨어뜨렸다. 하우라가 그토록 자랑스러워했던, 해외에서 주문한 테이블은 지문 하나 없이 반짝거렸다.

"하실 말씀이란 게 뭡니까?"

도이가 무표정한 얼굴로 물었다. 나는 사물을 상대하는 듯한 그 건조한 시선을 마주 보며 물었다.

"대표님이 정말 돌아올까요?"

느닷없이 핵심을 찔렀다. 쓸데없이 서론을 늘어놓거나 떠보지 않고 직구를 던진다. 다양한 방법을 검토한 결과, 그 방법이 가장 낫다고 판단했다. 도이는 어디까지 파악했을까? 우리를 의심하고 있을까? 그런 것들을 탐색하기 위해 일대일로 이야기해야 했다.

"물론이죠. 돌아오실 겁니다. 늦어도 4주년 라이브까지……."

"도이 씨."

짧게 말을 가로막았다.

"사실대로 말해줘요. 솔직한 대답을 듣고 싶어서 저 혼자 사무실로 온 거예요. 지금 회사 상황이 그다지 좋지 않다는 건 알아요. 저도 이 회사에 들어온 지 꽤 오래됐으니까요."

진지한 얼굴로 호소하자 도이가 살짝 고개를 끄덕였다.

"그렇군요. 루이 씨도 다음 달이면 데뷔 4주년이네요."

도이가 각진 턱을 쓰다듬었다.

"솔직히 말씀드리면, 대표님이 언제 돌아올지 전혀 알 수 없습니다."

"역시, 여행을 간 건 아니군요."

"안타깝지만 그럴 가능성은 낮아 보입니다. 캐리어도 없고 옷도 안 보여서 처음엔 여행을 갔나 생각했습니다만."

역시 캐리어와 옷을 처분한 게 시간을 버는 데 도움이 된 듯하다. 도이가 탁상 달력에 눈길을 주었다.

"아무리 그래도 일주일이나 연락이 없는 건 말이 안 됩니다. 무슨 일이 생긴 게 분명합니다."

"하지만 전에도 일주일 정도 소식이 끊긴 적 있었잖아
요. 전국 라이브하우스에서 영업을 했다느니 하면서."

실제로는 친밀하게 지내던 여자와 여행을 갔을 뿐이었
지만.

"그때 대표님도 반성을 많이 하셨으니 똑같은 실수를
또 저지르지는 않을 겁니다. 또다시 회사에 큰 피해를 끼
칠 만한 일을 하지는 않겠죠."

맞는 말이다. 도이는 하우라가 놀러 갔을지도 모른다는
가능성은 아예 염두에 두지 않는 듯하다.

"그럼 대표님은 어디서 뭘 하고 있는 걸까요?"

"지금으로서는 아무것도 파악이 되지 않습니다."

"대표님 스마트폰의 GPS를 조사해보면 어때요? 통신
사에 문의하면 추적할 수 있잖아요."

"그건 개인 정보라서 가족이 아니면 알려주지 않을 겁
니다."

그렇겠지. 경찰의 개입이 없으면 위치 추적은 불가능하
다. 설사 가능하더라도 하우라의 스마트폰은 이미 폐기했다.

"생각보다 상황이 심각하네요."

나는 탄식하면서 도이를 물끄러미 보았다. 정말 아무것
도 모르는 걸까? 그렇지 않으면 다 알면서 입을 다물고 있

는 걸까? 도이의 시선, 눈썹과 입술의 움직임, 몸짓. 어딘가에 위화감이 없는지 탐색했다. 이상하게 보이는 점은 없었다. 고용주가 갑자기 자취를 감추었는데 섬뜩할 만큼 표정에 변화가 없다. 하지만 아직 물어봐야 할 게 남아 있다. 진도를 나가자. 나는 마음을 굳힌 척 입을 열었다.

"어쩌면 대표님이 사라진 거…… 우리 때문일지도 몰라요."

"무슨 뜻입니까?"

도이의 목소리가 아주 살짝 낮아졌다.

"대표님과 마지막으로 만난 날, 사실 저와 델마는 밤 늦게까지 대표님과 함께 있었어요."

"라이브가 끝난 뒤에 말입니까? 세 사람이 뭘 했습니까?"

"접대요. 대표님 아는 분들과 저녁을……."

"또 억지로 끌려가셨군요."

역시 도이는 그날의 접대에 대해 몰랐던 모양이다. 이건 밝혀도 문제없다. 어차피 조사하면 밝혀질 일이고, 입 다물고 있으면 오히려 의심을 살 가능성이 있다.

"그날 접대가 제대로 안 되어서 대표님이 엄청나게 화를 냈어요. 저랑 델마는 그룹의 짐짝이라고……."

"어떻게 그런 말씀을……."

말의 내용과는 반대로 도이의 목소리는 여전히 평온했다. 아마 그도 그렇게 생각해서겠지.

"팬도 줄고 매출이 떨어진 건 사실이니까요."

나는 눈을 감았다.

"이즈미 덕분에 그룹이 어떻게든 유지되고 있지만, 회사 경영은 위태로운 상태 아닌가요?"

"상황이 어렵다는 점은 부정할 수 없습니다. 올해가 그룹의 성패가 걸린 해라고 할 수 있겠죠. 그래서 다음 달 4주년 라이브는 꼭 성공해야 합니다."

"그래서 저도 죽도록 연습하고 있어요."

사실은 4주년 라이브를 마지막으로 아이돌을 그만둘 계획이었지만 사정이 바뀌었다.

"델마와 이즈미도 4주년 라이브를 위해 정말 열심히 노력하고 있고요. 하지만 대표님은 아니었을지도 모른다는 생각이 들어요."

도이는 잠자코 듣기만 했다. 나는 이어서 말했다.

"최근 1, 2년 사이에 소속 아이돌과 직원들이 거의 다 회사를 그만뒀고, 딱 하나 남은 그룹은 기대에 못 미치니까요. 그래서 대표님도 우리를 포기한 게 아닐까 싶어서……."

"대표님이 회사를 내팽개치고 잠적했다는 뜻입니까?"

"허무맹랑한 상상은 아니죠."

나는 온순한 표정으로 한숨을 내쉬었다. 팬데믹은 특히 연예계에 엄청난 타격을 줬다. 아이돌 업계는 말할 것도 없다. 우리 소속사처럼 SNS나 온라인 커뮤니케이션이 서툰 회사들은 더 심각한 피해를 봤다. 겨우 예전처럼 라이브가 가능해진 지금도 업계 전체가 신음하고 있다. 깊은 수렁에서 빠져나오려고 발버둥치면서 간신히 한 걸음씩 나아가는 중이다. 그런 현실에 신물이 난 하우라가 모든 책임을 내팽개치고 잠적했다. 그럴듯한 스토리다. 특히 지하 아이돌 업계에서는 아이돌이나 대표가 야반도주하듯 잠적하는 경우가 적지 않다.

"네, 절대 일어날 수 없는 일이라고 단언할 수는 없겠네요."

도이가 담담한 태도로 말을 이었다.

"나쁜 쪽으로는 생각하고 싶지 않지만, 어떤 사고나 사건에 휘말렸을 가능성도 있습니다."

"사건이요?"

나는 꾸며낸 티가 나지 않을 정도로 말을 끊었다. 가장 듣고 싶었던 이야기다.

"뭔가 짚이는 게 있나요?"

"아뇨. 딱히 그런 건 없습니다."

도이는 고개를 저었다. 표정에 변화는 없다. 그렇게 보였다.

"대표님의 사생활까지는 자세히 모르지만 인간관계로

인한 문제는 딱히 없는 것 같았습니다."

있다니까. 그래서 죽었고.

"만약 사건에 휘말렸다면 돌발적인 사고가 아니었을까 싶습니다."

아니었으면 좋겠지만, 하고 도이는 덧붙였다. 어느날 갑자기 모습을 감추면 사고나 사건이 머릿속에 스치는 게 당연하다. 그렇다면 다음에 취할 행동은 명확하다.

"경찰에는 신고하셨어요?"

"네. 제가 경찰에 소재불명자 신고를 했습니다."

소재 행방불명 신고. 혈연관계가 아닌 지인도 할 수 있는 실종자 신고다.

"그렇지만 경찰은 움직이지 않을 겁니다. 현재로서는 사건성이 없으니까요."

"세상에……."

내심 안도했다. '사건성이 없다.' 도이가 증거를 쥐고 있는 건 아니라는 뜻이다.

"대표님 가족들에게 실종 신고를 해달라고 하면 어떨까요?"

내 질문에 도이는 고개를 저었다.

"그건 어렵습니다."

"아, 부모님과 사이가 안 좋다고 했던가."

하우라가 가족과 거의 의절했다는 사실은 나도 이미 알고 있었다. 하우라가 일주일 동안 소식을 끊고 잠적했을 때, 회사에서 본가에 연락을 취했다. 그때 하우라의 부모는 조금도 동요하는 기색 없이 "그쪽에서 알아서 하시오"라며 마치 남처럼 굴었다는 이야기를 들었다. 아직도 그런 관계라면 실종 신고를 부탁하기도 쉽지 않을 터였다. 설사 실종 신고를 한들 성인 남성의 경우 그냥 실종 신고만으로는 수사로 이어지지 않는다. 가출자의 데이터베이스에 하우라의 이름이 올라갈 뿐이다. 즉 우리가 의심받을 만한 사태로 번지지는 않는다. 시체가 발견되지 않는 한, 우리 죄가 밝혀질 일은 없다.

"그럼 그냥 대표님이 돌아오시길 기다리는 수밖에 없네요……."

나는 고개를 떨구었다. 안도하는 표정을 숨기기 위해서였다.

"아뇨, 기다리고만 있을 수는 없으니 다른 방법을 찾고 있습니다."

사무적인 말투에 고개를 들었다. 다음에 무슨 말이 이어질지 대충 예상은 되었다.

"흥신소에 의뢰할 생각입니다."

"흥신소…… 그런 방법이 있었네요."

나는 내심 혀를 찼다.

"흥신소? 탐정 사무소 같은 거야?"

델마의 질문에 나는 고개를 끄덕였다.

"엄밀하게 말하면 다르지만, 사람 찾는 일을 한다는 점에선 비슷해."

"사람 찾기 전문 업체란 말이구나."

이즈미가 턱을 괴며 탄식했다. 무거운 공기가 거실을 채웠다. 나는 델마와 이즈미에게 도이와 나눈 대화 내용을 공유했다. 경찰이 나서지 않을 거라 믿고 안도했던 두 사람은 흥신소 이야기가 나오자마자 어깨를 축 내려뜨렸다.

"흥신소에 의뢰하다니."

이즈미가 콧잔등을 찡그렸다.

"사람 찾는 의뢰면 엄청 비싸지 않아?"

"착수금만 해도 몇십만 엔은 될걸? 친족이 아니면 비용이 엄청나다던데."

잠시라도 페달을 멈추면 쓰러지는 자전거처럼 위태로운 회사에서 쓰기에는 몇십만 엔도 거금이다. 그래서 흥신소라는 방법을 쓸 가능성은 낮게 보았다. 그런데 귀한 운영 자금을 쓸 결정을 했다는 말은, 도이가 지금 상황을 비상사태로 본다는 증거였다. 실종자를 찾으려면 빠를수록 좋다.

시간이 지날수록 흔적을 파악하기 어렵다. 그래서 거금을 쓰더라도 빨리 찾아야 한다고 결단을 내린 것이다. 올바른 판단이다. 우리에게는 위험하기 그지없는 일이지만.

"근데 흥신소는 결국 사설 업체잖아. 경찰이 나서는 상황보다는 낫지. 아무래도 정부 기관에 비하면 수사력이 떨어질 테니까."

델마가 처진 분위기를 수습하려는 듯 높은 어조로 말했다.

"글쎄. 흥신소는 실종자 찾는 데 프로야. 얕볼 수 없어. 규모가 큰 업체에는 은퇴한 경찰도 있다고 들었어."

"뭐? 그럼 위험한 거 아니야?"

"맞아, 위험해. 하우라의 발자취를 샅샅이 조사할 테고, 관계자인 우리한테도 꼬치꼬치 캐묻겠지. 조금이라도 꼬투리가 잡히면 철저하게 조사를 받게 될 거야."

델마는 입을 다물었다. 이즈미는 머리를 감싸안았다. 하지만, 하고 나는 말을 이었다.

"이번만 잘 넘기면 판은 단숨에 뒤집혀. 흥신소에 맡겼는데도 실마리를 못 찾으면 매니저도 포기할 거야. 그러면 하우라를 찾을 사람은 없어. 우리가 의심받을 일도 없고."

타이르듯 말을 이어나갔다.

"흥신소가 위협적인 건 분명해. 하지만 대책은 이미 세

174

윘잖아. 스마트폰과 노트북은 폐기했고, 아파트 CCTV도 처리했어. 하우라의 행방을 찾을 수 있는 중요한 실마리는 아무것도 남아 있지 않아. 실제로 매니저도 대표가 외출했다가 사고에 휘말렸을 거라고 생각하고 있어. 아무리 사람 찾기 전문가라고 해도 이런 상황에선 아무것도 못 찾아. 우리가 괜히 동요해서 꼬리를 드러내지 않는 한 비밀을 들킬 일은 없어."

나는 단정 짓는 말투로 이야기를 마무리 지었다. 두 사람의 표정이 훨씬 누그러졌다.

"지금이 고비야."

이즈미의 목소리에 두려움의 흔적은 없었다.

"아주 죽을 각오로 해야겠네."

델마는 제 뺨을 때렸다. 다가오는 위협에 맞설 마음의 준비는 된 것 같다. 아마 도이는 오늘내일쯤 흥신소에 연락할 것이다.

"며칠 안으로 움직임이 있을 거야. 그때까지 우리가 할 수 있는 만큼 준비를 해두자."

그렇게 말하면서 나는 앞으로 벌어질 일을 그려보았다. 흥신소의 수색 기간은 한 달쯤 되지 않을까? 영세 아이돌 소속사가 장기간 수색 비용을 대기는 쉽지 않다. 그래도 방심은 금물이다. 증거는 확실하게 없앴지만, 무엇도 확신할 수 없다. 이 세상에 남은 모든 발자취를 없애기란 애초에 불가능하다. 예상치 못한 증거가 발견되면 경찰이 개입할지도 모른다. 그러면 순식간에 궁지에 몰린다. 지금이 최초이자 최대의 위기라고 해도 틀린 말은 아니다. 새롭게 닥칠 불안 요소를 철저히 밝혀내야 한다. 상상할 수 있는 모든 상황을 그려서 어떤 전개가 되든 냉정하게 대처할 수 있도록 준비해야 한다. 이 고비만 잘 넘기면 아이돌을 계속할 수 있다. 잘 넘기지 못하면……. 가슴이 술렁여서 생각을 멈추기로 했다. 대신 다음 달 4주년 라이브를 머릿속에 떠올렸다. 위기를 뛰어넘고 무대에 오른 우리의 모습을 상상했다. 아이러니다. 라이브를 할 때마다 숨이 막히는 듯했던 인간이 지금은 그것을 버팀목으로 삼고 있다. 어떤 라이브가 될까? 어떤 마음으로 무대에 서 있을까?

"갑자기 왜 입을 다물고 그래?"

"머리 아파?"

델마와 이즈미가 걱정스럽게 물었다.

"으응, 아냐. 괜찮아."

나는 미간에 몰린 힘을 빼고 델마와 이즈미를 보았다. 어떻게 하면 이 아이들과 웃으며 무대에 설 수 있을까? 그것만 생각하기로 했다.

사흘 후, 우리는 사무실로 불려 갔다.

"연습 후라 피곤하실 텐데 죄송합니다."

그렇게 말하는 도이의 표정은 전혀 미안해 보이지 않
았다.

"괜찮아요. 비상사태니까요."

나는 동의를 구하듯 양옆을 보았다. 델마와 이즈미가 심
각한 표정으로 고개를 끄덕였다.

"저 방입니다."

도이가 메마른 시선을 안쪽 방으로 던졌다. 하우라의 취
미 방이다.

"먼저 루이 씨부터 시작할까요?"

네, 대답하고 나는 걸음을 뗐다. 등 뒤로 기도하는 듯한
두 사람의 시선이 느껴졌다. 걱정하지 마. 잘할게. 그런 대
답을 대신하듯 망설임 없는 발걸음으로 나아갔다. 곧이어
문 앞에 서서 노크했다.

"들어오세요."

바로 대답이 들려왔다. 문을 열고 방 안으로 들어갔다.
실내에는 CD를 수납한 선반이 죽 늘어서 있고, 벽 쪽으로
베이스가 세 대 세워져 있다. 집주인의 취향이 담긴 공간.
그 밤의 기억이 되살아나면서 혀뿌리까지 쓴맛이 번졌다.
그때와 다른 점은 방 중앙에 간이 테이블과 의자가 두 개

놓여 있다는 것이다. 거기에 남자가 앉아 있었다. 태블릿 PC를 한 손에 들고 붙임성 좋은 웃음을 지으며.

"어서 오세요. 이쪽에 앉으시죠."

남자가 맞은편 의자를 가리켰다. 나는 의자에 앉아 상대를 살폈다. 나이는 30대 초반? 아마 도이와 또래일 것이다. 짧게 깎은 머리를 뒤로 넘기고, 정장 재킷에 치노 팬츠를 입었다. 거리에서 스치며 봤다면 은행이나 증권 회사 영업 사원이라고 생각했을 것이다. 그만큼 사람 찾기 전문가로는 보이지 않았다.

"처음 뵙겠습니다. 시모야라고 합니다."

남자가 명함을 내민다. '시모야 흥신소 대표'라는 단어가 눈에 들어왔다. 이미 홈페이지에 들어가 개인이 운영하는 작은 흥신소라는 점은 파악해두었다. 도이가 시모야에게 의뢰해서 수색이 시작된 것은 그저께였다. 관계자의 이야기를 듣고 싶다는 요청에 나와 델마, 이즈미가 사무실에 모였다.

"시간 뺏어서 죄송합니다. 아, 루이 씨라고 불러도 될까요?"

시모야는 내가 대답도 하기 전에 입을 움직였다.

"그건 그렇고 역시 아이돌은 다르네요. 정말 아름다우십니다. 마주 앉기만 했는데 막 긴장이 되는군요."

"대표님 계신 곳은 알아내셨나요?"

나는 입을 열자마자 물었다. 듣기 좋은 칭찬에도 반응할 수 없을 만큼 심각한 척하며.

"안타깝게도 행방은 아직 파악하지 못했습니다."

시모야가 고개를 저었다.

"일단 하우라 씨의 교우 관계를 알아보고 있습니다만, 실마리가 될 만한 정보가 지금으로서는 없습니다. 절친한 친구나 연인도 없는 듯하고요."

이즈미와 만났던 사실은 밝혀지지 않은 모양이다. 마음속으로 안도했다.

"그래서 루이 씨 이야기를 많이 들었으면 합니다. 베이비★스타라이트의 멤버 세 분은 하우라 씨와 가까운 사이니까요. 특히 루이 씨가 알고 지낸 지 가장 오래됐죠? 저희 좀 도와주시죠."

"물론이에요. 제가 할 수 있는 일이라면 뭐든지 할게요."

그렇게 말하면서 단전 언저리에 힘을 주었다. 감정의 동요가 표정이나 몸짓에 나타나지 않도록 손끝까지 신경을 곤두세웠다. 시모야는 공손히 고개를 숙이고 나서 입을 열었다.

"그러면 바로 시작할까요? 먼저 확인부터 하죠. 루이 씨가 하우라 씨와 마지막으로 만난 때가 1월 14일 밤 맞죠?

그날 일을 자세하게 말해주세요. 당일에 어떤 일이 있었는지 도이 씨에게 이미 들었지만, 루이 씨 입으로 다시 듣고 싶네요."

"저녁에 라이브가 끝나고 일단 해산했는데, 대표님이 저랑 다른 한 명을 사무실로 다시 불렀어요."

"다른 분은 누구죠?"

"델마요. 금발에 단발머리."

"그렇군요."

시모야가 태블릿 PC를 스크롤하면서 고개를 끄덕였다.

"사무실에 온 다음에는 무엇을 했죠?"

"대표님과 함께 저녁을 먹으러 갔어요. 기타신치에 있는 가이세키* 요릿집으로요."

"좋았겠네요. 그 동네 가이세키 집이면 맛이 없을 리 없죠. 가게 이름은 기억해요?"

"잠깐만요."

나는 스마트폰으로 가게를 검색해서 "이 가게였어요"라며 화면을 보여주었다. 시모야는 스마트폰 화면과 자신의 태블릿 PC를 번갈아 보더니 "고맙습니다" 하고 살짝 고개를 숙였다. 그 이상은 묻지 않았다. 그날 밤 우리가 어디

---

* 일본 전통식 코스요리.

서 무엇을 먹었는지 이미 확인했을 것이다. 어설프게 얼버무리거나 거짓말을 했다가는 바로 꼬리를 잡혀 궁지에 몰릴 수 있다.

"그 요릿집에는 셋이 갔어요?"

"아뇨. 대표님 지인들이 동석해서 다섯 명이 함께 식사했어요."

"오호, 하우라 씨의 지인인가요?"

"네, 둘 다 사업가라고 했어요. 한 명은 도쿄에서 이벤트회사를 하는 사장이라고……."

나는 두꺼비 남자를 떠올리며 대답했다.

"다른 한 명은 텔레비전에도 자주 나오는 사람이었어요. 가와토 씨라는……."

"뉴스 해설하는 가와토 씨 말인가요? 아, 기업가 출신이죠. 그 사람이 나오는 뉴스는 저도 매일 아침 보고 있습니다. 그런 유명인과 아는 사이라니 그쪽 대표님 대단한 분이셨네요."

"대학생 때 음악 동아리에서 만난 사이라고 들었어요."

"대학생 때부터라면 20년 가까이 알고 지냈겠네요."

시모야가 태블릿 PC 위로 펜을 굴린다.

"가와토 씨는 도쿄 사람 아닌가요? 근데 일부러 오사카의 기타신치까지 왔다고요?"

"오사카 방송국에서 녹화가 있었던 모양이에요. 일이 끝난 후에 식사 자리에 합류한 것 같아요."

"허, 오사카에서도 방송 일을 했군요. 그렇게 텔레비전에 뻔질나게 나오면 회사는 괜찮을지 모르겠네요. 내가 그 회사 사원이면 기분이 별로 안 좋을 거 같은데. 놀지 말고 본업에 집중 좀 해라, 하고 말이죠."

어휴, 하는 냉소가 뒤따른다. 다분히 질투가 느껴졌다.

"일 때문에 왔다고는 해도 오사카에서 일부러 만날 정도라면 하우라 씨와 가와토 씨는 가까운 사이겠죠?"

"그런 것 같아요. 1년에 한 번은 만난다고 했어요."

"1년에 한 번이라…… 학창 시절부터 이어진 관계지만 아주 친밀한 사이는 아닌 거 같고……."

시모야는 고개를 숙인 채 중얼중얼하더니 퍼뜩 고개를 들었다.

"하던 이야기로 돌아갈까요? 하우라 씨 지인을 포함해서 다섯 명이 같이 식사했다고 했죠? 그 식사 자리에서 하우라 씨는 어땠습니까? 불안해한다거나 뭔가 고민이 많아 보이지는 않았나요?"

"그렇게 보이지는 않았지만."

나는 고개를 저었다.

"그렇지만 화를 냈어요. 식사 모임이 실패로 끝나서요."

"실패? 자세히 말해보세요."

네, 하고 순순히 대답했다. 트러블이 있었던 사실은 도이에게서 들었을 테니 숨겨봤자 무의미하다.

"그 자리에서 대표님 지인을 접대하는 게 저희 일이었는데, 저도 델마도 잘 못 했어요. 그래서 지인분 심기가 상했고⋯⋯."

"가와토 씨의 기분이 상했다는 말인가요?"

"아뇨. 다른 분이요. 이벤트 회사 사장님. 그래서 그 자리가 흐지부지 끝나버렸고 대표님이 저희한테 엄청나게 화냈어요. 그런 접대 자리를 몇 번이나 만들었는데 제대로 된 결과로 이어진 적이 없으니 불만이 쌓였겠죠."

"결과라면 어떤⋯⋯?"

"저희 일거리요. 사업가들한테 접대를 해서 일을 따낸다는 게 대표님 전략이었어요."

"하, 전략이라니. 그건 그냥 더러운⋯⋯."

시모야가 서둘러 본심을 얼버무린다.

"하우라 씨가 뭐라고 하면서 화를 냈나요?"

"팬이 줄었다, 라이브 매출이 떨어졌다, 그런 말은 자주 들었는데 그날은 그룹의 짐짝이라는 말까지 들었어요."

"너무하네."

시모야의 미간에 주름이 잡힌다. 나를 보면서 추접한 접대 자리와 매출 압박에 시달리는 가여운 아이돌이라고 생각하고 있겠지. 그걸로 좋다. 화려한 세계를 동경해서 이 업계에 들어와 탐욕스런 소속사 대표에게 착취당하는 무지한 피해자라고 여겨주는 편이 나로서는 편하다.

"저녁 8시가 지나서 대표님과 헤어졌어요. 그 이후로는 본 적 없고요."

"그렇군요. 어지간히 뒷맛 씁쓸하게 헤어졌네요."

"대표님과는 알고 지낸 지 4년쯤 되었지만, 그렇게 언성 높이며 야단친 건 그날 밤이 처음이었어요."

"저런 저런. 하우라 씨도 어지간히 절박했군요."

"네, 아마 한계였던 것 같아요."

머뭇머뭇 말하며 입술을 핥았다.

"저도 다음 달이면 아이돌 경력이 4년인데, 최근 몇 년은 정말이지 힘든 일뿐이었어요. 몇 번이나 그만두려고 마음먹었고요. 아마 대표님도 저랑 마찬가지 아니었나 싶어요. 일에 대한 불만과 불안이 계속 쌓이다 결국 폭발해서, 그래서……."

"회사를 버리고 도망쳤다?"

"그렇게 생각하고 싶진 않지만 그날 그런 일이 있고 나서 없어졌다고 하니까 나쁜 쪽으로 생각이 흘러가네요."

진실은 더 나쁜 쪽이지만.

"실적 부진 때문에 모습을 감추었다……. 확실히 그게 가장 유력한 가설이긴 해. 과거에 맡았던 사건 중에도 같은 이유로 경영자가 잠적했던 일이 있고."

시모야는 갑자기 존댓말을 그만두고 내 쪽으로 불쑥 몸을 내밀었다.

"다만 아무래도 이상한 점이 있단 말이지."

"이상한 점?"

나는 애매하게 되물었다. 뭐지? 사전에 예측한 온갖 패턴을 머릿속에 준비하고 상대의 말을 기다렸다.

"두 가지 정도가 마음에 걸리는데."

시모야가 손가락을 두 개 세운다.

"우선 첫 번째는 돈. 하우라는 회사의 운영 자금이 들어 있는 은행 계좌를 그대로 두고 잠적했어. 이게 아주 이상하거든. 보통은 도망칠 때 계좌에 있는 돈을 전부 빼가니까."

"보통이라지만 참 싫네요."

"돈이 엮이면 그런 법이야. 게다가 잠적하려면 돈이 필요하니까. 그런데 하우라는 왜 계좌에 손을 대지 않았을까?"

"듣고 보니 이상하네요. 무슨 이유일까요?"

나는 팔짱을 낀 채 생각하는 척했다.

"자신의 잠적이 알려지는 걸 조금이라도 늦추고 싶었을까요? 회삿돈은 도이 씨가 관리하고 있으니까요."

"돈을 빼낸 시점에서 들킨다? 하지만 하우라가 없어진 걸로 추정되는 14일부터 16일 정오 넘어서까지 도이 씨는 출근을 안 했는데? 바로 들킬 걱정이 없지. 아니, 들키지 않았다고 해도 잠적이 발각 되는 걸 늦출 수 있는 며칠이래야 빤하지 않나? 그러면 돈을 들고 갈 만한데."

"그렇겠네요."

예상대로의 대답에 맞장구를 쳤다.

"아, 그럼 저희를 위해 남겨둔 게 아닐까요? 회사에 돈이 없으면 아이돌 활동을 할 수 없으니까요."

"도망치는 사람이 그런 걱정을 했을까?"

"도망은 쳤지만 대표님이니까요."

심약하게 웃어 보였다. 시모야는 동정하듯 가느다랗게 눈을 접어 미소를 지었다.

"뭐, 돈 문제는 일단 제쳐두기로 하고. 이상한 점은 또 있어. 솔직히 이쪽이 더 궁금한데."

사실은, 하고 그는 말을 이었다.

"아파트 CCTV에 누가 잔꾀를 부려놨더군."

"잔꾀……?"

"누가 CCTV SD 카드에 이미 손을 댔어. 그것도 정문이랑 뒷문 양쪽 다. 덕분에 아파트 출입구 영상 기록을 확인 못 했지."

시모야가 한탄하듯 어깨를 움츠렸다.

"게다가 아파트 관리회사가 방범카메라 점검을 아예 안 한 모양이야. SD 카드가 언제 없어졌는지도 모르더군. 한 마디로 누가 언제 어떤 목적으로 CCTV에 손을 댔는지가 수수께끼란 말씀이지. 애초에 그다지 보안이 좋지 않은 아파트니까 관리회사에선 누가 장난을 쳤을 거라고 대수롭지 않게 여기는 모양인데 내 생각은 달라. 이번 실종과 관련이 있는 게 분명해. 내가 왜 그렇게 생각했을까?"

나는 고개를 갸웃했다. 우리가 CCTV를 처리하는 걸 본 목격자가 있나? 아니면 다른 CCTV에 우리 모습이 찍혔나? 걱정스러운 상상이 머릿속에 휙휙 떠올랐지만, 괜히 말을 꺼내는 대신 다음 말을 기다렸다.

"엘리베이터에 있는 CCTV는 멀쩡했으니까."

시모야가 입꼬리를 살짝 올렸다.

"이 아파트에 설치된 방범카메라는 전부 세 개야. 정문, 뒷문, 엘리베이터에 설치되어 있지. 그 세 곳 중 무사했던 카메라는 엘리베이터뿐이야. 왜일까? 조금만 머리를 써보면 금방 답이 나올 거야."

시모야는 교사가 학생을 가르치듯 매끄럽게 말했다. 나는 등을 곧게 펴고 그의 말에 집중했다.

"엘리베이터의 CCTV에는 손을 댈 필요가 없었지. 즉

범인은 엘리베이터에 타지 않았어. 그리고 하우라가 없어진 것으로 추정되는 시각에는 마침 엘리베이터가 고장이었고."

허술한 논리에 김이 빠졌다. 빈약한 추리다. 엘리베이터가 고장이었다는 정도의 근거만 가지고 그 시점에 CCTV가 조작되었다는 주장이 성립되지는 않는다. 시모야도 그 점을 알고 있는 듯 말을 이었다.

"물론 이 논리에는 허점이 있지. CCTV의 SD 카드가 사라진 건 하우라가 사라지기 훨씬 전이고, 이 사건과 아무 상관도 없는 누군가 그저 장난으로 슬쩍했을 가능성도 충분히 있어. 그래도 나는 하우라의 실종과 분명 관련이 있다고 확신해."

매우 자신만만한 태도였다. 뭔가 근거가 더 있는 걸까?

"그렇게 생각하는 이유가 뭐죠?"

나는 물었다.

"감이지."

시모야는 당당한 목소리로 내뱉었다. 성가신 남자다. 근거를 들어 합리적으로 설명할 수 없지만, 오랜 경험으로 쌓인 감으로 수상쩍은 냄새를 맡았다는 뜻이다. 가볍게 볼 수 없다.

"시모야 씨는 대표님이 CCTV 카드를 가져갔다고 보시는 거예요?"

"바로 거기가 중요한 포인트란 말씀."

시모야는 거들먹거리듯 집게손가락을 흔들었다.

"CCTV를 건드린 사람이 하우라라면 왜 그런 짓을 했을까?"

"그야 역시 단서를 없애기 위해서겠죠."

생각에 잠긴 얼굴로 더듬더듬 말을 이었다.

"몇 시 몇 분에 아파트를 나갔는지, 어떤 복장이었는지, 무엇을 들고 있었는지, 서둘러 나갔는지 어땠는지, 어떤 표정이었는지. 아파트 출입구의 영상 기록만 봐도 알 수 있는 정보가 잔뜩 있죠. 그게 행방을 알리는 실마리가 될 수도 있으니까 CCTV에 손을 댄 게 아닐까요?"

그러자 시모야가 휘유, 하고 휘파람을 불었다.

"거의 정답. 날카롭네, 루이 씨. 우리 회사로 올래?"

"생각해볼게요."

차갑게 대꾸하자 시모야는 익살을 떨 듯 두 손을 펼쳤다. 연기라도 하는 것처럼 과장된 몸짓을 좋아하는 남자다.

"그리고 하우라 혼자서 했는지 공범이 있었는지도 확인할 수 있었겠지. 거기까지 맞혔으면 만점이었는데."

심장 박동이 살짝 빨라졌다. 일부러 숨긴 부분을 빈틈없이 지적받았다. 역시 프로는 프로다.

"루이 씨가 말한 대로 하우라가 CCTV에 손을 댔다면 그 이유는 자기 행방을 알릴 만한 실마리를 없애기 위해서 겠지. 그렇게 되면 이야기가 더 이상해지는데. 점점 더 이해가 안 가."

옅은 웃음을 머금은 얼굴이 진지하게 바뀐다.

"굳이 CCTV에 손을 쓰면서까지 없애고 싶은 실마리가 대체 뭘까? 애초에 그렇게까지 신경을 쓸 문제였다면 처음부터 의심을 사지 않도록 평범하게 외출하는 척 나가면 그만인데. 자기가 사는 아파트니까 카메라가 있다는 사실쯤은 당연히 알고 있었을 거야. 아무래도 부자연스러워. 그렇게 보면 또 하나의 가능성이 떠오르는데."

여기서부터가 본론이다. 나는 그의 말에 집중했다.

"CCTV에 손을 댄 사람이 하우라가 아닐 가능성. 하우라 실종과 관련 있는 사람이 CCTV의 SD 카드를 뽑은 거지."

"그 말씀은……."

나는 숨을 삼켰다.

"하우라는 누군가에게 납치, 감금되었을 가능성이 있다, 이 말이지. 범인은 이 아파트까지 찾아와서 하우라를 데려간 거야. 그 증거를 없애기 위해 아파트 CCTV의 카드를 없앴겠지. 단, 범인이 하우라를 억지로 끌고 가진 않았을 거야. 사무실에 몸싸움을 벌인 흔적이 없으니까. 즉 하우라는 저항하지 않고 아파트를 나갔어. 그건 왜일까? 범인이 면식범이기 때문 아니겠어?"

두근두근 심장이 거세게 고동친다. CCTV의 카드가 사라졌다는 사실만으로 거기까지 추리하다니. 이 정도는 돼야 사람 찾는 프로를 하는 걸까. 새삼 성가시게 느껴졌다. 하지만 허둥대서는 안 된다. 하우라가 아파트 내부에서 사건에 휘말렸다는 추리가 나오리라는 것쯤은 CCTV에 손을 댄 시점에 이미 예상했다. 시모야는 확실히 날카롭다. 그렇지만 어디까지나 추리다. 추리를 뒷받침할 증거는 없다. 경찰이 수사에 착수하는 사태까지 이어지지 않을 것이다. 괜찮다. 아직은 예측한 범위 안이다. 나는 자신을 타이르며 시모야를 응시했다.

"저는 믿기지 않아요."

고개를 저으며 머뭇머뭇 말을 꺼낸다.

"대표님이 납치를 당하다니. 그것도 아는 사람에게……."

"불안하게 만들어서 미안하지만, 어느 정도 각오는 해 두셔야겠어."

"설마 그런 일이……."

잠긴 목소리로 중얼거렸다.

"누구, 혹시 짚이는 데라도 있으세요?"

묻고 싶지는 않지만 어쩔 수 없이 묻는다는 말투로 가장 묻고 싶은 것을 물었다.

"지금으로서는 특정할 수가 없어. 너무 많아서."

"많다고요?"

"지인, 친구, 거기에 거래처. 다양한 관계자들을 만나서 이야기를 듣고 있는데, 평판이 어지간히 나빠, 댁네 대표님."

시모야가 질렸다는 듯 입술을 일그러뜨렸다.

"나불나불 말만 앞서고, 건들건들 여자만 보면 눈 돌아가고, 겁쟁이 주제에 걸핏하면 들이대고. 하우라라는 사람은 어떤 사람입니까, 슬쩍 묻기만 했는데 험담이란 험담은 줄줄이 쏟아져 나오더군. 생전 처음 보는 사람한테 그렇게까지 말할 정도면 알 만하지."

좋은 사람이 아니라는 건 진작 알았지만, 그렇게 지독한 평가를 받고 있었나? 친구, 지인에게 미움받고, 가족과는 의절한 상태. 하우라의 처지가 새삼 불쌍하게 느껴졌다. 정말로 새삼스럽지만.

"루이 씨도 힘들었겠지. 그런 대표 밑에서 아이돌을 했다면 걱정거리가 끊이질 않았을 테니까. 노동 환경이나 급여 체계도 악덕 기업들이 식겁할 만큼 열악했던 모양이고."

시모야가 노골적으로 얼굴을 찌푸렸다. 우리 계약서를 읽었거나 도이에게서 이야기를 들었나 보다.

"우리끼리니 하는 이야긴데, 루이 씨도 하우라에게 불

만이 많지 않았을까?"

시모야가 낮은 목소리로 물었다. 나는 주저하는 기색으로 대답했다.

"없다면 거짓말이죠. 4년이나 같이 일했는데."

"그렇겠지. 안 그러면 오히려 이상하지."

"대표님은 완벽주의적인 성향이 있어서 그런 부분이 좀 힘들었어요."

사실이었다. 말을 흐리기보다 어느 정도는 진실을 섞어야 의심받지 않는다.

"완벽주의라. 그런 인간들, 자기는 못하는 주제에 남한테 완벽을 요구하지. 내 전 직장의 상사도 그랬는데."

"고생 많으셨겠네요."

"피차 마찬가지네."

시모야는 동지를 보듯 딱한 표정을 지었다.

"분명 마음에 안 드는 부분이 있었지만, 그래도 대표님은 믿음직한 사람이에요. 그러니 저도 그만두지 않고 아이돌을 계속 해왔죠."

실제로는 그저 타성에 젖어 해왔을 뿐이지만.

"게다가 다 그렇지 않나요? 회사에 불만 없는 아이돌 따윈 없어요."

"그렇군. 이 바닥이 그만큼 냉혹하다는 말이군."

시모야가 앓는 소리를 내며 손목시계에 눈길을 주었다.

"오, 언제 시간이 이렇게 됐지? 오래 붙잡아서 미안."

시모야가 태블릿 PC를 테이블에 내려놓았다. 내 순서는 끝난 모양이다. 나도 모르게 몸의 긴장이 풀렸다. 그것을 꿰뚫어 보았는지 시모야가 얼굴을 불쑥 들이밀었다.

"마지막으로 하나만 더 물어도 될까?"

시모야는 집게손가락을 세우고 웃으며 질문했다. 하지만 눈은 웃고 있지 않았다.

"정말로 대표가 돌아오길 바라나?"

그는 가만히 내 눈을 응시했다. 마음 깊숙한 곳을 들여다보려는 듯. 역시 나도 리스트에 들어 있는 모양이다. 하우라의 실종과 관련 있을지 모를 용의자로서. 무례한 질문에 화내거나 불쾌감을 드러내는 연기를 하는 대신 솔직한 마음을 전했다.

"네, 돌아왔으면 좋겠어요."

그 말을 입에 담자 가슴이 아팠다. 말로 내뱉자 새삼 실감이 났다. 나는 진심으로 하우라가 돌아오길 바랐다. 하우라가 아무 일도 없었던 것처럼 돌아오고, 지금까지와 똑같이 우리 셋이 아이돌을 계속할 수 있기를. 절대로 이루어질 수 없다는 사실을 알면서도 바라고 있었다. 스스로도 놀랄 만큼 진심 어린 대답이었기 때문일까?

"알았어. 꼭 찾아줄게."

시모야는 의외라는 듯 눈을 깜빡이며 힘차게 고개를 끄덕였다.

"잘 부탁드립니다."

나는 고개를 숙였다. 그럭저럭 위기를 넘겼다. 그렇게 생각했다. 시모야는 분명 나를 의심하고 있었을 것이다. 그러나 마지막 문답으로 경계심이 단숨에 내려간 것 같다. 아마 지금 내 이름은 용의자 리스트의 가장 밑에 있을 것이다.

"시간 많이 빼앗아서 미안해. 묻고 싶은 게 생각나면 또 연락할 수도 있는데, 그때도 잘 부탁해."

"네, 알겠어요."

자리에서 일어서려는데 시모야가 다시 말을 걸었다.

"이 녀석들을 위해서라도 빨리 주인을 찾아야 할 텐데."

시모야의 시선은 재즈 베이스를 지나 프리시전 베이스를 거쳐 마지막으로 콘트라베이스를 따라 올라갔다.

"이 베이스는 되게 크네. 오케스트라 같은 데서 쓰는 건가?"

"그렇죠."

나는 콘트라베이스에서 시선을 돌리며 말했다. 저 악기를 볼 때마다 하우라의 시체가 머리에 떠올랐다.

"어지간한 남자보다 더 크네. 옮기는 것도 힘들겠다."

등줄기를 따라 오한이 흘렀다. 태연함을 가장하고 대답했다.

"무게가 꽤 나가니까요. 힘들겠죠."

다행히 목소리는 떨리지 않았다.

"옮기기만 해도 근육이 단련되겠는데."

시모야는 가볍게 웃을 뿐, 거기서 더 이야기를 이어가지는 않았다. 내 반응을 살피지도 않고 이번에는 CD 수납장을 찬찬히 바라보며 "CD 양도 엄청나고. 가게 차려도 되겠다"라며 중얼거렸다. 아무래도 그냥 잡담이었던 모양이다. 콘트라베이스가 좀처럼 보기 힘든 악기라 그저 화제로 삼은 듯했다. 몸을 덮쳐 누르던 긴장이 훅 사라졌다. 그 자리에 풀썩 주저앉을 것 같았지만 간신히 참고 일어섰다.

"그럼 실례하겠습니다."

여전히 격렬한 심장 고동을 느끼며 방을 나왔다. 마지막의 마지막 순간에 철렁했지만, 그럭저럭 고비를 넘겼다. 그렇다고 안심할 수는 없다. 이제 여정의 3분의 1이 끝났을 뿐이다.

거실로 돌아오자, 세 쌍의 눈이 일제히 나를 보았다.

"수고하셨습니다."

도이가 사무적으로 말했다. 델마와 이즈미는 불안으로

안색이 어두웠다. 두 사람을 대상으로 하는 탐문은 이제부터다. 델마가 천천히 일어섰다. 다음 차례다. 전하고 싶은 말이 많았다. 하지만 지금 말을 걸 수는 없다. 그저 기도할 수밖에.

상대는 만만치 않아. 제발 조심해.

델마는 20분쯤 지나 거실로 돌아왔다. 조사받느라 힘들었는지 얼굴은 그야말로 지쳐 있었지만, 공포나 동요는 엿보이지 않았다. 그러기는커녕 옅은 안도의 빛을 띠었다. 델마도 잘 넘긴 것 같다. 이것으로 여정의 3분의 2가 종료되었다. 곁에 있던 이즈미가 스마트폰을 손에 들고 자리에서 일어났다. 옆얼굴이 굳어 있기는 하지만 과하게 긴장한 것 같지는 않았다. 이제 이즈미만 하면 끝이다. 우리 셋은 한순간 눈짓을 주고받았다. 말은 없어도 서로의 마음이 전해졌다. 이제 조금만 더 가면 돼. 이 고비를 꼭 무사히 넘기자. 이즈미가 방 안으로 사라졌다. 거실에 남은 나와 델마는 대화를 나누지 않고 각자의 스마트폰 화면으로 눈을 떨구었다. 도이는 노트북으로 업무를 보았다. 조용한 거실에 노트북의 타자 소리만 울려 퍼졌다. 귀를 기울여도 안쪽 방의 대화는 전혀 들리지 않았다. 오래된 아파트지만 방음은 확실하구나. 나는 인스타그램을 열어 재빠르게 메시지를 입력했다.

— 어땠어?

메시지를 보내자 바로 델마에게 답장이 왔다.

— 여러 가지 물었지만 딱히 의심하는 눈치는 아니었어. 마지막에는 거의 잡담.

— 다행이다. 고생했어.

— 이즈미는 괜찮을까?

— 내가 어떤 질문을 받았는지 미리 알려줬어. 어느 정도 준비는 했을 거야.

델마가 조사받는 동안 나는 이즈미와 메시지로 대화를 나누었다.

— 그래서 그렇게 침착해 보였구나. 그럼 괜찮겠네.

— 그렇게 믿고 기다리자.

— 응. 근데 기다리는 것만으로도 지쳐. 지금 어떤 이야기를 하고 있는지 알려주면 좋을 텐데.

— 조사받는 중인데 그건 어렵지.

우리는 비밀스러운 대화를 해야 할 때 인스타그램 메시지를 이용하기로 미리 정해놓았다. 읽은 메시지는 자동으로 삭제되도록 설정했다. 전문 업자가 아니라면 메시지 복원은 어려울 것이다. 보안이 더 강력한 메시지 앱도 고민했지만 우리 세대에서 사용 빈도가 더 높은 인스타그램을 선택했다. 나와 델마는 인스타그램을 보는 척 메시지를 주고받으면서 이즈미가 돌아오기를 기다렸다.

도이가 노트북의 키보드를 두드리는 손을 멈춘 것은 이즈미가 방에 들어간 지 40분이 지났을 무렵이었다. 도이가 방 쪽을 보는 모습을 곁눈으로 확인하고 있는데 스마트폰으로 델마의 메시지가 도착했다.

—너무 길지 않아?

델마는 스마트폰에 시선을 떨군 채였다. 표정은 험악했다. 확실히 길다. 나와 델마는 20분이 채 안 걸려서 끝났다.

—무슨 얘기를 하는 거지?

—잡담이 길어지나?

—정말 괜찮을까?

잇따라 메시지가 날아들었다. 델마가 걱정하는 것도 당연했다. 이즈미는 주범이다. 그녀를 짓누르는 정신적인 부담은 공범자인 우리와 비교할 바가 아니다. 제삼자에게 의심받는 상황만으로도 부담이 이만저만이 아닐 터였다. 시모야의 날카로운 추리에 나도 당황했다. 이즈미에게는 더욱 예리한 위협이 될 것이다. 어떻게든 버티려고 해도 작은 틈이 벌어질지도 모른다. 그 작은 틈으로 파고들면 죄가 드러날 수도 있다. 물론 이즈미가 느낄 부담이나 시모야의 날카로운 추리는 진작 예상했기에 어떻게 대처할지 사전에 철저하게 협의했다. 그래도 역시 불안은 떨쳐내기 어렵다.

나는 스마트폰에서 고개를 들고 닫힌 문을 바라보았다. 저 문 너머에서 무슨 일이 일어나고 있을까? 질문 공세를 당하고 있을까? 증언의 모순을 지적받고 있을까? 혹시 예상치 못한 증거를 이즈미의 코앞에 들이민 건 아닐까? 나쁜 상상만 떠올랐다. 나는 가볍게 머리를 흔들어 잡념을 떨쳐내고, 델마의 메시지에 답장을 보냈다.

—걱정 마. 곧 끝날 거야.

그리고 15분 후, 이즈미가 돌아왔다. 얼굴에 피로감이 잔뜩 쌓인 이즈미는 무너지듯 의자에 앉았다. 델마가 조심조심 물었다.

"괜찮아?"

"응. 그냥 말을 많이 해서 지쳤어."

이즈미는 어딘가 멍한 태도로 대답했다. 정말 대화를 오래 해서 지친 것인지, 치명적인 무언가가 드러나서 넋이 나간 것인지 분명하지 않다. 시모야라는 남자가 무슨 질문을 하고 이즈미는 뭐라고 대답했을까? 꼬치꼬치 물어 확인하고 싶지만, 일단은 이곳에서 나가는 게 우선이다.

"도이 씨, 이만 가도 될까요? 이즈미도 지친 것 같은데."

내 말에 도이가 고개를 끄덕였다.

"네. 가도 됩니다. 연습하고 피곤하실 텐데 억지로 오게 해서 죄송합니다."

"그럼 저희 먼저 실례할게요."

나와 델마는 이즈미를 떠받치듯 안고 사무실을 뒤로했다. 아파트 앞으로 택시를 불렀다. 우리 사이에 흐르는 심각한 분위기 탓인지 기사는 의아한 표정이었지만 다행히 아무 말 없이 차를 출발시켰다.

이즈미의 집으로 돌아온 우리는 거실에 모였다.

"하우라 씨와 마지막으로 만난 날⋯⋯."

이즈미는 생수를 한 모금 마시고 더듬더듬 말을 이었다.

"그날, 나만 접대에 안 갔잖아. 그 남자가 그걸 파고드는 바람에 이야기가 길어졌어."

"우리가 접대하던 시간에 네가 뭐 했는지 꼬치꼬치 물었어? 이즈미만 알리바이가 없으니까 의심하는 건가?"

델마가 빠른 말투로 물었다.

"으응, 알리바이보다는 왜 나만 접대 자리에서 빠졌는지 그걸 궁금해했어. 항상 루이랑 델마만 갔고 나는 한 번도 불려 간 적이 없잖아. 이유가 뭐냐고 묻더라."

"그래서 뭐라고 대답했어?"

이번에는 내가 물었다.

"나는 아이돌 활동으로 매출 할당치를 채웠기 때문에 접대에서 제외된 거라고 대답했어. 접대는 매출액을 못 채운 멤버가 하는 일이라서 나는 안 불렀을 거라고."

이즈미는 멋쩍은지 눈을 내리깔았다.

"이렇게 대답한 거 괜찮지?"

"응. 문제없어."

이즈미는 사전에 협의한 대로 대답했다. 접대는 매출을 채우지 못한 멤버의 일. 실제로 하우라가 했던 말이다.

"그렇게 대답했는데도 그 남자가 납득을 안 했어?"

따지는 투로 들리지 않도록 나는 애써 천천히 말했다.

"모르겠어. 하지만 거기서부터 질문 흐름이 바뀐 거 같아."

"어떤 식으로?"

"하우라 씨랑 나랑 어떤 사이였냐고 집요하게 물어봤어. 둘이 주로 무슨 얘기를 했냐, 업무 외의 일로 하우라 씨가 연락한 적이 있냐, 뭐 그런 거."

"정말? 나한테는 그런 질문 안 했는데."

델마가 고개를 갸웃했다.

"그런 질문을 했다는 말은⋯⋯."

계속해서 나는 말했다.

"대표가 이즈미한테 다른 마음이 있었는지 확인하고 싶

었던 것 같아."

매출액을 채웠다는 건 어디까지나 명분이고, 이즈미에게 다른 마음이 있어서 접대에서 빼줬다, 시모야는 그렇게 추리했을까?

"그래서? 이즈미는 뭐라고 말했어?"

"소속사 대표랑 아이돌 관계일 뿐, 개인적으로는 아무 사이도 아니라고 했지. 일상적인 대화는 하지만, 업무 외의 일로 따로 만난 적도 없고, 사적으로 연락을 주고받은 적도 없다고."

"잘했어. 그러면 문제없을 거야."

"우리도 그렇게 생각했어. 대표랑 이즈미가 특별히 사이가 좋아 보이진 않았어."

델마도 말을 보탰다.

"그랬다면 다행이네."

이즈미가 조금 안심한 표정을 지었다.

"하지만 그렇게 대답했는데도 계속 질문했어. 하우라 씨랑 언제 어디서 처음 만났냐, 어떻게 스카우트됐느냐, 이 회사에 왜 들어오고 싶었냐는 질문도 하더라."

"그런 걸 왜 물어보지? 실종자 찾는 일이랑 아무 상관도 없지 않나?"

델마가 고개를 갸웃했다. 확실히 행방과 연결될 만한 이야기는 아니었다. 그렇다면 질문의 의도는 다른 데 있다.

"그 남자는 이즈미와 대표의 관계를 의심하고 있는지도 몰라. 두 사람이 특별한 관계였다고 생각할 가능성이 있어."

그러자 델마와 이즈미가 흠칫했다.

"뭐 때문에 그런 의심을 하지? 우리도 전혀 눈치채지 못했는데."

"난 정말 아무한테도 말 안 했어. 친구들한테도 가족한테도 비밀로 했는데."

나는 당황한 델마와 이즈미를 달랬다.

"침착해. 어디까지나 가능성을 말한 거야."

두 사람이 이해할 수 있게 설명을 덧붙였다.

"그 사람, CCTV의 카드가 사라진 단서만 가지고 지인과 관련된 범죄일지도 모른다고 추리했잖아. 그런 사람이니까 이즈미가 접대에서 빠진 정황만 가지고도 두 사람 사이를 충분히 의심할 만해."

"하긴 그래."

델마가 고개를 끄덕였다.

"내가 특별 대우를 받았다고 생각해서 의심하는 걸까?"

이즈미가 눈썹을 찌푸렸다.

"아직 크게 의심하는 건 아닐 거야. 그냥 궁금해서 확인한 정도겠지."

델마가 가벼운 태도로 말했다. 분위기가 너무 무거워지지 않게 노력하는 것 같다. 사실 대책 없이 낙관할 상황은 아니지만 일단 넘어가기로 했다. 긴 심문으로 기진맥진 지쳐 있는 상황에서 불안감을 더 키우는 건 가혹하니까. 특히 이즈미는 완전히 지쳐 보였다. 이런 상황에서 이러쿵저러쿵 근심을 보태면 정신적으로 더 약해질 수 있다. 심문 직후 컨디션이 무너지면 바로 의심받을 것이다. 그러니 우선 이즈미의 마음부터 달래자.

"아직 완전히 안심할 수 있는 상황은 아니지만, 그래도 오늘은 잘 막아낸 거 같아. 이제 좀 쉬자."

나는 한껏 웃어 보였다. 그러자 분위기가 확 누그러졌다. 두 사람의 뺨도 풀어졌다. 델마가 의자에 기대어 기지개를 켰다.

"일단 뭐 좀 먹자. 배고파 죽겠어."

"역시 델마 배가 고팠구나. 아까 사무실에서 꼬르륵대는 소리 들었어."

이즈미가 미소를 지었다. 그 소리라면 나도 들었다.

"나는 어디서 개가 으르렁거리나 했어."

"개라니! 하긴 내가 토이푸들처럼 귀엽긴 하지."

"그런 귀여운 종류 아니거든."

이즈미가 꼬집었다.

"우락부락한 대형견이 으르렁대는 소리였어."

"델마의 배가 울릴 때마다 도이 씨가 흠칫거린 거 알아?"

내 말에 두 사람이 웃음을 터트렸다. 밑도 끝도 없이 두려워하기보다 일단 웃는 게 낫다. 계속 긴장한 상태로는 몸이 버티지 못한다. 줄타기하듯 위태롭기는 하지만, 큰 난관 하나를 헤쳐 나왔다. 오늘은 제대로 식사하고, 따뜻한 물에 몸을 담그고, 푹 자야지. 한나절쯤은 아무것도 생각하지 않고 쉬어도 되겠지.

시모야 그 남자가 우리만 조사하는 건 아니다. 하우라에게 불만을 품은 사람이 많다고 했다. 그 사람들 한 명 한 명의 알리바이만 조사해도 시간이 꽤 걸릴 것이다. 시모야가 다시 우리를 주시한다 하더라도 아직 미래의 일이다. 적어도 오늘내일은 아니다. 나는 그렇게 결론지었다.

완전히 잘못된 판단이었다. 그렇게 말할 수밖에 없는 일이 벌어졌다.

시모야가 이즈미가 다니는 대학교에 찾아온 것은 이튿날의 일이었다.

거실에 묵직한 공기가 내려앉았다.

"시험 끝나고 나오는데, 교문 앞에 그 사람…… 시모야가 기다리고 있었어. 그리고 갑자기 말을 걸면서 다가오는 거야······."

이즈미의 얼굴은 창백했다.

"그 사람이 뭐래?"

"나한테 물어보고 싶은 게 있다고, 잠깐 이야기 좀 하자고 그랬는데 선약이 있다고 거절하고 돌아왔어."

잠자코 있던 델마가 천천히 입을 열었다.

"대체 또 뭘 묻고 싶다는 거야?"

"모르겠어. 빨리 벗어나고 싶어서 자세한 내용은 못 물어봤어. 미안."

"그래, 어쩔 수 없지. 갑자기 찾아왔으니 얼마나 놀랐겠어."

"그러게."

나는 델마의 말에 동의했다.

"잘했어. 당황한 모습 안 보여주고 자리를 피한 게 정답이야."

당황해서 이런저런 말을 하다가는 엉겁결에 실언을 할지도 모른다. 그 점을 노린 걸까?

"하필 이즈미 혼자 학교에 간 날 찾아올 줄이야. 타이밍 한번 거지 같네."

시험 한 과목만 치면 되는 날이라 혼자 가도 괜찮다고 해서 나와 델마가 따라가지 않았다. 하지만 우리가 따라가

지 않아서 차라리 다행이었다. 왜 학교까지 같이 왔느냐며
더 수상쩍게 여겼을지도 모른다.

"또 연락한다고 했어."

이즈미는 입술을 깨물었다.

"집요하네. 어제도 그렇게 꼬치꼬치 캐물었으면서."

델마가 걱정스러운 얼굴로 팔짱을 끼었다.

"그렇게까지 해서 듣고 싶은 이야기가 대체 뭐야?"

"아무래도 이즈미와 대표의 관계를 의심하는 것 같아."

시모야는 두 사람의 관계에 집착하는 눈치다. 그 가능성
이 가장 높다.

"어제 확인하지 못한 게 있나?"

"아니, 단지 뭘 확인하려는 목적이라면 학교까지 쳐들
어가지는 않았을 거야."

예기치 못한 기습까지 한 데는 분명 다른 목적이 있다.

"그 사람이 이즈미한테 무슨 이야기를 들으려고 했는지
는 확실하지 않아. 다만 기습적으로 찾아온 데는 그럴 만
한 이유가 있을 거야."

"그럴 만한 이유라니?"

델마가 긴장한 목소리로 물었다.

"나 의심받고 있는 걸까?"

이즈미는 꺼질 듯한 목소리로 물었다.

"그렇게 생각하는 게 좋을 거 같다."

이렇게 된 마당에 거짓 위안은 무의미하다. 다른 조사를 제쳐두고 이즈미를 찾아왔다. 이쪽이 준비할 틈도 주지 않고 불시에 허를 찔렀다. 이즈미가 의심받고 있다고 각오하는 편이 낫다. 어제 조사에서 뭔가 수상쩍은 낌새를 느꼈나? 이즈미의 행동이 부자연스러웠거나 증언에 모순이 있었나? 어쩌면 뭔가 들켰을지도 모른다. 하우라의 실종과 이즈미가 관련 있다는 어떤 실마리를. 어느 쪽이든 좋지 않다. 그 남자의 눈을 이즈미에게서 떼어놓지 않으면 언젠가 결정적인…….

생각을 방해하는 소리가 나서 보니, 이즈미의 스마트폰이 테이블 위에서 짧게 진동하고 있었다. 이즈미는 머뭇머뭇 스마트폰에 손을 뻗어 화면을 확인했다.

"아아……."

이즈미가 스마트폰을 내팽개치듯 내려놓고 테이블에 와락 엎드렸다. 나는 이즈미의 스마트폰을 들고 문자를 읽었다.

─ 시모야입니다. 오늘은 실례가 많았습니다. 언제 만나면 좋을지 알려주세요. 바쁜 건 잘 알지만, 워낙 중요한 이야기라서.

시모야가 보낸 메시지였다. 나와 델마는 스마트폰을 들여다본 채 말을 잃었다. 델마의 얼굴이 창백하게 질렸다.

틀림없이 나도 같은 표정이었을 것이다. 중요한 이야기?
대체 무슨 이야기를 하려는 거지? 이즈미에게서 뭘 캐내
려는 걸까?

"괘, 괜찮을 거야. 별일 아니야."

델마의 높은 목소리가 사태의 심각함을 말해주었다. 나
는 아무 말도 하지 못했고, 이즈미는 테이블에 엎드린 채
였다. 더 이상 낙관할 수 있는 상황이 아니다. 중요한 이야
기라고 하는 걸 보면 틀림없이 뭔가를 쥐고 있다. 우리가
놓친 단서를 발견했나? 아니면 아직은 추리만 하는 단계?
감이 날카로운 남자다. 누군가 손댄 CCTV, 그룹 내에서
다른 대우를 받은 이즈미, 성인 남성보다 큰 콘트라베이
스. 이런 흩어진 조각을 감으로 이어 붙여서 이즈미가 수
상하다는 결론을 내렸을지도 모른다. 과정이야 어떻든, 시
모야의 의심을 딴 데로 돌리지 못하면 이즈미의 상황은 단
숨에 위태로워진다. 알리바이를 철저하게 검증하고, 끈질
기게 파헤친다면 결국 사건과 이어지는 증거가 나올 것이
다. 그러면 경찰이 개입한다. 그렇게 되면 모든 게 끝장이
다. 우리 계획은 파탄이 난다. 어쩌면 이미 경찰을 움직일
수 있는 증거가 발견되었을지도 모른다. 아니야, 그건 너
무 지나친 생각일까? 아니, 그래도 혹시…….

실내 공기가 한층 무거워졌다. 아무도 입을 열지 않았

다. 하지만 아마 세 사람 다 똑같은 상상을 하고 있을 것이다. 최악의 상황을. 어두운 물속으로 빠져드는 우리의 모습이 뇌리를 스쳤다. 끝도 모를 깊은 물속으로 떨어지고, 델마와 이즈미는 발버둥치며 괴로워한다. 그 모습이 너무나 생생해서 몸서리가 쳐졌다.

싫다. 그런 모습은 보고 싶지 않다. 시모야의 속셈은 아직 읽을 수 없다. 이즈미에게서 무엇을 캐내려고 하는지도 확실하지 않다. 지금 확실한 건 자칫 잘못되면 최악의 상황에 빠진다는 사실뿐이다.

어쩌지? 어떻게 하면 시모야의 집요한 추궁에서 벗어날 수 있을까? 만약 그 남자의 의심에서 벗어나지 못하면 어쩌지. 죄를 인정해야 할까? 아니면…….

그날도 역시 꿈을 꾸었다. 꿈은 장기 출장으로 집을 비웠던 아버지가 돌아오는 장면으로 시작되었다. 출장 성과가 좋지 않았는지 아버지는 전보다 훨씬 난폭하게 굴었다. 아침부터 술을 마시고, 가까이 다가가기만 해도 마구 호통을 쳤다. 아버지의 귀환으로 우리의 평온한 일상은 어이없을 정도로 간단히 무너졌다. 생기를 찾아가던 어머니는 다시 표정을 잃었고, 어린 여동생은 겁을 집어먹고 한시도 내 곁을 떠나지 않았다. 숨 막히는 생활로 되돌아갔다. 평온하게 지낼 수 있었는데. 모두 웃고 있었는데. 아버지 탓이다. 아버지만 없으면……. 그런 생각이 깊어지는 한편으로 상반되는 감정이 마음 한구석에 자리를 잡았다. 하루라도 빨리 아버지와 떨어져야 한다는 건 어린 마음에도 알 수 있었다. 하지만 그런 마음이 들 때마다 예전의 자상했던 아버지 모습이 머리를 스쳤다. 자기 전에 그림책을 읽어주고, 동물원에서 목말을 태워주고, 잠자리 잡는 법을 가르쳐주던 아버지. 단호하게 끊어내기에는 추억이 너무 많았다. 그래서 나는 믿고 싶었다. 언젠가 그 시절의 아버지로 돌아올지도 모른다고, 다시 단란하게 지낼 수 있는 날이 반드시 온다고. 그렇게 계속 기도했다.

기도는 닿지 않았다. 가족의 붕괴는 어느 날 갑자기 찾아왔다. 어머니가 이혼 이야기를 꺼낸 것이다. 아이 둘을 데리고 집을 나가겠다고 했다. 아버지는 미친 듯이 화를 냈다. 이혼 서류를 찢고, 무섭게 욕을 퍼부었다. 어머니는 흔들리지 않았다. 평소에는 한결같이 참고 견디기만 하던 어머니가 아버지와 정면으로 맞섰다. 결사의 각오였을 것이다. 여기서 물러서면 다시는 일어설 용기를 내지 못한다고 판단했을지도 모른다. 자신의 폭언에도 어머니가 겁을 먹지 않자 아버지는 폭력을 휘둘렀다. 이때까지도 힘으로 어머니를 굴복시킨 경우는 많았다. 하지만 그날은 달랐다.

본격적인 폭력이었다. 아버지는 어머니를 무자비하게 때렸다. 처음에는 필사적으로 저항하던 어머니도 아버지의 완력을 당해내지 못하고 바닥을 기어 도망치려고 했다. 하지만 아버지는 멈추지 않았다. 계속해서 무서운 폭력이 이어졌다.

이대로 두면 어머니가 죽는다. 그렇게 생각했지만, 몸을 움직일 수 없었다. '그만해요'라는 말도 하지 못했다. 너무 무서운 나머지 동생을 껴안고 방구석에서 떨었다. 이윽고 실신한 어머니는 바닥으로 거꾸러졌다. 그때였다. 동생이 내 팔을 뿌리치고 어머니 곁으로 달려갔다. 언니인 내가 소리조차 내지 못하고 떨고 있었으니, 동생은 더 무서웠을 것이다. 그런데도 어머니를 지키려고 동생은 필사적으로 일어섰다. 동생은 제 몸으로 어머니를 감싸듯 끌어안았다. 이제 때리지 마, 하고 혀 짧은 소리로 애원했다.

아버지는 한순간 움직임을 멈추더니 눈을 치켜떴다. 그리고 오른발을 번쩍 들어 동생을 걷어찼다. 이제 막 다섯 살이 된 아이를 가차 없이, 힘껏 차올렸다. 동생은 거세게 굴러가서 머리부터 벽에 부딪혔다. 끔찍한 소리가 났다. 동생은 비명도 없이 쓰러졌다. 그리고 꿈쩍도 하지 않았다. 무슨 일이 일어났는지 이해하지 못한 채 나는 넋을 잃었다. 몇 초 후 공포로 얼어붙었던 몸이 풀리자마자 동생에게 달려갔다. 피는 흐르지 않았다. 동생 입가에 귀를 대고 숨소리를 확인했다. 숨은 쉬고 있었다. 하지만 언제 끊어져도 이상하지 않을 만큼 미약했다. 어머니도 빨리 치료를 받지 않으면 큰일이 벌어질 것이다. 잠시도 머뭇거릴 시간이 없다. 나는 아버지를 올려다보며 "아버지! 구급차!" 하고 비는 게 고작이었다. 아버지는 거친 숨을 토하며 "내버려둬. 별것도 아닌 일로 요란 떨지 마"라는 말을 남기고 주방으로 향했다. 그러고는 아무 일도 없었던 것처럼 술을 마시기 시작했다. 그 순간 아버지가 하는 말과 행동을 도무지 이해할 수가 없었다. 이해하고 싶지도 않았다. 현실로 받아들일 수 없었다. 가족이 이런 상태인데 내버려둘 수 있을까? 폭력을 휘두르고 난 뒤에 아무렇지도 않게 술을 마실 수 있을까? 간신히 나는 깨달았다. 뼈저리게 느꼈다.

그렇구나. 이미 틀려먹었다. 아버지에게 우리는 이미 가족이 아니다. 어떻게 되어도 상관없는 존재다. 그렇다면 적이구나. 이 남자는 소중한 사람을 앗아가는 위협이다. 물리쳐야 한다. 내 안에서 무언가가 터져 나왔다. 시야가 새빨갛게 물들고, 심장이 금방이라도 튀어나올 것처럼 세차게 뛰었다. 정신을 차리고 보니 내 손에 식칼이 있었다. 예리한 칼끝은 아버지를 향하고 있었다. 아버지가 경악한 표정을 지었다. 손에 든 잔이 떨어졌다. 호박색 액체가 테이블에 번졌다. 아버지는 큰 소리로 무언가 외쳤다. 잘 들리지 않았다. 적의 말에 귀를 기울일 필요는 없다.

나는 식칼 자루를 두 손으로 꽉 움켜쥐고 적을 물리치기 위해 앞으로 걸음을 내디뎠다.

오후의 분장실에 소녀들의 새된 웃음소리가 울려 퍼졌다. 라이브를 마친 다른 아이돌 그룹 멤버들이 웃고 떠들었다. 우리는 그 무리와 뚝 떨어진 분장실 구석에 주저앉아 있었다. 셋 다 곧 라이브를 시작할 사람답지 않게 무겁게 가라앉은 표정이었다.

"드디어 오늘이네."

한숨지으며 델마가 말했다. 이즈미는 오늘 시모야와 만나기로 했다. 중요한 이야기가 있다고 이즈미에게 메시지가 도착한 것이 사흘 전. 그 후로 줄곧 대책을 찾아봤지만, 좋은 방법이 떠오르지 않았다. 그 중요한 이야기가 대체 무엇인지에 따라 오늘 밤 우리 운명이 정해진다.

"모르는 척 잡아뗄게."

멍하니 바닥을 보고 있던 이즈미가 고개를 들었다.

"그 사람이 증거를 들이대도 난 아무것도 모르는 척 할게. 그러면 되겠지?"

"응. 그러면 돼."

나는 대답했다. 그것 말고는 방법이 없다. 시모야가 확실한 증거를 내놔도 끝까지 모른다고 밀고 나가야 한다. 설령 벼랑 끝까지 내몰리더라도 절대 죄를 인정하면 안 된다. 깎아지른 절벽 앞에서 자백이라니 당치도 않다. 아무리 집요하게 추궁해도 끝까지 시치미를 뗀다. 그 방법밖에 없다. 아니, 방법이라고 할 수도 없다.

그 남자가 어떤 증거를 쥐고 있는지는 몰라도 가장 결정적인 증거는 땅속에 있다. 그것을 파헤치지 않는 한, 이즈미에게 죄를 물을 수 없다. 누구도 우리를 단죄할 수 없다. 하우라의 시체는 우리를 지키는 최후의 방파제다. 하지만 만에 하나, 그 방파제가 무너지면 어떻게 하지? 시모야가 이미 하우라를 묻은 장소까지 알아냈다면? 상상만 해도 현기증이 났다. 대응책은 하나밖에 없다.

나는 그 남자를······.

"루이, 괜찮아?"

퍼뜩 정신이 들었다. 렐마가 조심스레 말을 걸었다.

"지금 루이 눈빛이 너무 무서웠어."

머릿속 생각이 표정으로 드러난 모양이다.

"아, 좀 생각할 게 있어서."

대응책에 관해서는 두 사람에게 이야기하지 않았다. 필요하면 나 혼자 실행할 계획이다. 대화가 끊기고 분장실이 조용해진다. 우중충한 침묵 속에서 이즈미가 입을 열었다.

"그 남자가 뭘 물을지 모르겠지만."

우울한 공기를 걷어내듯 이즈미가 미소를 지었다.

"무슨 일이 있어도 두 사람 이야기는 절대 안 할 거야."

큰 눈동자 가득 비장한 결의가 깃들어 있었다. 사지로 떠나는 병사 같다. 무슨 말이라도 해주려고 입을 여는 순간, 스마트폰이 울렸다. 등록된 번호가 아니다. 하지만 어디선가 본 듯한 번호. 스마트폰이 계속 진동했다. 망설임 끝에 전화를 받았다.

"여보세요."

수화기 너머 그 목소리를 확인하자마자 자리에서 벌떡 일어났다. 무슨 일이냐고 시선을 던지는 두 사람에게 괜찮다는 뜻으로 손을 흔들고 분장실을 나왔다. 아무도 없는 복도의 끝까지 이동하고 나서 전화를 받았다.

"무슨 일이야?"

"바쁠 텐데 미안해. 묻고 싶은 게 있어서 전화했어."

가와토의 목소리가 귓전에 울렸다. 그 차분한 저음에 안심하는 자신이 혐오스러웠다.

"혹시 지금 라이브 준비 중이야?"

무대의 반주 소리를 들었는지 가와토는 걱정스럽게 말을 이었다.

"이따 다시 걸까?"

"괜찮아. 아직 우리 순서까지 여유 있어. 그보다 묻고 싶다는 게 뭐야?"

대강 짐작은 가지만 확인했다.

"어젯밤에 시모야라는 남자한테서 전화가 왔어. 하우라가 행방불명됐다고."

역시 하우라 이야기다. 시모야는 가와토에게도 이것저것 캐물은 모양이다.

"아, 무슨 이야기 했어?"

"하우라와 어떤 관계인지 자세히 물었어. 내가 동석했던 식사 자리가 끝나고 하우라가 사라졌다고. 그래서 내가 하우라 실종과 관련이 있다고 의심하는 모양이야. 마치 신문이라도 받는 것 같았어."

나지막한 탄식이 들렸다.

"나는 식사 자리가 끝나고 바로 도쿄로 돌아갔고, 이튿날 가족과 여행을 갔다고 말해도 좀처럼 납득을 하지 않더라고. 어쩔 수 없이 아내와 아이까지 증언을 해서 겨우 의심을 풀었어."

"그랬구나."

내치는 듯한 말이 입에서 튀어나와 부랴부랴 덧붙였다.

"다행이다."

"응. 하우라가 사라진 지 이 주나 됐다면서? 전혀 몰랐어."

"미안. 정신없어서 연락을 깜빡했어."

사실은 사태가 크게 번지는 것을 조금이라도 늦추고 싶어서 연락을 미뤘다.

"아니야, 괜찮아. 사과하지 마. 나는 그냥 너무 놀라서…… 설마 하우라가……."

스마트폰 너머로 침통한 마음이 전해졌다. 격려라도 하듯 가와토는 밝은 목소리로 말을 이었다.

"다른 사람도 아니고 하우라잖아. 곧 불쑥 돌아올 거야. 그놈, 그렇게 보여도 엄청 소심하거든. 대학 때 유급 통지서 받고 충격받아서 잠적한 적도 있어. 이번에도 아마 비슷하겠지. 기운 차리면 돌아올 거야."

"나도 그렇게 믿어."

"그래. 틀림없이 돌아올 거야. 믿고 기다리자."

그의 기운찬 말이 내 안에 허무하게 울려 퍼졌다.

"그나저나 회사는 좀 어때? 하우라가 없어서 곤란하지?"

"아직까지는 괜찮아. 매니저인 도이 씨가 있으니까."

가와토는 안심하듯 숨을 내뱉더니 다시 물었다.

"루이는 괜찮아?"

대답이 바로 나오지는 않았다. 괜찮지 않다고 말하면 달려와줄까. 비밀을 고백하면 도와줄까. 바보 같은 생각이다. 가와토에게 매달려서 어쩌자는 건지. 지푸라기에 의지하는 것보다 훨씬 어리석은 짓이다.

"괜찮아. 고마워."

조용히 대답했다. 가와토는 더 할 말이 있는 듯했지만 "미안. 매니저가 불러서"라며 거짓말로 통화를 끝냈다. 나는 곰팡내 나는 복도를 걸어 델마와 이즈미가 기다리는 분장실로 향했다. 얼마 지나지 않아 분장실에 도이가 나타났다.

"시간 다 됐습니다. 무대 준비해주세요."

도이는 변함없이 무표정이라 무슨 생각을 하는지 읽을 수가 없다. 하지만 시모야에게 조사가 어디까지 진행되었는지 들었을 것이다. 도이도 이즈미를 의심하고 있을까? 우리 셋은 분장실을 나와 무대로 이어지는 복도로 이동했다. 등 뒤로 강렬한 시선이 느껴졌다. 나는 반사적으로 뒤를 돌아보았다. 도이가 우리를 보고 있었다. 표정은 없다. 하지만 시선이 날카로웠다. 무대로 향하는 우리를 매섭게 노려보는 듯했다. 역시 도이도 의심하는구나. 동요는 없었다. 마음이 차갑고 잔잔하게 가라앉았다.

'루이는 괜찮아?'

가와토의 목소리가 되살아났다. 들리지 않도록 귀를 막았다. 아무에게도 의지할 수 없다. 내가 할 수밖에 없다. 시

모야뿐 아니라 여차하면 도이까지도……. 어두운 결의를
가슴에 묻고 눈부신 무대에 오른다.

라이브는 문제없이 끝났다. 델마가 안무를 틀리는 실수
를 했지만, 그럭저럭 반응은 좋았다. 팬 미팅까지 별탈 없
이 마친 뒤, 우리는 라이브하우스를 나왔다. 이제 사무실
로 돌아가서 다음 달에 있을 4주년 기념 라이브 회의를 하
면 된다.

"주차장까지 조금 걷죠. 라이브하우스 근처에는 차를
세울 데가 없어서."

도이가 앞장서서 국도변 인도를 걸었다. 표정은 돌처럼
미동도 없다. 언뜻 보면 무표정 같다. 하지만 거의 4년을
보아온 나는 그가 평소와 다르다는 사실을 알 수 있었다.
평소보다 표정이 훨씬 더 딱딱했다. 그를 감싼 공기도 묘하
게 곤두서 있었다. 틀림없다. 도이는 지금 긴장하고 있다.
이유는 뻔하다. 이즈미와 시모야의 만남 때문일 것이다.
사실 회의는 그저 명목이고, 도망치지 못하게 감시할 셈인
가? 도이는 조금 전 팬 미팅 중에도 자꾸만 스마트폰을 확
인했다. 시모야와 따로 연락을 주고받았을지도 모른다.

점점 나쁜 방향으로 생각이 흘렀다. 한 치 앞에 나락이
펼쳐져 있는 것처럼 두려움이 몰려왔다. 차라리 도이에게

털어놓을까? 무슨 일이 있었는지 다 이야기하고, 이 사건을 덮어달라고 매달려볼까? 어쩌면 도이가 협력해줄지도 모른다. 하지만 리스크가 턱없이 크다. 실패하면 그대로 끝장이다. 도이에게 우리가 그렇게까지 중요한 존재일까? 인생이 날아갈 위험을 무릅쓰면서까지 공범자가 되어줄 리 없다. 하지만 우리가 저지른 짓을 이미 알고 있다면 울며불며 애원하든 협박하든 도이를 우리 편으로 끌어들일 수밖에 없다. 만약 들어주지 않는다면, 각오는 이미 굳혔다. 철저하게 비정해지겠다는 각오를.

생각에 잠겨 있는 사이 지하 주차장에 도착했다. 콘크리트가 노출된 공간에 드문드문 차가 세워져 있었다. 회사 차는 가장 안쪽에 있었다. 도이를 선두로 주차장 안을 걸었다. 인기척은 없었다. 들리는 소리는 네 사람의 발소리와 우리가 끌고 있는 캐리어의 바퀴 소리뿐이다. 왠지 꺼림칙한 예감이 들었다. 어두운 조짐이 온몸을 휘감았다.

무심코 발걸음을 멈추었다. 조금 앞에서 걷던 델마가 의아한 듯 뒤를 돌아보았다. 거의 동시에 기둥의 사각지대에서 남자들이 나타났다. 스킨헤드와 올백 머리 2인조다. 둘다 양복 차림이다. 2인조는 망설임 없는 발걸음으로 우리가 가는 길을 가로막았다.

"누구지?"

"무슨 일이야?"

당황하는 우리에게 올백이 먼저 말을 걸었다.

"베이비★스타라이트 맞죠?"

"예, 그렇습니다만."

도이가 대답했다. 상대는 우리를 알고 있다. 팬인가? 아니, 이렇게 생긴 사람들은 라이브에서 본 적 없다.

"실례합니다. 잠깐 괜찮으실까요?"

올백의 태도는 공손했다. 한편 스킨헤드는 위협하듯 우리를 쏘아보았다. 흥신소 직원일까? 아니, 1인 업체라고 했으니 스태프는 없을 것이다. 설마…….

"저는 이런 사람입니다."

올백이 재킷 주머니에서 접이식 수첩을 꺼내 펼쳐 보였다. 증명사진과 소속, 그리고 경찰 마크. 순식간에 몸이 차가워졌다. 무릎이 휘청였지만 간신히 버텼다. 렐마와 이즈미는 눈을 크게 뜬 채 얼어붙었다.

"경찰이 우리에게 무슨 용건입니까?"

도이의 목소리는 경직되어 있었다. 그랬구나. 내내 긴장하던 이유가 이거였어. 도이는 미리 알고 있었던 거야. 끝장이다. 내가 완전히 판을 잘못 읽었다. 이미 경찰이 움직이고 있었다니.

"저 여성분에게 용무가 있어서요."

경찰들이 이즈미에게 시선을 던졌다. 꺼림칙한 예감은 확신으로 바뀌었다. 사태가 나쁜 방향으로 흘러간다고 생각했는데, 아니었다.

"사와키타 이즈미 씨."

경찰은 이즈미의 풀네임을 부르며 종이 한 장을 내밀었다.

"당신 앞으로 체포 영장이 나왔습니다."

우리는 이미 최악의 한가운데 서 있었다. 숨소리마저 내기 꺼려지는 정적. 처음 입을 연 사람은 델마였다.

"잠깐만요. 체포 영장이라뇨? 무슨 말이에요, 이게! 말도 안 돼. 거짓말하지 마!"

"거짓말이 아닙니다. 직접 확인하시죠."

올백은 자신이 들고 있던 종이를 가리켰다. 거기에는 '체포 영장'이라고 확실하게 적혀 있었다.

"아니, 달랑 이런 종이 한 장 들고 와서 뭘 어쩌라는 거예요!"

"놀라셨겠지만 어쩔 수 없죠. 이렇게 영장이 나왔으니까요."

"이즈미를 왜 체포하는데요?"

델마가 남자에게 덤벼들었다.

"이게 다 뭔 소리야. 설명을 해보라고요!"

"그 부분은 나중에 다시 말씀드리겠습니다."

남자는 성가시다는 듯 받아치며 이즈미에게 시선을 되돌렸다.

"일단 서까지 함께 가시죠."

경찰들이 이즈미에게 바짝 다가섰다. 이 상황이 너무 혼란스러운지 이즈미는 미동도 하지 않았다.

"아니 잠깐만. 이즈미를 왜 체포하냐니까! 진짜 말도 안 돼. 이즈미는 아무 짓도 안 했어!"

"델마."

나는 짧게 제지했다. 영장이 나온 이상, 여기서 난리를 친다고 해서 바뀌는 건 없다. 오히려 악수다.

"지금은 참아."

귓속말을 해도 델마는 멈추지 않았다.

"그만해요! 이즈미 건드리지 말라고!"

경찰은 델마를 무시하고 빈 껍데기처럼 우두커니 서 있는 이즈미를 포위했다. 스킨헤드가 수갑을 꺼냈다.

"수갑을 왜 채워요! 범죄자도 아닌데."

델마의 큰 목소리가 주차장에 메아리쳤다. 당장에라도 달려들 것 같았다.

"델마."

나는 다시 말했다. 경찰은 이쪽을 흘낏 보지도 않고 담담하게 업무를 진행했다. 이즈미의 가느다란 손목에 수갑이 채워졌다. 철컥, 금속이 서로 맞물리는 소리가 났다. 우리 계획이 무너지는 소리이기도 했다.

"야, 건드리지 말라고 했잖아!"

델마가 주먹을 치켜들고 경찰에게 달려들었다.

"안 돼!"

나는 델마를 뒤에서 끌어안고 귓가에 속삭였다.

"지금은 참아야 해. 부탁이야. 제발 부탁이니까."

델마까지 붙잡히면 정말 해결할 길이 없다. 눈을 부라리며 땅바닥에 발을 구르는 델마를 나는 필사적으로 말렸다. 경찰도 델마의 거센 저항에 당황했는지 움직임을 멈추었다. 도이는 질린 듯 그 자리에 못 박힌 채 서 있었다. 그때 그 자리에 어울리지 않는 발랄한 목소리가 들렸다.

"괜찮아. 걱정하지 마."

이즈미가 생긋 웃었다. 나와 델마는 말문이 막혔다. 어쩔 도리 없는 최악의 상황에서 어떻게 저렇게 눈부시게 웃을 수 있을까.

"뭔가 착오가 있겠지. 내가 가서 잘 이야기하면 해결될 거야. 미안하지만 그때까지 잠시만 기다려줘."

이즈미는 털끝만큼의 동요도 없이 차분하게 말했다. 너무나 당당한 태도였다. 공범인 우리마저 이즈미가 정말 아무 짓도 하지 않았다고 착각할 정도였다. 이즈미가 경찰

쪽으로 돌아섰다.

"가요. 차는 어디에 있죠?"

"아, 예, 그게 어딨더라……."

경찰 두 사람이 두리번두리번 주위를 둘러보았다. 이즈
미의 차분한 태도에 놀란 이는 우리만이 아니었다.

"서둘러주세요. 이래 봬도 꽤 바쁘거든요. 내일도 라이
브가 있고."

살짝 웃기까지 한다. 어느 쪽이 체포된 사람인지 알 수
없을 정도다.

"저기 저 차입니다."

경찰이 조금 떨어진 곳에 있는 세단을 가리켰다.

"알겠어요."

이즈미는 등을 쫙 펴고 세단 쪽으로 걷기 시작했다. 마
치 런웨이를 걷듯 뒷모습이 시원시원했다. 연행되는 게 아
니라 경찰을 거느리고 걷는 것처럼 보였다. 하지만 체포는
틀림없는 사실이고, 이제 가혹한 취조가 이즈미를 기다리
고 있다.

"이즈미……."

델마가 쥐어짜듯 말했다. 이즈미는 발을 멈추고 돌아보
았다.

"그런 얼굴 하지 마. 이렇게 끝나지 않아. 우린 아직 시

작도 안 했으니까."

이즈미는 밝게 말을 이었다.

"시간이 너무 오래 걸렸지만, 드디어 생겼어. 델마가 줄곧 말하던 거 말이야. 간신히 생겼어."

"생겨……? 뭐가?"

"아이돌로서의 각오."

큰 눈동자가 구도자 같은 빛을 띠고 있었다.

"아이돌의 정상에 꼭 올라서자."

이즈미가 미소를 지었다. 그 아름다움에 나는 숨을 삼켰다. 두 손에 수갑을 찬 채 미소 짓는 이즈미는 더없이 고상하고 청아했다. 스포트라이트는커녕 가로등도 비치지 않는 살풍경한 지하 주차장에서 반짝반짝 빛났다. 오싹할 만큼 눈부셨다. 나도 델마도, 심지어 도이마저도 넋을 잃은 듯 굳어 있었다.

이즈미를 태운 차가 출발했다. 뒷좌석에 앉은 이즈미는 마지막까지 웃는 얼굴로 주차장을 떠났다. 차가 빠져나간 출구를 보면서 나와 델마는 손을 맞잡았다. 둘이 서로 받쳐주지 않으면 제대로 서 있을 수도 없었다.

얼마 지나지 않아 순찰차 한 대가 주차장으로 들어왔다. 운전석과 조수석에 제복 차림의 경찰관이 타고 있었다. 순찰차는 위협하듯 빨간 램프를 점멸하며 우리 쪽으로 다가

왔다.

"뭐야, 저건. 왜 순찰차까지 오는 거야!"

델마가 비명에 가까운 소리를 내질렀다. 중요 참고인으로 우리를 연행하려는 목적일까? 공범에 대한 조사도 이미 끝났을지도 모른다.

"걱정하지 마. 이즈미도 그렇게 말했잖아."

나는 맞잡은 손에 힘을 주었다. 이즈미는 체념하지 않았다. 경찰에 연행된 정도로 백기를 들 수는 없다. 우리는 여기서 끝낼 수 없다.

"고개 들어."

내 말에 델마가 고개를 끄덕였다. 손을 맞잡고 앞을 바라보았다. 천천히 순찰차가 다가왔다. 서서히 차 안이 보였다. 경찰관은 두 사람. 그리고 깨달았다. 이상하다. 묘하게 분위기가 느슨하다. 의아한 눈길 속에 순찰차가 멈춰 섰다. 조수석에서 남자 경찰관이 내렸다. 모자 밑으로 보이는 머리카락이 제법 긴 그 남자는 용의자를 잡으러 온 사람답지 않게 실실거리고 있었다. 분명 어디선가 본 얼굴이다. 장발의 경찰관이 히죽거리며 플래카드를 들어 올렸다. 거기에는 '깜짝카메라 대성공!'이라고 크게 적혀 있었다.

깜짝카메라. 대성공.

짧은 단어가 머릿속에서 빙글빙글 돌았다.

"……이게 무슨 말이야?"

"하하, 어지간히 놀라셨네요. 당연하지만요."

장발 경찰관이 모자를 벗으며 웃었다. 그제야 겨우 그가 예능 방송에 나오는 인기 연예인임을 알아차렸다.

"수고하셨습니다! 완벽하게 속아넘어가셨습니다."

기가 막혀 어리둥절해 있는 동안 사람들이 줄줄이 주차 장에 나타났다. 비디오카메라, 건 마이크, 조명들이 일제 히 우리를 향하고 있었다.

"속았다니…… 그럼 아까 경찰들은……."

델마가 우리를 에워싼 방송 장비를 둘러보았다.

"연기자들입니다."

인기 연예인은 만면에 웃음을 머금고 대답했다. 주위의 스태프들도 모두 웃고 있었다.

"물론 체포한다는 말도 거짓말입니다. 그렇죠? 이즈미 씨."

그 남자가 뒤로 고개를 돌리자 사람들 틈에서 이즈미가 모습을 드러냈다.

"루이, 델마!"

이즈미가 우리 쪽으로 달려왔다.

"깜짝카메라였대. 경찰이 온 것도, 내가 체포된 것도 다 깜짝카메라!"

빠르게 말하는 이즈미의 뒤를 이어 남자 연예인이 설명을 보탰다. 이것은 방송국의 프로그램으로, '아이돌 그룹 센터가 갑자기 체포된다면?'이라는 콘셉트의 깜짝카메라라고 한다. 그 대상으로 우리 그룹이 뽑혔고, 조금 전 지하 주차장에서 벌어진 일을 처음부터 끝까지 카메라가 몰래 찍었다고 한다. 프로그램 이름을 듣고 나는 깜짝 놀랐다. 오사카에서 절대적인 인기를 자랑하는 간사이 지방 방송의 예능 프로그램이었다.

"세 사람 다 대단했어. 이즈미 씨가 연행되는 부분은 정말 박력 넘쳤다니까! 덕분에 우리 연기자도 긴장했던 모양이야. 무슨 죄를 지었는지, 혐의가 뭔지, 제일 중요한 대사를 통째로 날려버려서 들키는 줄 알고 얼마나 초조했다고."

남자 연예인은 흥분한 목소리로 떠들었고, 경찰 역할을 맡았던 두 사람은 쓴웃음을 지었다. 그러고 보니 체포할 때 죄명을 말하지 않았다. 진짜라면 있을 수 없는 일이다. 그런 당연한 사실조차 깨닫지 못할 만큼 동요했지만.

"지금까지 깜짝카메라를 수없이 진행했지만, 제일 대단했어. 정말 영화 같았다니까."

그야 그렇겠지. 체포 깜짝카메라에 우리보다 더 들어맞는 아이돌 그룹은 없을 테니까.

"두 사람한테 걱정 끼쳐서 미안. 난 어디에도 안 가."

이즈미가 나와 델마를 껴안았다. 아플 정도로 세게. 그 덕분에 겨우 우리가 무사하다는 사실을 실감할 수 있었다.

"전부 깜짝카메라였구나."

나는 긴 한숨을 내뱉었다.

"다행이다. 정말로 다행이야."

델마가 절실하게 중얼거렸다. 안도감을 느끼자 온몸에서 힘이 빠졌다. 서 있기도 힘들어서 우리 셋은 껴안은 채 땅바닥에 주저앉았다. 그 모습을 지켜보는 주위 사람들의 시선은 다정했다. 깜짝카메라를 통해 그룹의 유대가 깊어졌다고 생각하겠지. 그 뒤로도 방송 촬영이 더 이어졌고, 깜짝카메라에 속은 기분이 어떤지 인터뷰도 했다. 뭐라고 대답했는지는 거의 기억나지 않는다. 극도의 긴장이 단숨에 누그러지면서 내내 멍한 상태였다. 카메라 앞에서 밝게 대답하는 이즈미의 목소리와 사람들의 웃음소리만 기억에 남았다. 제정신으로 돌아온 것은 촬영이 끝나고 회사로 돌아가는 차 안에서였다.

나는 조수석 창에 기대어 미도스지 거리를 따라 늘어선 은행나무를 바라보았다. 여느 때와 다름없는 익숙한 풍경이다. 이렇게 있으니 지하 주차장에서의 일이 백일몽 같았다. 나는 뺨을 꼬집어 꿈인지 현실인지 확인하기에 앞서 궁금했던 점을 도이에게 물었다.

"어떻게 우리가 깜짝카메라 주인공으로 선정된 거죠?"

어째서 우리 같은 인지도 없는 지하 아이돌이 그런 인기 있는 프로그램에 섭외되었을까? 지상파 방송이 우리에게 관심을 가진 이유가 뭐지? 전혀 짚이는 구석이 없었다.

"나도 궁금해."

뒷좌석에 앉은 델마가 관심을 보였다.

"도이 씨가 방송국에 제안했어요?"

이즈미도 말을 보탰다. 핸들을 쥔 도이는 앞창 너머를 보며 대답했다.

"아뇨, 전 아무것도 안 했습니다. 이번 기획은 방송국 쪽에서 먼저 요청했습니다. 매니저니까 바람잡이로 협력해 달라고 해서 여러분이 눈치 못 채게 행동하느라 저도 애먹었습니다."

깜짝카메라가 들키지 않도록 도이도 나름대로 신경을 썼던 모양이다. 그가 긴장했던 이유가 이거였구나. 하지만 가장 중요한 의문은 아직 풀리지 않았다.

"방송국이 왜 우리를 선택했을까?"

이즈미가 내 의문을 대변했다.

"저도 자세한 설명은 듣지 못했지만, 업계 어떤 분이 강력하게 추천했다고 합니다."

"업계 사람? 누구지?"

델마가 휘둥그레 눈을 뜨고 답을 구하듯 나를 보았다. 당연히 짚이는 데가 없어서 고개를 저었다. 그러자 마치 기다렸다는 듯이 내 스마트폰이 진동했다. 가와토가 보낸 메시지였다.

― 촬영 수고했어. 대성공이었다며? 그림이 엄청나게 잘 뽑혔다고 디렉터가 흥분하더군. 꼭 방송될 거라고 하네.

잇달아 또 한 통의 메시지가 도착했다.

― 늦었지만 지난번 식사 답례야.

짧은 메시지로 수수께끼는 얼음 녹듯 풀렸다.

가와토가 우리를 방송국에 추천했다. 방송에 출연시켜 달라고. 그다지 인기도 없는 간사이 지하 아이돌을 지상파 방송국의 인기 프로그램에 밀어 넣다니, 이건 불가능한 일이다. 원래라면 문전박대였겠지. 그러나 가와토는 이 불가능한 섭외를 통과시킬 수 있는 힘이 있다. 국내에서 손꼽히는 인플루언서 마케팅 기업의 대표이자 대중적으로 인기 있는 논객. 방송국 사람들과도 가까울 것이다. 심지어 보도국과 예능은 제작진이 다른데도 예능 프로그램 캐스팅에 개입할 정도의 힘을 가지고 있는 것이다.

'사례는 나중에 다시 할게.'

접대하던 날, 가와토가 헤어질 때 했던 말이 귓가에 되살아났다. 그때 했던 말을 기억하고 지켰다고? 나는 아예 잊고 지냈는데. 아무리 가와토라도 무명에 가까운 우리 그룹을 추천하기가 쉽지는 않았을 것이다. 방송국을 설득했을까? 어째서 이렇게까지? 나는 스마트폰에서 고개를 들었다. 아니, 지금은 가와토를 생각할 때가 아니다. 우리를 둘러싼 상황은 무엇 하나 나아지지 않았다. 오늘 밤, 이즈미는 시모야와 이야기를 해야 한다. 그 이야기가 어떻게 전개되느냐에 따라서 조금 전 깜짝카메라의 상황이 바로 우리의 현실이 될지도 모른다. 다시 한번, 마음을 다잡으라고 스스로를 나무랐다. 깜짝카메라 촬영과 가와토의 메시지를 머릿속에서 떨쳐내고, 나는 시모야에 대한 대응책에만 집중하기로 했다.

하지만 그것은 쓸데없는 고민이었다. 회사로 돌아온 뒤도이가 묵직한 어조로 말했다.

"흥신소를 통해 대표님을 찾는 일은 중지하겠습니다."

뜨거운 불판 위에 붉은 살코기를 올린다. 치익, 고기가 익는 소리가 나고 탁탁 기름이 튄다. 델마는 흡족한 표정으로 눈을 감고 귓가에 손을 댔다.

"고기 굽는 소리 정말 좋지 않아? 알람 소리로 하고 싶을 만큼."

"알람? 말도 안 돼."

이즈미가 어이없다는 듯 웃었다.

"이런 소리면 못 일어날걸?"

"아니지, 벌떡 일어나지. 이불 타는 줄 알고."

"최악의 기상법이네."

델마와 이즈미가 가벼운 농담을 주거니 받거니 했다. 나는 불판에서 눈을 떼고 창밖을 보았다. 밖은 캄캄했다.

"무슨 생각 해, 루이?"

델마가 물었다.

"아, 오늘 이렇게 느긋하게 저녁을 먹을 수 있다니, 다행이라는 생각."

"하긴 그러네."

이즈미가 거실의 벽시계를 쳐다보았다.

"원래라면 지금쯤 흥신소 남자랑 만나고 있을 시간이니까."

시모야와 만나기로 한 약속이 없어지면서 오늘 밤 일정도 없어졌다. 그래서 우리는 이즈미의 집에서 느긋하게 고기를 구우며 식사를 하고 있다.

"설마 일주일 만에 중단할 줄은 몰랐어. 게다가 그 이유가 회사에 돈이 없어서라니."

델마가 쓴웃음을 지었다. 회사 재정이 바닥나서 더 이상 흥신소 비용을 감당할 수 없다, 도이는 그렇게 말했다. 회

사의 자금 사정이 예상보다 훨씬 심각한 수준이라는 뜻이
겠지. 소속사 재정이 열악해서 다행이라고 생각할 날이 오
리라고는 상상도 하지 못했다.

"가장 황당한 건 시모야 그 인간이지만."

내 발언에 델마가 격하게 맞장구를 쳤다.

"내 말이! 중요한 이야기라더니! 세상에, 사람을 놀라게
해도 유분수지."

"다신 연락 안 왔으면 좋겠다. 차단했으니까 괜찮겠지."

이즈미가 한숨 어린 어조로 말했다. 도이에게서 하우라
의 수색을 중단한다는 보고를 듣고, 우리는 곧바로 시모야
에게 연락해보기로 했다. 오늘 밤 만나서 하고 싶다는 중
요한 이야기가 무엇인지 알아내야 했기 때문이다. 의뢰를
철회했다고 해도 시모야가 어떤 증거를 가지고 있다면 그
냥 넘길 수 없었다. 경찰이 개입하기 전에 대처해야 한다.
이즈미가 시모야와 통화를 하는 동안 나와 델마는 옆에서
귀를 기울였다.

결론부터 말하자면, 시모야에게는 아무것도 없었다. 지
인에 의한 납치, 감금을 염두에 두고 조사했지만 의심이
가는 인물들은 모두 알리바이가 있었다. 역시 자발적 가출
일 가능성이 높다는 것이 시모야의 결론이었다.

즉, 이즈미는 용의자로 의심을 받은 게 아니었다. 그러

면 꼭 해야 하는 중요한 이야기는 대체 무엇이었을까? 이즈미가 따져 묻자, 시모야는 이상하리만치 공손한 어조로 떠들기 시작했다. 대표가 없어져서 이즈미가 정신적으로 힘들까봐 걱정된다, 이제 수색은 중단하지만 언제든지 상담을 해주겠다, 언제 둘이 차라도 한잔하지 않겠느냐, 신사이바시에 좋은 찻집이 있다. 길게 이야기했지만 대충 그런 내용이었다. 요컨대 시모야는 이즈미에게 다른 마음을 품었던 모양이다. 대학교에 갑자기 들이닥친 것도, 중요한 이야기가 있다며 따로 만나자고 한 것도 의심 때문이 아니었다. 일을 빌미로 관계를 맺어보려는 속셈이었다. 도를 넘은 수작질이다. 적당히 상대하다 전화를 끊고 나서 이즈미는 바로 시모야의 번호를 차단했다.

이리하여 오늘 밤, 오랜만에 평화가 찾아왔다. 가장 두려워했던 시모야의 의심은 사라졌다. 순식간에 상황이 호전되었다. 더할 나위 없이 좋다. 믿을 수 없을 만큼. 꿈이 아닐까. 나는 뺨을 꼬집었다. 아팠다. 틀림없는 현실이었다.

시모야는 증거를 찾아내지 못한 채 퇴장했다. 따라서 경찰이 나설 가능성도 없다. 시체가 발견되지 않는 한, 사건은 발각되지 않는다. 우리를 궁지로 몰아넣던 위협은 이렇게 손쉽게 사라지고 말았다.

가장 큰 난관을 뛰어넘은 우리는 일단 저녁을 먹기로 했다. 온종일 목구멍으로 아무것도 넘기지 못할 만큼 셋 다 긴장한 상태였다. 이런 날은 고기를 구워야 한다는 델마의 주장에 따라 슈퍼마켓에서 이런저런 고기를 사서 지금 이즈미 집 식탁에 둘러앉았다.

"정말 인생이란 게 어디로 굴러갈지 알 수가 없다니까."

델마가 불판의 고기를 젓가락으로 뒤집었다.

"불과 몇 시간 전까지는 진짜 지옥 같았는데. 평화롭게 갈비를 굽는 밤이 될 줄 누가 상상이나 했겠어."

"오늘은 진짜 너무 많은 일을 겪었지. 제트코스터를 탄 것처럼 심장이 오르락내리락했어."

이즈미가 진한 우롱차가 든 잔을 기울였다.

"이벤트 스케일이 절대 하루치는 아니었지."

나는 불판에 둥글게 썬 양파를 올렸다.

"밀도가 장난이 아니었어."

이렇게 감정이 널뛰는 건 드문 일이다. 되도록 두 번은 없었으면 좋겠다.

"아무튼 흥신소 문제도 간신히 해결됐고. 이걸로 일단 안심이야."

델마는 잘 구워진 갈빗살을 한 입 베어 물더니, 넋이 나간 듯 씹었다.

"게다가 기념할 날이 됐잖아."

이즈미가 밝게 말했다.

"우리가 드디어 방송에 데뷔하는 거야. 오늘 찍은 깜짝 카메라가 방송되면 엄청나게 많은 사람들이 우리 이름을 알게 되겠지? 그 방송, 스트리밍 사이트에서도 인기가 있으니까 전국에서 볼 거야."

"그러게."

나는 대꾸했다. PD가 아주 만족스러워했다고 가와토가 보낸 메시지에 적혀 있었다. 이변이 없는 한 방송을 탈 것이다.

"우릴 추천해준 수수께끼의 업계 분에게 감사해야겠다."

"그러게."

나는 시치미를 뗐다. 업계 사람의 정체가 가와토라는 사실은 말하지 않을 생각이다. 메시지에도 답장을 하지 않았다.

"방송 데뷔…… 엄청 기쁘긴 한데 오늘 영상이 나가는 건 좀 그래."

델마가 복잡한 표정을 지었다.

"라이브 끝나자마자 그렇게 기습적으로 찍는 게 어딨어. 메이크업이 다 무너져서 얼굴이 최악이었단 말이야. 마스카라가 막 뭉쳐 있었다니까! 방송 촬영이란 걸 알았으면 풀메이크업으로 준비했을 텐데. 깜짝카메라를 찍을 거면 좀 미리 알려주지."

"그러면 깜짝카메라가 아니지."

내가 지적했다.

"그야 그렇지만. 예쁘게 꾸미고 싶었단 말이야. 모처럼 TV에 나오는 건데."

"괜찮아. 이번이 마지막이 아니야. 우린 앞으로 더 많은 프로그램에 나갈 테니까. 언젠가는 전국 방송 황금 시간대를 다 휩쓸게 될 거야."

이즈미의 말투는 마치 다음 주 일정을 말하는 것처럼 확신에 차 있었다.

"이미 정해진 일처럼 말하네."

델마가 농담조로 넘겼다.

"정해진 일이야."

이즈미는 무척 진지하게 되받았다.

"정상에 올라서자고 했잖아."

이즈미는 젓가락을 놓고 의연한 표정으로 말을 이었다.

"오늘은 깜짝카메라였지만, 나 실제로 수갑을 찼잖아. 그때 깨달았어. 감옥에 들어가는 것보다 아이돌 활동을 못 하는 게 훨씬 더 무섭다는 걸. 앞으로 평생 범죄자로 살아가는 것보다 셋이 함께 라이브를 못 하게 되는 상황이 훨씬 무서워."

이즈미의 목소리는 조용했지만 절실한 울림이 있었다. 나와 델마는 홀린 듯 이즈미를 응시했다.

"나한테 베이비★스타라이트는, 내가 생각한 것보다 훨씬 더 소중한 존재라는 걸 깨달았어. 그래서 절대로 여기서 끝낼 수 없다고, 끝나게 내버려두지 않겠다고 결심했어. 그랬더니 최악의 상황인데도 자꾸자꾸 힘이 솟아나고 아무것도 무섭지 않았어. 그때 생긴 거야. 아이돌로서 살아남을 각오가 말이야."

망설임 없는 이즈미의 말투에서 단호한 결의가 느껴졌다.

"난 하우라를 죽였어. 그리고 루이와 델마의 인생까지 어긋나게 해버렸지."

이즈미는 자신의 죄를 분명하게 입에 담으며 말했다.

"아무리 사과해도 용서받을 수 없고, 돌이킬 수도 없어. 그러니까 더욱더, 내가 말한 걸 반드시 실현시키겠어. 베이비★스타라이트를 일본에서 제일가는 아이돌 그룹으로 만들고 말 거야."

당당하게 빛나는 모습. 어제까지만 해도 다소 소심했던 이즈미는 이제 없다. 생김새는 그대로인데 마치 다른 사람 같았다. 영혼까지 달라진 게 틀림없다. 그 빛나는 영혼에 압도되어 말을 잃은 우리에게 이즈미가 손을 내밀었다.

"꼭 정상에 올라서자."

'간사이 지하에서 아이돌 업계의 정상으로.' 그런 표어 아래 베이비★스타라이트가 결성되었다. 그냥 하는 말이라 여겼다. 현실적으로 보면 그저 허풍일 뿐이니까. 나는 줄곧 그렇게 생각했다. 그렇게 오랜 세월에 걸친 체념을 날려버릴 만큼, 지금 이즈미의 모습과 말에는 힘이 있었다. 이즈미라면 해낼지도, 그런 기대를 거는 내가 있었다. 믿기 시작한 내가 거기 있었다. 이즈미가 내민 손에 나도 손을 겹쳤다. 그 위에 델마의 손이 놓였다. 델마의 눈은 반짝반짝 빛나고 있었다. 이즈미는 만족스럽게 고개를 끄덕였다.

"우리는 틀림없이 해낼 거야."

이즈미는 이 세상의 진리를 고하듯 미소를 지었다. 그래, 우리도 다다를 수 있을지도 모른다. 강한 바람이 불고 있다. 우리의 표류는 끝날지도 모른다. 한없이 넓은 바다 같은 암흑 끝에 어렴풋한 빛이 보인다. 그것은 등대의 빛일까, 아니면 닿지 않는 별빛일까. 알 수 없다. 지금은 그저 나아갈 뿐이다.

그날을 기점으로 베이비★스타라이트는 달라졌다. 라이브 관객의 반응도 확연히 좋아졌다. 무대에 쏟아지는 시선과 함성의 열량이 높아진 것을 피부로 실감했다. 가장 큰 이유는 이즈미였다. 딱히 춤이나 노래 실력이 좋아진 것도 아닌데 관객들은 무대 위의 이즈미에게 빠져들었다. 이즈미를 중심으로 강력한 자기장이 형성되어 있는 것 같았다. 관객들은 이즈미에게 눈을 떼지 못했다. 델마는 그런 이즈미에게 지지 않으려는 듯 죽어라 퍼포먼스를 했다. 원래도 뛰어났던 퍼포먼스에 한층 박력이 더해졌다. 그런 델마를 환영하듯 이즈미는 더욱 빛을 냈다. 라이브 중에 절대 눈을 맞추지 않았던 두 사람이 함께 합을 맞췄다. 일찍이 평행선이었던 전 센터와 현 센터의 강력한 시너지에 관객은 열광했다. 나는 그런 두 사람을 따라잡느라 여념이 없었다. 기술도 기술이지만, 무엇보다 내 체력이 형편없다는 사실을 뼈저리게 실감했다. 라이브가 끝나면 제대로 서 있지도 못할 만큼 지쳐버렸다. 유일한 원년 멤버로서 한심하기 짝이 없었다. 일단 담배부터 끊어야겠다. 앞으로도 아이돌을 계속하려면. 그렇게 라이브를 하면서 하루하루가 눈 깜짝할 사이에 흘러갔다.

어느새 1월이 지나고 2월도 중순에 접어들었다. 드디어 내일, 베이비★스타라이트 4주년 라이브다.

"라이브 회의 전에 보고드릴 게 있습니다."

도이는 평소처럼 무표정한 얼굴로 말을 꺼냈다.

"지난번에 촬영한 깜짝카메라가 곧 방송에 나온다고 합

니다."

우리 셋은 서로 마주 보며 작게 환성을 질렀다.

"드디어 TV 데뷔야."

이즈미가 활짝 웃었다.

"반응이 좋을까?"

델마는 기쁨과 불안이 뒤섞인 목소리로 중얼거렸다.

"방송 날짜가 언제예요?"

내가 물었다.

"상세한 내용은 아직 저도 공유받지 못했습니다. 함께 들어보죠."

"함께?"

도이는 천천히 자리에서 일어나 "잘 부탁드립니다" 하고 안쪽 방을 바라보았다. 방에서 키가 큰 남자가 나왔다. 그 얼굴을 알아본 나는 순간 말문이 막혔다.

"아니, 가와토 씨!"

델마가 새된 소리를 질렀다.

"오랜만이야, 델마."

가와토가 웃어 보였다. 오늘 아침 뉴스 프로그램에서 본 것과 똑같은 셔츠를 입고 있었다. 도쿄에서 방송에 출연하고 나서 오사카에 온 모양이다.

"진짜 그 가와토 씨예요? 와, 굉장해."

이즈미는 갑자기 눈앞에 나타난 유명인을 보고 천진하게 기뻐했다.

"처음 뵙네요. 이즈미 씨."

가와토가 가느다랗게 눈을 접어 부드럽게 미소 지으며 나를 보았다.

"루이도 오랜만이야."

"오랜만이에요."

"근데 별로 안 놀라네. 깜짝 놀라게 하려고 꽁꽁 숨어 있었는데."

"아뇨, 엄청 제대로 놀랐어요."

지난달 술자리에서도 비슷한 대화를 나누었다. 몇 년이나 아무 소식 없다가 갑자기 나타나더니, 한 달도 지나지 않아 다시 보게 될 줄 몰랐다. 도무지 무슨 생각을 하는지 읽을 수 없는 사람이다.

"근데 가와토 씨가 우리 회사에 무슨 일로……."

"다들 어떻게 지내는지 계속 신경이 쓰였어. 하우라가 갑자기 없어지는 바람에 곤란했을 텐데, 걱정도 되고."

가와토는 주인이 사라진 책상을 바라보며 슬픈 듯 눈을 내리깔았다.

"사실은 좀 더 일찍 오고 싶었는데, 좀처럼 시간이 안 나더라고. 그래도 다들 씩씩해 보여서 일단 안심이야."

가라앉은 분위기를 띄우려는 듯 가와토는 밝게 웃었다.

"그리고 정식으로 방송이 결정됐다는 소식은 내 입으로 전하고 싶었거든. 일단 나도 일을 꾸민 사람 중 하나였으니까."

가와토는 방송국에 베이비★스타라이트를 추천한 관계자가 자신임을 밝혔다. 게다가 우리 영상이 제작진 사이에서 제법 호평을 받아 특집 방송 시간에 방영하기로 결정됐다는 이야기도.

"방송국 사장도 영상이 아주 마음에 든 모양이야. 두 시간 특별방송 때 분량도 넉넉하게 챙겨 내보내기로 했다는군."

이번에는 큰 환성이 터져 나왔다.

"특방 데뷔라니, 대박!"

"어떡해. 너무 좋아."

델마와 이즈미가 기쁨에 겨워 하이파이브를 했다. 두 사람이 내게도 손바닥을 뻗어서 살짝 마주 댔다. 그 모습을 흐뭇하게 바라보던 가와토가 말했다.

"이번에 방송이 나가고 나면 틀림없이 큰 반향이 있을 거야. 그 방송으로 뜬 연예인들이 많아. 전국에 진출할 좋은 찬스야."

그래서, 하고 가와토는 일단 이야기를 끊었다. 그리고

지금부터 하는 이야기가 본론이라는 듯 몸을 쑥 내밀었다.

"여러분에게 묻고 싶은 게 있어. 내가 그룹 활동을 도와도 될까?"

"돕는다고요?"

델마가 눈을 깜빡였다.

"베이비★스타라이트가 도쿄에 진출할 수 있도록 돕고 싶어. 너희 이름을 세상에 알리는 후원자 역할을 맡겨줘."

가와토가 머리를 숙였다. 도이는 이미 이야기를 들은 듯 표정 변화 없이 말했다.

"가와토 씨는 마케팅 기업 대표로서 여러 미디어에 정통하신 분입니다. 앞으로 활동 반경을 넓혀야 하는 여러분에게 아주 든든한 후원자가 되어주실 겁니다. 여러분 생각은 어떠십니까?"

"당연히 대찬성이죠."

델마는 양손을 들며 찬성했다.

"가와토 씨가 도와주시면야 호랑이 등에 날개를 다는 거 아니겠어요."

"저도 찬성이에요."

이즈미가 웃는 얼굴로 고개를 끄덕였다.

"간사이권 그룹이 도쿄에 어떻게 진출하느냐가 제일 큰 과제였는데 가와토 씨가 도와주시면 정말 고맙죠."

두 사람은 꺅꺅 소리를 지르며 기뻐했다. 나는 아직 기뻐할 수 없었다.

"왜 그렇게까지 하는 거죠? 이미 회사 경영이랑 방송 일 때문에 바쁠 텐데, 우릴 도와줄 시간이 있어요?"

나도 모르게 가시 돋친 말투가 나왔다. 델마와 이즈미가 흠칫 놀란 표정으로 나를 바라보았다. 나는 술렁이는 마음을 들키지 않도록 평정을 가장했다. 이제 와서 왜 이러는 거지? 간신히 끊어냈는데.

"맞아, 시간적인 여유는 전혀 없어. 그래도 너희 뒷바라지는 내가 하고 싶어."

가와토는 상냥하게 대답했다.

"너희 깜짝카메라 영상을 봤어. 겁도 없이 경찰에게 덤벼드는 델마, 그런 델마를 필사적으로 말리는 루이, 그리고 체포되면서도 고상하고 아름다운 아이돌의 모습을 잃지 않은 이즈미. 그 영상만으로 세 사람의 매력과 강한 결속력을 알 수 있었어. 그래서 베이비★스타라이트라는 그룹에 흥미가 생겼어. 일단 인터넷에 올라온 라이브 동영상이랑 뮤직비디오는 전부 봤고, SNS에 올라온 팬들 반응도 대충 확인했어."

"우리 동영상이랑 팬들 SNS까지……."

델마의 눈이 휘둥그레졌다.

"양이 엄청 많았을 텐데요?"

이즈미가 신경이 쓰이는 듯 물었다. 확실히 엄청난 양이다. 셋 중에 팬덤이 가장 작은 나조차 X 팔로워 수가 천 명이나 된다.

"덕분에 지금 수면 부족이야. 오늘 아침 뉴스 방송도 지각할 뻔했어."

가와토가 멋쩍은 듯 머리를 쓸어 올렸다. 눈 밑에 희미하게 그늘이 져 있었다.

"하지만 그만한 가치는 있었어. 베이비★스타라이트라는 멋진 원석을 발견했으니까 말이야. 그리고 생각했지. 더 많은 사람이 너희의 매력을 알았으면 좋겠다, 그 일을 내가 해야겠다고. 그래서 내가 지금 여기에 있는 거야."

그는 신이 난 듯 손짓 몸짓을 섞으며 이야기했다.

"이런 기분 오랜만이야. 열네 살 때, 처음 밴드에서 연주했을 때처럼 두근두근해. 내 안에 잠들어 있던 그 시절 열정이 깨어났다고 해야 하나? 너희에게는 그런 힘이 있어. 직업상 멋진 아티스트를 숱하게 만나봤지만, 이렇게까지 내 마음을 뒤흔든 그룹은 없었어. 베이비★스타라이트야말로 아이돌의 정점에 어울리는 그룹이야. 그런 그룹을 세계에 알리는 건 내 의무, 아니 사명이라고 확신해."

가와토는 정말로 열네 살 시절로 돌아간 것처럼 들뜨고

흥분한 목소리로 설명했다. 그런 가와토를 델마와 이즈미가 놀란 눈으로 바라보았다. 도이도 놀랐는지 여전히 표정은 없지만 눈을 깜빡이는 횟수가 늘었다. 텔레비전 같은 미디어에서는 언제나 차분한 톤으로 이야기하는 사람이니까 이런 모습은 의외일 것이다. 하지만 지금 이 모습이 가와토의 본질이다. 뭔가에 열중하면 소년처럼 순진무구하고 자유분방해진다.

분위기가 묘해졌다는 것을 깨달았는지 가와토는 자세를 바로잡았다.

"아, 내가 너무 들떠서 혼자 떠들었군. 이게 베이비★스타라이트의 활동을 후원하고 싶은 이유야. 어떻게 생각해, 루이?"

가와토가 진지한 눈길을 보냈다. 델마와 이즈미는 걱정스러운 시선으로 나를 쳐다보았다. 이런 기회가 두 번은 없다고, 제발 고개를 끄덕여달라고 말없이 호소하고 있었다. 이런 상황에서 반대하기란 불가능하다. 두 사람의 반감을 살지도 모른다.

"알았어요. 부탁드릴게요."

내가 가볍게 고개를 숙이자 델마와 이즈미는 안도하는 표정으로 서로 바라보았다.

"그러면 멤버 여러분의 동의도 얻었으므로……."

도이가 말했다.

"가와토 씨, 다시금 잘 부탁드리겠습니다."

"저야말로 잘 부탁드립니다."

가와토는 우리에게 깊숙이 고개를 숙여 인사하더니 손목에 찬 파텍 시계를 보았다.

"일정이 있어서 오늘은 이만 실례할게. 그룹의 미래에 대해서는 내일 4주년 라이브를 마치고 나서 이야기하자. 도쿄 진출을 위해 몇 가지 구상한 기획이 있거든."

자신만만한 목소리로 이야기하는 이런 모습이야말로 업계에서 으뜸가는 마케터의 얼굴답다. 가와토는 자리에서 일어나 다시 한번 우리를 향해 고개를 숙였다.

"이왕 하는 거 전력을 다할 거야. 절대로 후회하지 않게 해줄 테니 기대해."

가와토는 마치 프러포즈라도 하듯이 자신이 얼마나 진지한 마음인지 알리더니 사무실을 떠났다.

"진짜 대박이야!"

사무실에서 라이브에 관한 협의를 마치고, 엘리베이터에 올라타자마자 델마가 환성을 내질렀다.

"가와토 씨가 도와주면 든든하지."

"내 말이."

이즈미의 뺨은 흥분으로 붉게 물들어 있었다.

"경제지에도 실리는 기업가잖아. 가와토 씨, 마케팅 천재라고 우리 학교 교수도 엄청 칭찬했거든."

세간에는 방송에 나와 뉴스를 해설하는 평론가 이미지가 강하지만, 가와토의 본업은 마케팅이다. 대중과 세상에 무엇인가를 알리고 확산시키는 기술을 누구보다 잘 아는 전문가다. 그의 손을 거쳐 크게 유행한 상품이나 인물이 셀 수 없이 많다. 베이비★스타라이트가 전국에 진출하는 데 더없이 강력한 지원군이라고 할 수 있다.

"그나저나 가와토 씨, TV로 보던 것보다 더 멋있어서 놀랐어."

"그러게, 레이와*의 박서준 같은 느낌 아냐?"

작은 상자 같은 엘리베이터 안에서 두 사람은 왁자지껄 떠들었다.

"레이와의 박서준은 박서준 본인이지."

내가 중얼거리자 두 사람은 어리둥절한 표정이었다.

"왜 그래, 루이? 기분 안 좋아 보여."

렐마가 조심스레 물었다.

"그런 거 아냐."

"가와토 씨가 싫어?"

---

* 2019년 5월 1일부터 쓰이고 있는 일본의 연호.

이즈미가 불안스레 덧붙였다.

"싫다기보다……."

"호오, 뭔가 말 못 할 사정이 있나 본데?"

델마가 내 얼굴을 들여다보며 말했다. 안녕하세요, 구경 꾼입니다, 라고 말하는 듯 호기심 가득한 눈이었다. 내가 가와토의 제안을 두고 망설이는 이유가 한때 연인 사이였 기 때문이라고 짐작하고 있을 것이다. 델마가 다른 질문을 하기 전에 엘리베이터가 1층에 도착했다. 묻고 싶은 게 한 가득인 두 사람의 시선을 무시하고 재빠르게 현관을 향해 걸었다.

아파트 앞에 검은 차가 한 대 세워져 있었다. 5미터는 넘 어 보이는 거대한 차체의 클래식카다.

"와, 엄청나다."

이즈미가 말했다.

"가이유칸*의 고래상어보다 크지 않아?"

델마의 목소리가 현관에 울려 퍼졌다.

"저 차 이름이 뭘까?"

캐딜락 엘도라도다. 차에 대해 잘 모르지만, 저 차는 안 다. 차주가 누구인지도 짐작이 갔다. 반세기 전 미국에서

---

* 오사카에 있는 대형 수족관.

시간 여행을 온 듯한 옛날 차를 굉장히 좋아하는 사람을 한 명 알고 있다. 우리가 현관을 나서자마자 차 문이 열렸다.

"회의는 잘 끝났어?"

운전석에서 내린 사람은 역시 가와토였다.

"어? 가와토 씨, 왜 여기 계세요?"

"볼일 보러 가신 거 아니었어요?"

델마와 이즈미가 차로 다가간다.

"볼일은 벌써 끝났지. 수리 맡겼던 차를 받으러 다녀왔어."

가와토가 차의 보닛에 손을 얹었다.

"예정보다 수리가 빨리 끝났거든. 아직 다들 있을 것 같아서 사무실로 돌아왔어."

깨끗하게 단장을 마친 자랑스러운 애차를 자랑하고 싶었을 것이다. 이즈미와 델마는 난해한 예술 작품을 바라보는 듯한 눈초리로 차를 둘러보았다.

"되게 우락부락한 느낌이네요. 꼭 로켓 같아요."

"주차장 찾기도 힘들겠는데?"

도저히 칭찬으로는 들리지 않지만, 가와토는 만족스럽게 고개를 끄덕였다.

"집으로 가는 길인가? 내 차로 데려다주지."

"그래도 돼요?"

이즈미가 말했다.

"물론. 사양 말고 타요."

가와토는 차 문에 손을 댔다. 아무래도 아끼는 차의 주행감이 얼마나 좋은지 자랑하고 싶은 모양이다.

"그럼 실례하겠습니다."

감사 인사를 하며 차에 오르려는 이즈미를 "아유, 감사하지만 저흰 됐어요" 하고 델마가 잡아끌었다. 대본이라도 읽는 듯한 말투였다.

"저랑 이즈미는 따로 들를 데가 있어서요."

"뭐? 들르다니 어딜?"

의아해하는 이즈미에게 델마가 귓속말로 무언가를 속삭였다. 그러자 이즈미가 휘둥그레 눈을 뜨며 입을 딱 벌렸다.

"아, 맞다. 그래, 그랬지, 참."

이즈미는 시선을 피하며 손뼉을 쳤다.

"들를 데가 있었는데 내가 깜빡했네."

"참 나, 정말이지 걸핏하면 이런다니까. 정신 좀 차려."

두 사람은 학교 축제에서 연극이라도 하듯 어색한 말투로 대사를 주고받았다.

"그러니까 루이만 데려다주시면 돼요."

델마가 내 등을 밀었다. 그 힘에 나는 가와토 앞까지 떠밀렸다.

"아니, 잠깐만. 둘 다 왜 이래."

나는 목소리를 높였지만, 아무도 들어주지 않고 이야기는 멋대로 진행되었다.

"우린 신경 쓰지 말고 편하게 타고 가."

"그래, 그래. 루이는 이제 아무 일정도 없잖아."

델마와 이즈미는 내게만 보이게 윙크했다. 마치 무대는 다 갖추어졌다는 듯이. 내가 어안이 벙벙해 있는 사이 두 사람은 "수고하셨습니다!"라는 말을 남기고 빠른 걸음으로 사라져갔다.

"둘 다 연기 레슨을 좀 받아야겠는데."

작아지는 두 사람의 뒷모습을 지켜보면서 가와토는 쓴웃음을 지었다.

찬 기운이 도는 가죽 시트를 울리는 엔진 소리, 어렴풋한 시트러스 향기, 오디오에서 흘러나오는 1980년대 팝송. 반가웠다. 마치 이 공간만 시간이 멈춘 것처럼 차 안은 모든 게 그 무렵 그대로였다. 나는 조수석 창가에 머리를 기댄 채 왼쪽을 쳐다보았다. 가와토는 과묵하게 핸들을 잡고 있었다. 미간에 조금 주름이 진 옆얼굴은 진지한 표정으로도, 찌푸린 표정으로도 보였다. 그 시절과 조금도 달라진 게 없었다. 문득 가슴 깊숙한 곳이 따끔따끔 아파왔다. 아직 10대였던 나는 운전하는 가와토의 옆얼굴을 몇 번이나 훔쳐보며 혼자 애를 태웠다. 그토록 누군가를 간절하게 원해본 적은 그때 한 번뿐이다. 이전에도 없었고 이후에도 없을 일. 불륜임을 알면서도 멈출 수 없었다.

가와토가 캐딜락의 핸들을 돌리며 물었다.

"왜 그래?"

"뭐가?"

"웃고 있잖아."

"어……."

차창에 비친 내 얼굴을 보았다. 확실히 뺨이 느슨해져 있었다.

"너무 그대로라서. 어쩐지 좀 웃기네."

"그렇겠지. 출고됐을 때랑 최대한 같은 상태를 유지하려고 부품 하나하나까지 엄청 신경 써서 관리했으니까. 전기 계통도 손봐서 지붕 덮개도 접었다 폈다 할 수 있어. 오픈카로 달려볼까?"

가와토가 신이 나서 차의 지붕을 가리켰다. 이번에는 나 스스로도 느낄 수 있을 만큼 뺨이 느슨해졌다.

"왜 또 웃는 거야?"

"아무것도 아냐."

나는 고개를 저으며 화제를 바꾸었다.

"그보다, 진심이야?"

"뭐가?"

"우리 활동 지원한다는 말, 진심이냐고."

"진심이지. 너희들은 정상에 오를 만한 잠재력이 있어. 그리고 개인적으로 내 취향이기도 하고."

"취향?"

"난 악착같이 애쓰는 사람을 좋아해. 무대에서 매일매일 라이브하고, 라이브가 끝나면 원치도 않은 접대를 강요당하고, 숱한 역경에 처하고, 쓴맛을 보고, 그렇게까지 애써도 보답해주지 않는 현실에 또 박살이 나. 그런데도 포기하지 않고 애를 쓰는 사람이 내 취향이거든. 그래서 베이비★스타라이트를 응원하고 싶어."

캐딜락이 빨간 신호 앞에 멈춰 섰다. 가와토는 내 쪽을 보며 미소를 지었다.

"무엇보다 루이가 있는 그룹이니까."

어찌나 막힘없이 말하는지 곧이곧대로 믿을 뻔했다.

"농담은 그만."

나는 가와토의 왼손 약지에 있는 반지를 응시하며 말했다. 가와토는 난처한 듯 눈꼬리를 내리더니 "잠깐 어디 좀 들렀다 갈까?"라며 파란불로 바뀐 교차로에서 핸들을 꺾었다.

"들르다니, 어딜?"

"달리면서 정하자."

"그렇게 여유 부릴 시간이 있어?"

"잠깐은 괜찮아. 같이 있어줘."

나는 좌석에 기대어 그의 옆얼굴을 바라보았다. 가슴이 저릿하게 아팠다. 차에 타고 나서 줄곧 질문이 머릿속을 떠나지 않았다. 왜 이제 와서 다가오는 걸까? 어떻게 하면 깔끔하게 끊어낼 수 있을까? 답은 나오지 않았다.

가와토가 차를 세운 곳은 마이시마였다. 오사카 시내에 있는 이 인공 섬에서 매년 여름 대규모 음악 페스티벌이 열린다. 늘 사람이 북적이는 곳이지만 지금은 한겨울 해질 녘이라 그런지 한산했다. 바다에서 강한 바람이 끊임없이 불어왔다. 가와토는 강풍에 머리카락을 흩날리며 기지개를 켰다.

"바닷바람 맞으니까 기분 좋다."

"추워."

나는 펄럭이는 코트 깃을 손으로 눌렀다. 2월 중순의 차가운 바람에 청량함이라고는 한 조각도 없었다.

"겨울 바다의 운치, 좋지 않아?"

"떨면서 그런 말 해봐야 소용없어."

"일단 좀 걸을까? 움직이면 따뜻해질 거야."

가와토의 재촉에 바닷가를 따라 뻗은 산책로를 걸었다. 저녁 해가 수면에 광선을 남기면서 서서히 수평선 아래로 저물어갔다. 하늘은 남색과 주황색의 그러데이션으로 물들었다.

"경치 좋네."

소란스러운 파도 소리에 가와토의 목소리가 부드럽게 섞여들었다.

"루이, 아직도 겨울 노을을 좋아해?"

"어떻게 알았어?"

"예전에 말해줬잖아."

"예전이면……."

4년도 더 지난 일이다. 그때도 가와토와 여기서 대화를 나눴다. 그날 일을 기억하는 걸까? 나는 표정이 보이지 않도록 얼굴을 옆으로 돌렸다.

"여기서는 거리가 한눈에 다 보이겠다."

가와토가 난간에 기대 앞을 응시했다.

"너희 회사도 보이는 거 아냐?"

"그건 아무래도 무리지."

나도 난간에 기댔다. 나란히 서서 바다 너머 시가지를

바라보았다.

"변했네."

가와토가 중얼거렸다.

"거리가?"

"아니, 루이 너 말이야. 최근 한 달 사이에 완전히 달라졌어. 접대 자리에서 만났을 때랑 다른 사람 같아."

"그런가?"

"그렇다니까."

가와토가 내 눈을 들여다보며 말했다.

"눈빛이 강해졌어. 그리고 나긋나긋하면서도 세련된, 굳은 각오를 한 인간의 얼굴이야."

"각오를 했는지는 모르겠지만 필사적이긴 해. 하우라 씨가 돌아오기 전까진 우리끼리 어떻게든 해야 하니까."

술술 거짓말이 나왔다. 줄곧 거짓말을 해서 그런지, 최근에는 하우라가 정말 잠적했다고 착각할 때도 있다.

"정말 변했어. 접대 자리에서 만났을 때는 아이돌을 그만둘 생각을 하는 것 같아서 걱정도 되고, 미안하기도 했는데."

"그래서 우리한테 방송국 일을 연결해준 거야?"

"뭐 그렇지. 너한테 아이돌이 되라고 권한 사람은 나니까."

대학 후배가 아이돌 그룹을 만드는데 오디션을 받아보라고 권한 사람은 가와토였다. 아무 연고도 없는 오사카에서 아이돌 활동을 해보라고, 후배는 유능한 사업가라고, 루이에게는 아이돌의 자질이 있다고 가와토가 열심히 설득했다. 나와의 관계를 청산하고 싶은 게 명백했다. 나는 가와토의 권유대로 오디션을 봤고 합격해서 도쿄를 떠났다.

"그런데 내가 쓸데없이 끼어든 모양이지? 이제 아이돌을 그만둘 마음은 없는 것 같네."

나는 작게 고개를 끄덕였다.

"한 달 전만 해도 진심으로 그만둘 생각이었어. 날도 정했고. 하지만 델마와 이즈미가 셋이서 그룹을 계속하고 싶다고 했거든."

"그랬군. 그 애들이 루이의 마음을 바꾸었구나."

가와토는 부드럽게 미소 지으며 "좀 질투 나는걸"이라고 속삭였다. 대화가 잠시 끊겼다. 우리는 조용히 황혼을 바라보았다. 천천히 태양이 가라앉고, 남빛이 짙어졌다. 내쉬는 숨은 새하얗고, 몸속 깊은 곳부터 차가워질 정도로 추웠다. 해가 지면서 기온이 더 내려갔다.

"이만 가자."

감기라도 걸려서 내일 라이브에 지장이 생기면 곤란하다. 나는 발길을 돌리려 했다.

그때였다.

"하우라가 산에서 발견됐어."

눈앞의 풍경이 흔들렸다. 머릿속이 새하얘져서 추위조차 느껴지지 않았다. 나는 소리도 내지 못하고 뒤돌아섰다.

"……역시 그랬군."

가와토가 비통하게 얼굴을 일그러뜨렸다. 나는 점점 혼란스러워졌다.

"역시라니, 뭐가? 하우라가 발견됐다는 게 무슨 말이야?"

마구 지껄이며 가와토의 어깨를 흔들었다.

"거짓말이야."

"뭐?"

"거짓말이라고. 하우라는 발견되지 않았어."

넘겨짚고 한 말에 당했다는 사실을 깨달았다. 동시에 실수를 저질렀다는 것도.

"역시 너랑 관계가 있었군."

가와토는 아무런 예고도 없이 핵심을 파고들었다.

"뭐라는 거야. 알아듣게 말해."

극심한 혼란 속에서도 나는 시치미를 뗐다.

"상관없어. 조금 전 네 반응이 무엇보다 확실한 증거니까."

가와토는 타이르듯 말했다.

"대표가 산에서 발견됐다는 말에 놀랐을 뿐이야. 그런 말을 듣고 안 놀랄 사람이 어딨어?"

"벌써 조사 끝냈어. 흥신소에 의뢰했지."

소름이 끼쳤다. 가와토라면 틀림없이 경찰 출신이 운영하는 큰 흥신소에 의뢰했겠지. 그렇다면 이미······.

"한 달 전, 접대가 있었던 날 밤. 너희들은 사무실 근처 렌터카 업소에서 차를 빌렸지. 대형 원박스카."

아, 안 돼.

"그 차의 GPS 기록도 조사했어."

폭로된다.

"차를 타고 산으로 갔을 거야. 정확하게 말하면 이즈미의 조부가 소유한 사유림."

우리의 비밀이 까발려지고 만다.

"하우라는 거기 있겠지."

최후의 방파제가 어이없이 무너졌다. 더는 발뺌할 방법이 없다. 끝이다. 나는 길게 숨을 내쉬었다. 결국 들통났다고 비관하는 나와, 역시 이렇게 되고 말았구나 하고 체념하는 내가 있었다.

"언제부터 의심했어? 하우라가 없어진 걸 알았을 때?"

"그래. 어쩌면 너랑 관계가 있을 수도 있다고 생각했어. 약간의 의심이 확신으로 바뀐 건 촬영 영상을 보고 나서."

그 가짜 체포 영상 말인가.

"박력이 굉장한 깜짝카메라를 찍었다며 피디가 그 영상을 보여주더군. 확실히 박력 있었어. 넘쳐서 탈이었지. 너무 진짜 같았거든. 그래서 확신했지. 너뿐 아니라 멤버 전원이 하우라의 실종에 관여했다는 걸."

가와토의 입술이 떨렸다. 아마 추위 탓은 아닐 것이다.

"말해줘. 하우라는 이미 죽었나?"

나는 견디지 못하고 눈을 감았다. 침묵은 무엇보다 확실한 긍정이었다.

"그런가. 상상했던 시나리오 중에서 가장 최악의 결말이군……."

가와토는 양손으로 얼굴을 감쌌다. 그의 어깨가 잘게 떨렸다. 나는 그저 말없이 서 있었다. 이윽고 가와토는 고개를 들고, 눈가의 눈물을 손가락으로 닦으며 말했다.

"이제 가자."

"경찰서로 가는 거야?"

가와토는 힘없이 고개를 저었다.

"앞으로 어떻게 할지는 너희가 의논해서 정해."

가와토가 걷기 시작했다. 나는 말없이 그 뒤를 따랐다. 모든 걸 얼려버릴 것 같은 바람이 불어왔다. 해가 떨어지기 직전, 해는 둔하게 빛나다 완전히 가라앉았다.

나는 문 앞에서 심호흡을 했다. 그리고 이즈미 집 인터폰을 눌렀다. 문이 열리고 안에서 두 사람이 얼굴을 내밀었다.

"어서 와."

이즈미가 씩씩하게 말했다.

"둘만의 드라이브는 어땠어?"

델마는 히죽 웃음을 머금었다.

"즐거웠어."

나는 밝게 대답하며 집으로 들어섰다.

"가와토 씨랑 무슨 이야기 했어?"

이즈미가 눈을 빛내며 물었다.

"일 이야기도 하고, 뭐 이런저런 거."

"이런저런 게 뭔지가 궁금한데."

꼬치꼬치 다 말하라고 델마의 얼굴에 쓰여 있었다. 나는 두 사람의 천진한 질문 공세를 가볍게 받아넘기며 술이 가득 들어 있는 비닐봉지를 식탁에 내려놓았다.

"오늘 좀 마셔볼까?"

"오, 좋아. 마시자, 마셔."

"라이브 전야의 단합 대회네."

각자 캔맥주를 들고 우리는 건배했다. 분위기가 달아올랐다. 편의점에서 사 온 술을 약 한 시간 만에 다 마셔버린 우리는 이즈미의 부친이 숨겨놓은 비싼 와인을 찾아내 술 자리를 이어갔다.

"너무 많이 마시면 안 돼. 내일 라이브해야지."

그렇게 말하면서도 델마는 잔에 든 와인을 다 마셔버렸다. 게슴츠레 뜬 눈으로 멍하게 한 곳만 바라보고, 혀가 꼬인 지는 한참 전이다.

"제일 위험한 건 델마잖아. 너 엄청 취했어."

이즈미가 손뼉을 치며 웃었다. 얼굴이 와인보다 붉었다. 두 사람 모두 완전히 취해버렸다. 무도관 라이브의 세트리스트는 어떻게 할 것이며 돔 투어는 어느 도시부터 돌지, 이런저런 장대한 계획을 짜며 정신없이 떠들었다. 허황된 계획을 세우고 있을 처지가 아니지만, 그 마음은 이해할 수 있었다. 가와토라는 뒷배가 있으면 언젠가는 무도관이나 돔을 가득 채우는 아이돌이 될 수도 있다. 몇 시간 전까지는 그런 미래가 가능했다. 들떠서 떠드는 델마와 이즈미에게 찬물을 끼얹고 싶지 않아서 나는 조용히 술잔을 기울였다.

"아, 근데 우리 셋이 마시기는 처음이다."

델마가 머리를 좌우로 흔들흔들하며 말했다.

"진짜네."

이즈미가 새빨간 얼굴로 맞장구를 쳤다.

"얼마 전까진 상상도 못 했을 일이야. 나, 델마 되게 불편했으니까."

"야, 너 말 너무 막 한다."

"그치만 델마 너무 무서웠는걸. 걸핏하면 설교나 하고."

"너를 싫어했으니까. 하지만 너도 심했어. 내 앞에선 맨날 벌벌 떨기만 하고 눈도 안 맞췄잖아. 내가 무슨 메두사도 아니고."

델마와 이즈미는 싸움으로 번질지도 모를 화제를 유쾌하게 떠들었다. 서로 싫은 부분을 이야기하고 나서 웃으며 술을 마시는 것이 진짜 동료라고 누군가가 말했다. 나는 무심코 따뜻한 숨을 내쉬었다.

"있잖아. 궁금한 게 있는데."

한껏 흥분한 그들에게 물었다.

"너희는 왜 아이돌이 됐어?"

"뭐야, 갑자기."

"토크쇼 연습이야?"

델마와 이즈미가 고개를 갸웃했다.

"한 번도 들어본 적 없는 것 같아서."

지금이 아니면 영영 듣지 못하리란 예감이 들었다.

"하긴 제대로 이야기한 적은 없네. 나부터 이야기할게."

델마가 손을 들었다.

"내가 아이돌이 된 이유는 좀 뻔한 소리긴 한데, 나를 바꾸고 싶어서야."

과거를 회상하듯 먼눈이 되어 델마는 말을 이었다.

"나 중학생 때까지 엄청 어두운 애였거든. 학교에서는 말 한마디 안 했고, 계속 책상에 엎어져서 자는 척만 했어. 그림자가 옅은 정도가 아니라 아예 그림자가 없는 수준으로 존재감이 없었어."

"델마가?"

나도 모르게 그렇게 물었다. 지금의 수다스럽고 밝은 델마와는 너무나 동떨어진 이야기였다.

"너는 입부터 태어난 줄 알았어."

이즈미도 나와 같은 생각을 한 모양이었다.

"뭐래. 엄마 배에 거꾸로 있다가 다리부터 나왔는데."

델마는 농담으로 받아치며 말을 이었다.

"그런 나를 바꾸고 싶어서 중학교 졸업하자마자 베이비★스타라이트 오디션을 봤어. 그리고 순조롭게 합격해서 이렇게 아이돌을 하고 있지. 그 탓에 부모랑 대판 싸우고 집에서 쫓겨났지만 후회는 안 해. 얼마 전까지 중학교 시절은 떠올리기만 해도 싫었는데, 이제는 겨우 받아들일 수 있게 됐어. 그 어두운 시절이 없었다면 무대에 서지 않았을 테니까. 그늘을 알아야 누군가에게 빛을 줄 수 있지 않나, 그런 생각도 들고. 아, 안 돼. 취해서 막 오글거리는 말을 해버렸다."

이것으로 끝, 하고 델마는 서둘러 이야기를 마무리했다.

"다음은 이즈미. 우리 센터님이 엄청 좋은 이야기를 해주시겠죠?"

"아, 진짜. 허들을 어디까지 높이는 거야."

이즈미는 쓴웃음을 지으며 이야기를 시작했다.

"내가 아이돌이 된 이유는 하나야. 루이와 델마의 라이브를 봤으니까."

"우리 라이브?"

"응. 내가 난바에서 놀다 하우라 씨한테 캐스팅된 건 알지? 그때 너희 라이브를 봤어."

그런 일이 있었나. 하우라에게 길거리 캐스팅을 당했다는 것밖에 몰랐다. 델마도 뜻밖인 듯 눈을 크게 떴다.

"라이브하우스에 들어갔더니 루이랑 델마가 무대에 서있었어. 그때 두 사람 모습이 되게 인상적이었어. 루이는 엄청 시크한데, 그 옆에서 델마가 열정적으로 퍼포먼스를 하는 거야. 두 사람의 온도 차가 언밸런스해서 내 눈엔 엄청 재밌었어."

나와 델마 둘이었던 시기의 라이브를 봤구나. 그 무렵이면 그룹 멤버가 잇따라 그만두는 비상사태였고, 나는 될

대로 되라 하는 반쯤 자포자기한 심정으로 라이브를 했다. 당연히 관객 반응이 나빴지만, 좋게 본 사람도 있었던 모양이다. 그것도 이렇게 가까이에.

"그때까지 아이돌이 되고 싶다는 생각은 한 번도 해본 적 없었는데, 이 그룹이라면 함께해보고 싶다는 생각이 들었어. 그래서 베이비★스타라이트에 들어왔어."

이상입니다, 하고 이즈미는 멋쩍은 듯 이야기를 끝냈다.

"몰랐어."

델마가 나직이 중얼거렸다.

"그런 말 한 번도 안 했잖아."

"창피하니까. 처음 만났을 때 델마는 나한테 말도 안 걸었고."

델마는 처음부터 이즈미를 적대시했다. 델마 입장에서 보면 합류하자마자 그룹 센터를 꿰찬 이즈미는 자기 자리를 빼앗은 찬탈자였다. 설마 자기에게 반해서 그룹에 들어왔으리라고는 털끝만큼도 생각지 못했을 것이다.

"……미안."

델마는 속삭이듯 덧붙였다.

"아냐. 이제라도 두 사람에게 말할 수 있어서 기뻐."

이즈미는 웃는 낯으로 말하며 내 쪽으로 돌아섰다.

"마지막은 루이네."

"루이가 아이돌이 된 이유 진짜 궁금하다. 유일한 원년 멤버잖아."

델마가 거들었다. 두 사람의 기대 어린 눈빛을 받으며 나는 짧게 대답했다.

"도쿄에서 아르바이트할 때, 가게 손님이 오디션 보라고 권유해서."

권유한 사람이 가와토라는 사실은 말하지 않았다.

"그랬구나."

"그래서? 그래서?"

두 사람은 흥미진진한 듯 뒷이야기를 재촉했다.

"그게 다야."

한순간의 정적 후.

"뭐야……."

"뭐가 이렇게 짧아?"

이즈미와 델마는 쓴웃음을 지었다. 명확한 동기도 없이 아이돌을 시작한 나에게 실망한 모양이다. 자기 의지라고는 없이, 흘러가는 대로 떠도는 삶. 나는 그렇게 살아왔다. 아무 의미도 없다. 늘 표류 중이었다. 공범이 되기 전부터, 하우라를 없애기 전부터 나는 줄곧 표류하고 있었다. 어디에도 다다르지 못한 채 계속.

불현듯 침묵이 내려앉았다. 조용한 주방. 잔 속의 와인만 줄어들었다. 때때로 델마와 이즈미는 시선을 주고받았다. 뭔가 묻고 싶은 것이 있구나. 두 사람 사이에 떠도는 공기의 질감이 그렇게 말하고 있다.

"저기, 루이."

먼저 입을 연 쪽은 이즈미였다.

"하나 더 물어봐도 돼?"

"그래."

나는 등을 약간 폈다. 이즈미의 음색으로 봐서 유쾌한 이야기는 아니다.

"전에 목욕탕에서 했던 이야기, 그거 진짜야? 루이가 옛날에…… 사람을 죽였다는 말."

이즈미가 잔을 내려놓고 나를 응시했다. 델마도 진지한 눈빛으로 나를 보았다. 줄곧 묻고 싶었겠지. 그때 그렇게만 말하고 아무 설명도 하지 않았으니까.

"그래, 난 사람을 죽였어."

간결하게 인정했다. 그들의 표정에 그림자가 드리웠다.

"어째서? 누구를?"

"이즈미, 그 이상은……."

델마가 이즈미의 말을 가로막았다.

"하지만……."

"괜찮아. 전부 다 이야기해줄게."

두 사람이 내 이야기를 들어주기를 바랐다. 이야기가 좀 길어, 라는 말로 나는 지금까지 누구에게도 털어놓은 적 없는 기억을 들춰냈다. 머릿속 저 깊숙한 곳에 있는 문을 열고, 아버지에게 식칼을 들이댄 그날을 돌이켰다.

딸이 식칼을 들이대자, 아버지는 크게 낭패한 표정이었다. 말 한마디 제대로 내뱉지 못할 만큼 얼어붙은 아버지. 폭력으로 가족 위에 군림하던 인간이라고 생각할 수 없을 만큼 겁을 먹은 모습이었다. 그 모습이 가엾기까지 했다. 하지만 동정을 베풀 마음은 조금도 없었다. 나는 식칼을 쥔 자세 그대로 고개를 돌려 뒤를 봤다. 거기엔 아버지에게 폭행을 당해 정신을 잃은 어머니와 동생이 있었다. 동생한테까지 폭력을 쓰다니 절대 용서할 수 없었다. 식칼 자루를 힘껏 움켜쥐고 아버지에게 바싹 다가섰다. 아버지는 포효인지 비명인지 모를 새된 소리를 지르며 도망쳤다. 곁눈질 한 번 하지 않고 한달음에 현관을 뛰쳐나가더니 차고에 있는 차를 타고 사라졌다. 엔진 소리가 점점 멀어졌다. 위협은 사라졌다. 바로 구급차를 불렀다. 병원에서 치료를 받고 어머니와 동생은 그날 집으로 돌아왔다. 두 사람이 무사하다는 사실에 가슴을 쓸어내리고 있는데 전화가 왔다. 경찰이었다. 아버지가 교통사고로 사망했다는 연락이었다. 차로 전봇대를 들이받았다고. 아버지는 즉사했다. 시신에서 일정 기준을 넘는 알코올이 검출되어 음주 운전에 의한 교통사고로 처리되었다.

사고 현장에는 스키드 마크가 없었다. 알코올 탓이 아니었다. 아버지는 브레이크도 밟지 못할 만큼 취하지 않았으니까. 도망치는 발걸음은 멀쩡했다. 원인은 나였다. 딸의 강력한 살의를 마주한 아버지는 폭주 운전을 깨닫지 못할 만큼 제정신이 아니었거나 혹은 자기 의지로 전봇대를 들이받았을 것이다. 아버지가 집을 나가기 전에 무슨 일이 있었는지 경찰이 물었다. 하지만 나는 가족에게도 경찰에게도 말하지 않았다. 죄책감에 시달리기는 했지만, 우리를 위협하는 존재가 사라졌다는 안도감이 훨씬 컸다. 간신히 얻어낸 평화였으니까. 돌이킬 수 없는 짓을 하면서까지 거머쥔 평화였다. 무슨 일이 있어도 지켜야 했다.

내가 어머니와 동생을 지킨다. 어린 마음에도 그렇게 결심했다. 그 후의 나날은 평온 그 자체였다. 단독주택에서 연립주택으로 이사하고 일을 나가기 시작한 어머니는 몰라볼 만큼 활기를 되찾았다. 바쁜 어머니를 대신해 내가 집안일을 맡았다. 동생은 늘 내 뒤를 따라다니며 나를 도왔다. 힘들지만 충만한 나날이었다. 폭력과 고함에 겁먹지 않아도 되는 생활에 몸과 마음이 두루 편안해졌다. 무엇보다 동생이 생기를 되찾아 기뻤다. 동생의 천진무구한 미소를 볼 때마다 더할 나위 없이 벅차올랐다.

소박하지만 흡족한 생활이었다. 행복했다. 그 행복이 앞으로도 계속 이어지리라 생각했다. 터무니없는 착각이었다.

추웠던 겨울 어느 날, 초등학교에서 돌아오니 일을 마치고 귀가한 어머니와 동생이 방에서 자고 있었다. 서로 껴안고 고른 숨소리를 내며. 평화롭고 익숙한 광경이었다. 평소라면 두 사람이 깨지 않게 조용히 집안일을 했겠지만, 그날은 놀러 나갈 준비를 했다. 같은 반 아이들과 만나 놀기로 한 날이었다. 하루쯤은 집안일 걱정 말고 마음껏 놀고 오라며 전날 밤 어머니의 허락도 받았다. 하지만 역시나 마음이 불편해서 베란다에 있는 빨래를 걷어 방에 넣어두고 나오는데, 동생의 기침 소리가 들렸다. 그러고 보니 아침 뉴스에서 오늘이 올해 가장 추운 날이 될 거라고 했던 기상캐스터의 말이 떠올랐다. 감기라도 들면 큰일인데. 나는 다시 방으로 돌아가 난로를 켰다. 이제 됐겠지. 깊이 잠든 어머니와 동생의 얼굴을 한 번 더 보고 집을 나섰다. 그리고 친구 집에서 실컷 놀았다. 저녁이 되어 집으로 돌아오는데 몇 대나 되는 소방차가 요란한 사이렌을 울리며 나를 지나쳐갔다. 소방차가 달려가는 쪽을 보니 연기가 피어오르고 있었다. 화재다. 동시에 온몸에 전율이 일었다.

우리 집 근처야.

걷는 속도가 서서히 빨라졌다. 잰걸음으로 달리다 전력으로 뛰었다. 숨을 헐떡이며 소방차를 뒤쫓았다. 소방차를 따라잡은 순간, 길 위에 털썩 주저앉고 말았다. 시야 끝에서 우리 집이 불타고 있었다. 검은 연기를 토해내며 불기둥이 치솟고……. 거기서부터는 모든 게 흐리멍덩하다. 뭐가 어떻게 됐는지 기억이 잘 나지 않는다.

연립주택 화재로 모녀 사망.

이튿날 신문에는 그런 제목의 기사가 실렸을 것이다. 화재 원인은 난로였다. 난로와 닿아 있던 옷에 불이 붙어 방 한 칸짜리 연립빌라를 완전히 태워버리는 화재로 번졌다. 깊이 잠든 어머니와 동생은 도움도 청하지 못하고 불에 타죽었다. 난로를 켜고 그 바로 옆에 빨래를 가져다둔 사람은 나였다. 그게 얼마나 위험한 짓인지 생각도 하지 않고 집을 나섰다. 어머니와 동생이 불에 휩싸여 죽어가는 동안에도 친구와 깔깔 웃으며 게임을 했다.

천벌이다. 아버지를 죽음으로 몰아넣은 천벌을 받은 것이다. 그런데 단죄의 불길은 내가 아니라 어머니와 동생을 태워버렸다. 그때 내 안에서 무언가가 분리되었다. 떨어져나가 영원히 잃어버렸다. 그것이 무엇인지는 지금도 알 수 없다. 확인할 방법을 나는 모른다. 아마 평생을 모른 채 살아가야 할 것이다. 가족을 잃은 나를 외가 쪽 친척이 맡았다. 친척 집에 내 자리는 없었다. 그들은 섬뜩하다며 나를 꺼렸다. 낯선 천장을 바라보며 줄곧 질문했다. 어디서부터 잘못되었을까? 내가 어떻게 해야 가족이 내 옆에 살아 있었을까? 난로를 켜지 않았더라면, 빨래를 잘 개서 치워뒀다면. 이미 늦었다. 정답을 알아낸들 이제 아무 소용 없다. 어머니는 어디에도 없다. 동생은 두 번 다시 웃을 수 없다. 확실한 건 그뿐, 그것이 전부였다. 앞으로도 나는 계속 상실을 거듭할 것이다. 가족과의 추억, 그리운 냄새와 온기, 그 모든 것을 서서히 잊어가겠지. 미소 지은 천진한 얼굴부터 평온하게 잠든 얼굴까지. 뿌리째 빼앗길 것이다. 평생에 걸쳐 하나씩, 생가죽이 벗겨지듯 천천히 망가질 것이다. 가족을 죽인 내게 걸맞은 결말이라고 생각했다.

과거를 전부 다 털어놓은 뒤 눈을 감았다. 말로 표현할 수 없는 감정이 가슴에 소용돌이쳤다. 그것이 잦아들기를 기다리며 눈을 떴다. 그 순간 허를 찔리고 말았다. 이즈미와 델마가 울고 있었다. 눈물을 뚝뚝 흘리며. 두 사람의 모습에 어쩔 수 없이 그리움이 밀려왔다. 만약 동생이 살아 있다면 올해 열아홉이 된다. 그들과 같은 나이다.

"왜 울어, 응?"

나도 모르게 어린애를 어르는 말투가 나왔다. 이즈미가 코를 훌쩍거리며 말했다.

"……루이가 우니까."

깜짝 놀라서 눈가를 만져보았다. 건조했다.

"안 울었는데?"

"울었어."

델마가 코맹맹이 소리로 말했다.

"눈물만 안 흘렸지, 루이 계속 울었어."

"그럴 리가."

잔을 들고 목구멍까지 치밀어 오른 마음의 응어리를 와인과 함께 꿀꺽 삼켰다. 어떤 얼굴을 해야 좋을지 몰라서 테이블에 얹은 손을 내려다보았다. 그 손에 이즈미와 델마가 손을 겹쳤다.

"루이는 혼자가 아냐. 우리가 있어."

"우린 이제 껍딱지 같은 사이잖아. 죽으나 사나 한 몸."

나는 두 사람을 물끄러미 바라보았다. 가슴속 뻥 뚫린 구멍으로 따뜻한 바람이 불었다.

"고마워."

고작 그 말밖에 할 수 없었다. 우리는 한동안 손을 잡고 있었다. 대화는 없었다. 하지만 말 이상의 것이 손의 온기를 타고 전해지는 듯했다. 얼마 지나지 않아 술자리를 정리했다. 델마와 이즈미는 거실 소파에서 잠이 들었다. 잠든 두 사람에게 담요를 덮어주고 가만히 그들의 얼굴을 바라보았다. 델마의 입가에 흐른 침을 닦고, 이즈미의 얼굴에 붙은 앞머리를 걷어냈다.

"갔다 올게."

그렇게 속삭이고 자리에서 일어섰다. 집 밖으로 나가 전화를 걸었다.

"여보세요."

한밤중인데도 가와토는 신호가 한 번 가자마자 전화를 받았다. 나는 조용히 용건을 전했다.

"지금 만나고 싶어."

가와토가 지정한 장소는 교외에 있는 폐공장이었다. 짙은 어둠 속에서 큰 창고가 모습을 드러냈다. 주위에는 민가도 가로등도 없다. 모두에게 깨끗히 잊힌 듯한 장소에 클래식카가 한 대 서 있을 뿐이었다. 캐딜락 엘도라도. 가와토의 차다. 여기가 틀림없다. 나는 출입을 막은 철책 밑을 지나서 부지로 들어섰다. 자갈길을 걸어 창고 앞에 다다랐다. 셔터를 열자 눈부신 빛이 쏟아져 나왔다. 창고 안은 건물 외관과는 완전히 달랐다. 넓은 공간 중앙에 바 카운터가 있고, 안쪽에는 10미터도 넘을 법한 거대한 설치물이 있었다. 철사로 만든 물고기, 상어다.

"오, 루이. 기다리고 있었어."

바 카운터 앞에 앉아 있던 가와토가 일어섰다.

"여기까지 오라고 해서 미안해."

온화한 음성이다. 저녁에 했던 대화는 없었던 것처럼 태연자약했다. 나는 창고를 둘러보았다.

"굉장한 곳이네."

"창고를 사서 완전히 뜯어고쳤지. 회사나 가족한테도 알리지 않은 개인 별장이야. 여기서 술을 마시거나 제작에만 몰두하면 기분 전환이 되거든."

"그럼 저것도……?"

철사로 만든 상어를 가리켰다.

"아, 내가 만들었어."

가와토가 수줍게 웃었다.

"와이어 아트는 몇 년을 해도 늘지가 않네."

나는 한 번 더 주변을 둘러봤다.

"별장이라기보다 비밀 기지 같아."

아무도 찾지 않고, 누구에게도 알려지지 않은 장소. 안성맞춤이다. 나는 재킷의 안쪽 주머니를 만졌다. 딱딱한 감촉이 손가락을 타고 전해졌다. 비장의 카드였다. 여차하면 주저 없이 사용할.

"그 하이힐 혹시⋯⋯."

내 신발을 본 가와토의 뺨이 풀어졌다.

"아직 가지고 있었구나."

"응."

나는 굽이 10센티미터가 넘는 구두로 시선을 내렸다. 새빨간 밑창이 특징인 하이힐. 같이 살던 시절 가와토가 준 선물이다. 이 구두를 오늘, 4년 만에 신었다.

"거기 앉아. 좋은 버번이 있어."

그가 권하는 카운터 자리에 앉았다. 가와토가 천천히 버번을 들이켰다. 나도 그가 내민 버번 온더록스 잔을 입에 갖다댔다. 강한 알코올이 혀를 지나 목을 태웠다.

"본론으로 들어가기 전에 사건 경위부터 말해줄래?"

가와토는 빈 잔에 다시 버번을 따랐다.

"하우라는 좋은 녀석이었거든. 왜 죽어야 했는지 알고 싶어."

나는 턱을 당기고, 모든 일을 고백했다. 하우라가 연인인 이즈미를 상습적으로 폭행했고, 사건 당일의 폭력은 특히 더 끔찍했으며, 생명의 위기를 느낀 이즈미가 하우라를 목 졸라 죽였고, 나와 델마가 하우라의 시체를 같이 묻었다는 사실까지 남김없이 털어놓았다.

"그랬군."

가와토는 양손으로 얼굴을 감싸며 깊은 탄식을 토했다.

"그래서 앞으로 어떻게 할지 결정했어?"

"응."

나 혼자만의 결정이지만 정했다. 나는 카운터에 잔을 내려놓았다.

"경찰서에는 안 가. 그러니까 잠자코 있어주면 좋겠어."

"하우라가 산에 묻혀 있다는 걸 아무한테도 말하지 말라고?"

"그래."

가와토는 하우라를 어디에 묻었는지 이미 알고 있다. 이제 와서 시체를 다른 데로 옮기는 잔꾀를 부려봐야 통하지 않는다. 입을 다물어달라고 부탁하는 수밖에 없다. 물론 범죄를 숨겨달라는 부탁을 순순히 들어줄 사람은 없다. 만약 거절한다면 그 대책은 내 안주머니에 있다.

"요컨대 너희들의 범죄에 협력해라?"

가와토의 눈은 내 머릿속까지 꿰뚫어 볼 듯 맑게 가라앉아 있었다. 나도 모르게 눈을 피할 뻔했지만, 똑바로 그를 응시했다. 겁먹으면 안 된다.

"좋아. 그러지. 아무한테도 말 안 할게."

가와토는 거리 설문조사에 응하듯 가볍게 말했다. 빛나는 커리어는 물론이고 인생이 송두리째 진창에 처박힐 위험을 감수해야 하는 제안이다. 하지만 가와토는 가볍게 수락했다. 예상대로였다. 가와토라면 이 제안을 받아들일 거라고 확신했다. 중요한 것은 지금부터다.

"조건은?"

"이해가 빠르네."

가와토의 입꼬리가 올라갔다.

"전에 하던 일, 똑같이 해주면 돼. 높으신 분들 접대."

"그 일 아직도 하는구나."

"너무 번창해서 곤란할 지경이야."

가와토가 피식 웃으며 말했다. 가와토의 부업은 지금도 더없이 순조롭게 굴러가는 모양이다. 그는 전부터 정재계 유력 인사들에게 젊은 여자를 상납했다. 성접대를 통해 유력자와 연줄을 쌓거나 혹은 약점으로 이용하면서 자기 회사를 키웠다. 가와토는 능력 있는 기업가이자 일류 포주였다. 입이 무겁고 순종적인 여자를 많이 거느리고 있었고 나도 그 여자들 중 한 명이었다. 도쿄 라운지에서 접대부로 일할 때 벌이가 더 좋은 일을 소개해주겠다는 가와토의 권유로 그 일을 하게 됐다. 단지 돈 때문은 아니었다. 가와토에게 도움이 될 수 있다는 사실이 기뻤다. 내가 그에게 필요한 존재라는 사실이 내 삶을 이어가는 이유였다. 당시의 나는 어렸고, 애정에 굶주려 있었다. 또 그 일을 해야 하는구나. 상상만 해도 토할 것 같다. 하지만 어쩔 수 없다. 가와토의 입을 막으려면 대가가 필요하다.

"알았어. 할게."

"잘 생각했어. 고객들이 기뻐할 거야. 아직도 루이를 찾는 팬들이 있거든. 너는 어떤 요구든 다 들어준다면서."

가와토는 싱글거리며 말을 이었다.

"다른 애들도 인기 있을 거야."

"잠깐만."

겨드랑이 아래로 기분 나쁜 땀이 배어났다.

"다른 애들이라니, 누구를 말하는 거야?"

"당연히 델마랑 이즈미지. 걔들도 일을 해야 하지 않겠어?"

말문이 막혔다. 델마와 이즈미의 얼굴이 뇌리를 스친다. 그들이 더러운 욕망에 농락당하는 모습이.

"안 돼. 걔들은 빼줘. 그 일은 나만 할게."

"그건 곤란한데? 내가 감당할 리스크를 고려하면 루이 한 명으로는 수지가 안 맞지."

"그래도 걔들을 안 돼. 둘 다 그런 경험도 전혀 없고, 아직 열아홉 살밖에 안 됐어. 무리야."

"루이, 너는 열일곱 살부터 했잖아. 괜찮아. 자기들이 어떤 처지인지 제대로 이해하면 결심이 설 거야."

두 사람을 거부할 수 없는 상황으로 몰아넣겠다는 말인
가? 혐오감이 치밀어 올랐다.

"루이 마음은 이해해. 나도 마음이 편치 않아."

달래는 듯한 역겨운 말투.

"대학 시절부터 알고 지내던 후배가 비참하게 죽은 것
도, 너희들에게 이런 일을 부탁하는 것도 괴로워."

거짓말. 하우라의 죽음도, 우리 사정도 너에겐 어차피
남의 일이겠지. 가와토는 자유분방하고 순진무구해 보이
지만 그 본질은 냉혹할 정도로 이기적이다. 4년 전에는 그
의 이질적인 본성을 보지 못했다. 아니, 보지 않으려고 회
피했다. 지금은 아니다. 분명하게 보인다. 가와토는 목적
을 위해서라면 타인을 물건처럼 다루는 것도 서슴지 않는
인간이다. 그래서 이번에는 엮이고 싶지 않았다. 어떻게
해서든 끊어내고 싶었다. 하지만 실패다. 가와토가 어떤
인간인지 알면서도 대처하지 못했다. 이렇게 된 건 모두
내 탓이다. 내가 해결해야 한다.

"부탁이야. 델마와 이즈미는 내버려둬."

그들이 짓밟히지 않게, 아무도 그들을 망가뜨리지 못하
게 할 수 있다면 나는 뭐든 할 수 있다.

"걔들 몫까지 내가 다 할게. 세 배, 아니, 여섯 배 할 테니까."

"여섯 배? 그렇게 무리하면 몸이 버티지를 못할 텐데?"

"아니야. 할 수 있어."

해내야 한다. 내가 쓰러지면 두 사람을 지킬 수 없다.

"그렇게까지 해서 그 애들을 지키고 싶어? 많이 변했네, 루이."

가와토가 눈을 가늘게 뜨며 부드럽게 말했다.

"그렇다면 더 안 되겠는데? 그 애들도 반드시 일을 해야 해."

"내가 여섯 배 하겠다잖아! 그래도 부족해?"

"아니, 여섯 배든 열 배든 상관없어. 루이가 일을 얼마나 하든 두 사람한테도 일을 시킬 거야."

"어째서……."

"말했잖아. 난 아등바등 애쓰며 사는 사람들을 좋아한 다니까. 특히 루이처럼 소중한 걸 위해 필사적으로 애쓰는 사람을 정말 좋아해."

그리고 덧붙였다.

"죽도록 애쓰다 물에 빠지면 더 좋지."

가와토가 지금 무슨 말을 하는지 이해가 되지 않았다. 목구멍이 죄어들어 "뭐라는 거야……" 하고 신음 비슷한 소리를 흘렸다.

"몸 바쳐서 지키고 싶은 사람들이 짓밟혔을 때, 루이는 어떤 얼굴을 할까?"

가와토는 흰 이를 드러내 보였다.

"그런 게…… 재밌어?"

"특등석에서 바라보는 타인의 불행은 최고의 희극이지."

가와토가 입술을 일그러뜨리고 어깨를 잘게 떨었다. 웃고 있었다. 그 모습을 보자 저녁 바닷가에서 본 장면이 떠올랐다. 내가 사실을 털어놓았을 때, 가와토는 양손으로 얼굴을 덮고 어깨를 떨었다. 눈에는 눈물이 고여 있었다. 울고 있었던 게 아니야. 그때 가와토는 웃고 있었어. 가혹한 현실에 농락당하는 우리가 우스꽝스러워서 참을 수가 없었던 거야. 눈물까지 흘리며 웃을 만큼.

가와토가 포주 노릇을 하는 이유는 일이나 돈 때문만이 아니다. 그의 취미다. 소비되고 착취당하면서 무너지는 인간을 관찰하고 싶어서다. 물에 빠져 허우적대는 인간들을 특등석에서 감상하기 위해서다. 그러기 위해 얼마나 많은 사람의 인생을 망가뜨렸을까. 가와토가 베이비★스타라이트를 후원하겠다고 나선 까닭은 지은 죄 때문에 벌벌 떨며 살아갈 우리를 곁에서 보기 위해서였다. 문득 맹렬한 공포가 온몸을 덮쳤다. 애초에 내가 그를 끊어낸 적이 있나? 줄곧 그의 손바닥 안에서 놀아나고 있었던 게 아닐까?

"어디까지 계획한 거야?"

"그게 무슨 말일까?"

가와토는 의아하다는 듯 미간을 찌푸렸다.

"전부 당신이 꾸민 짓이지?"

내게 아이돌이 되라고 권유하고, 하우라를 소개한 이는 가와토다.

"하우라가 죽은 것도 당신이랑 연관 있는 거 아냐?"

"그건 비약이 너무 심하네. 난 어디까지나 관객이야. 무대에 선 인간을 조종하는 그런 시시한 짓은 안 해. 하긴 하우라가 제작하는 아이돌 그룹에 루이가 들어가면 재미있겠다, 그런 생각은 했지. 하지만 일이 이렇게 흥미진진하게 진행될 줄은 나도 예상 못 했어."

가와토가 두 번째 잔을 비웠다.

"아, 가끔 자극을 주긴 했어. 예를 들면 지난달 접대 자리에서 하우라한테 선물한 약이라든가."

약…… 사무실 바닥에 흩어져 있던 합성 마약.

"그 약을 당신이 줬구나."

"나는 그런 약물 따위 안 해. 약이 보여주는 환각보다 내 눈으로 보는 현실이 훨씬 재밌거든. 하지만 인생에 지친 놈에게는 매력적이었겠지? 특히 자기가 키우는 아이돌이랑 한바탕 싸운 날에는 더 유혹적이지 않았을까?"

그날 그 약 때문에 하우라는 이즈미에게 더 폭력적으로 굴었고, 결국 죽었다.

"당신이 그 약을 안 줬으면 하우라는 지금 살아 있었을 지도 몰라."

"와우, 대단하지 않아? 관객의 선물이 이야기의 중요한 아이템이 된 거야."

가와토의 눈이 어두운 금속처럼 빛났다. 그 모습은 철사로 만든 사나운 육식어처럼 보였다. 지금까지 잘못 판단했다. 이 남자는 상어다. 사람을 물에 빠뜨려서 발버둥치며 허우적대는 모습을 실컷 즐긴 뒤 달려들어 물어뜯는 상어다. 어떤 말을 해도 이 남자는 내 요구를 들어주지 않는다. 비장의 카드를 쓸 수밖에 없다. 나는 재킷 안주머니에 손을 넣어 거기 들어 있던 것을 꺼냈다.

"그게 뭐야? USB 메모리카드?"

"맞아."

나는 32기가바이트 용량의 비장의 카드를 가와토에게 내밀었다.

"이 안에 동영상이 들어 있어. 내가 당신 고객들을 상대하는 동영상 말이야."

나는 영상에 나오는 남자들의 이름을 말했다. 뉴스에 종종 나오는 정재계의 거물들이다. 가와토의 동공이 살짝 열렸다.

"어떻게 네가 그걸 가지고 있지?"

"지금도 그러는지는 모르겠지만, 당신이 우리가 일할 때 몰래 영상 찍는 거 알고 있었어. 그 남자들 협박할 때 쓸 계획이었겠지."

추한 인간들의 욕망이 고스란히 담긴 영상은 협박의 재료로 안성맞춤이었다.

"그래서 만약을 위해 복사해놨어. 나한테도 보험이 필요할 것 같아서."

사실은 가와토를 향한 집착 때문이었다. 외부에 누설되면 안 되는 증거를 가지고 있다는 사실만으로도 나는 가와토에게 타격을 줄 수 있는 유일한 사람이라고, 가와토에게 그만큼 영향력이 있는 존재라고 스스로를 속일 수 있었다. 그런 집착 때문에 동영상 데이터를 훔쳤다. 그 직후에 오사카로 옮기는 바람에 사용할 기회는 없었다. 사실은 평생 사용할 생각이 없었다. 그러나 지금 나는 가와토에게 이 영상을 들이밀고 있다.

"만약 델마와 이즈미에게 그 일을 시키면 당신이 한 짓을 세상에 터뜨릴 거야. 여기 오기 전에 어지간한 동영상 사이트에는 죄다 업로드 예약을 걸어놨어. 내가 예약을 취소하지 않으면 전 세계로 퍼지겠지."

"당했네. 그런 무기를 숨기고 있을 줄이야."

가와토는 USB 메모리와 내 얼굴을 번갈아 보았다.

"하지만 괜찮겠어? 그 동영상이 세상에 퍼지면 루이도 심각한 타격을 입을 텐데."

"그렇겠지."

꺼림칙한 디지털 문신이 되어 평생토록 나를 좀먹을 것이다.

"그래도 할 거야."

"결사의 각오네."

"다시는 우리를 건드리지 않겠다고 약속해. 그러면 업로드 예약 취소할게."

"그렇군."

가와토는 술잔의 가장자리를 기다란 손가락으로 덧그리며 고개를 끄덕였다.

"어쩔 수 없네."

갑자기 시야가 격렬하게 흔들렸다. 세상이 뒤집혔다. 의자에 앉아 있던 몸이 기울더니 콘크리트 바닥으로 머리부터 떨어졌다. 머리가 바닥에 부딪히면서 끔찍한 소리가 났다. 무슨 일이 일어난 거지? 지진인가? 몸을 움직여보려고 했지만 꿈쩍도 하지 않았다.

"이런, 안 움직이는 게 좋아. 하긴 못 움직일 테지. 턱 끝을 맞으면 뇌가 흔들리니까."

머리 위에서 목소리가 들려왔다. 아무래도 가와토에게

맞은 모양이다. 말 대신 신음이 새어 나왔다.

"동영상 뿌리고 싶으면 뿌려. 우리 고객 중에는 특권 계층이 많아. 그 사람들이 제일 다급할 테니까 필사적으로 불을 끄겠지. 뭐, 다 못 끄면 그건 그거대로 재밌겠네. 스캔들이 얼마나 빠르게 크게 번질지 마케팅 기업 대표로서 흥미도 있고 말이야."

남의 이야기를 하는 듯한 말투였다. 동영상이 초래할 불똥을 피할 자신이 있는 게 아니라, 정말로 어떻게 되든 상관이 없어 보였다.

"근데 너는 그냥 내버려두면 안 되겠다."

어두운 금속 같은 눈이 나를 포착했다. 도망쳐야 한다. 하지만 일어설 수가 없다. 쓰러진 채 바닥을 기었다.

"움직이지 말라고 했잖아."

가와토가 다가와 내 배를 짓밟았다. 마른나무 밟는 소리가 나더니 폐의 공기가 한꺼번에 쏟아졌다. 극심한 고통에 몸을 뒤틀었다. 가와토는 몸부림치는 나를 깔고 앉았다. 바이스*로 죈 것처럼 움직일 수 없었다. 가와토가 주먹을 들어 올렸다. 다음 순간 눈앞에 불꽃이 튀었다. 둔한 통증이 안면을 덮쳤다. 피를 토했다. 바닥으로 흰색 조각이 떨

---

* 공작물이 움직이지 않게 고정하는 기구.

어졌다. 부러진 이였다.

다시 주먹이 내리꽂혔다. 불꽃과 격통. 누군가 소리를 지른다. 내 비명이다. 감각이 흐려진다. 세 번째 충격이 두개골을 격렬하게 흔들었다. 시야에 노이즈가 끼었다. 아무 소리도 들리지 않았다. 가와토가 다시 주먹을 휘두른 순간 의식이 끊어졌다.

눈을 떠보니 완전히 구속되어 있었다. 점착테이프로 두 손과 두 다리가 묶인 채 창고 바닥에 쓰러져 있었다.

"몸은 좀 어때?"

왼쪽에서 소리가 났다. 눈두덩이 부어 시야가 좁아진 탓에 가와토가 보이지는 않았다. 나는 고개를 조금 꺾어 소리가 나는 쪽으로 향했다. 그 정도 움직인 것만으로도 통증이 몰려와 식은땀이 났다.

"사르트르는 세상에서 가장 외설스러운 게 묶여 있는 여자의 육체라고 말했지. 하지만 난 그렇게 생각하지 않아."

가와토는 의자를 내 앞에 놓고 앉았다.

"약하고 애처로울 뿐이야."

그는 다리를 꼬며 나를 내려다보았다.

"이 세상 여자들의 가장 큰 불행은 여자라는 사실이야. 여자는 구조가 비극적이거든. 자궁 탓에 고통에 시달리고, 몸은 작고 근육도 적지. 애초에 여자는 저항하지 못하게,

굴복하기 쉽게 만들어졌어. 그래서 남자는 남자의, 남자에 의한, 남자를 위한 사회를 만들고, 여자를 착취하는 시스템을 쌓아 올렸지. 그런 부조리가 벌써 몇백 년이나 이어지고 있어. 그렇지만 오늘도 여자는 비극적인 구조를 지닌 채 세상에 태어나. 이보다 더 큰 불행이 어디 있겠어? 완벽한 절망이지."

가와토는 빠르게 말하더니 고개를 떨구었다. 기댈 곳 하나 없는 어린 미아 같은 얼굴이다. 처음으로 가와토의 민낯을 본 기분이었다. 그도 표류자일지도 모른다. 계속 찾아 헤맸지만, 어디에도 다다를 수 없었는지도 모른다. 그래서 내가 가와토에게 끌렸을까? 바닥에 쓰러진 채 그런 생각을 했다. 뺨에 닿는 콘크리트 바닥이 지독히 차가웠다. 멍하던 의식이 점점 또렷해졌다.

"나를……"

내 목소리라고 생각할 수 없을 만큼 잠겨 있었다.

"……죽일 거야?"

"그래."

가와토는 고개를 끄덕였다.

"내버려두면 무슨 짓을 할지 모르잖아. 아쉽지만 죽어줘."

한때 내가 사랑했던 남자가 대형 폐기물을 처분하듯 태연하게 나를 죽이겠다고 말했다. 아마 나는 마음속 어디선가 기대하고 있었나 보다. 가와토가 나를 특별하게 여긴다고. 그래서 무기 하나 없이 여기까지 만나러 왔다. 그래, 확실히 약하고 애처롭다.

"산에 묻어버리진 않을 테니 안심해. 네 시체는 아무도 발견하지 못하게 완벽하게 처리할 테니까."

가와토가 자리에서 일어섰다. 나는 몸을 비틀며 간신히 일어섰다. 입구 쪽으로 도망치려고 했지만 두 걸음 만에 따라잡혔다. 가와토는 내 입을 점착테이프로 막고 손으로 내 목을 감아쥐었다.

"그런 얼굴 하지 마. 인생 따위 원래 농담 같은 거니까."

가와토가 양손에 힘을 주었다. 목에 엄청난 압력이 가해졌다. 숨을 쉴 수가 없었다. 눈을 감았다. 여기까지다. 죽는다. 더는 어쩔 수 없다. 하지만 제발 그들을 살려주세요. 부탁합니다. 부디. 제발. 나는 기도했다. 신은 없다. 하지만 기도할 수밖에 없었다. 고통과 함께 의식이 멀어져간다. 가족의 모습이 눈꺼풀 속으로 떠올랐다. 어머니, 그리고…….

유리 깨지는 소리가 났다. 이어서 무언가 묵직한 것이 쓰러지는 소리가 들렸다. 목을 짓누르던 압력이 갑자기 사라지더니 막혀 있던 호흡이 일제히 뿜어져 나왔다.

대체 무슨 일이지? 나는 격렬한 기침과 함께 눈을 떴다.

눈앞에, 델마와 이즈미가 있었다. 비통하게 일그러진 얼굴.
어째서 두 사람이 여기에? 죽기 직전에 본다는 환상일까?

"루이."

그들은 오열하며 나를 껴안아 일으켰다. 아프다. 환상이
아니다.

"너무해……."

"어떻게…… 이렇게 사람을 엉망진창으로……."

두 사람이 묶여 있던 내 몸을 풀기 시작했다. 바로 옆에
깨진 버번 위스키 병과 쓰러진 가와토가 보였다. 정신을
잃은 것 같았다. 두 손과 다리를 묶고 있던 테이프가 사라
지고 내 몸은 자유를 되찾았다. 하지만 혼자 설 수 없는 상
태였다. 두 사람의 어깨에 의지해 창고 출구로 향했다. 내
하이힐이 또각또각 바닥을 울렸다.

"여긴 어떻게 찾았어?"

"앱으로 찾았어."

델마가 짧게 대답했다.

"한 달 전에 같이 GPS 추적 장치 앱 깔았잖아. 그 앱을
보고 찾아온 거야."

이즈미가 보충 설명했다.

그래. 앱을 깔았지. 그 사실도 잊을 만큼 나는 막다른 궁
지에 몰려 있었다.

"미안."

"사과하지 마. 도대체 무슨 일이 벌어진 건지는 모르겠지만 루이가 이렇게 된 게 우리 때문이란 것 정도는 알아."

이즈미의 목소리에 물기가 어려 있었다.

"그래도 우리한테 말도 없이 사라지는 건 이번이 마지막이야. 절대 안 돼."

떨리는 호흡으로 델마가 말했다.

"미안해."

출구가 점점 가까워졌다. 이제 몇 걸음만 더 걸으면 바깥으로 나갈 수 있다. 그때 뒤에서 엄청난 기세로 의자가 날아왔다. 공중을 날아온 의자가 맹렬한 속도로 문과 부딪히며 날카로운 금속음을 냈다. 델마와 이즈미가 비명을 지르며 돌아보았다. 가와토가 서 있었다.

"이런, 구하기 힘든 버번인데."

가와토는 바닥의 깨진 병 조각을 보며 중얼거리더니 머리에서 흐르는 피를 닦으며 우리 쪽으로 시선을 돌렸다.

"셋이나 처리하려면 애 좀 먹겠는걸."

천천히 다가오는 가와토.

"도망쳐. 난 괜찮으니까."

나는 움직일 수 없다. 그러니 적어도 두 사람만이라도.

"바보. 우린 죽을 때까지 한 몸이라고 했잖아."

"루이는 여기 있어."

델마와 이즈미는 내 몸을 벽에 기대어 놓았다.

"안 돼. 둘 다 도망가."

서 있기도 힘들어서 나는 그대로 바닥에 주저앉았다. 두 사람은 나를 감싸듯 내 앞에 섰다. 가와토가 느긋한 발걸음으로 가까이 다가온다. 새카만 두 눈동자가 우리를 응시했다. 점점 거리가 가까워졌다. 델마는 바닥에 나뒹구는 의자를 집어 들어 가와토에게 힘껏 내던졌다. 가와토의 허벅지에 의자가 부딪쳤다. 그가 걸음을 멈추었다. 그와 동시에 델마와 이즈미가 달려갔다. 두 사람은 크게 소리를 지르며 가와토를 공격했다. 델마가 마구 주먹을 휘둘렀지만 가와토는 상체를 젖혀 피하면서 델마의 배를 때렸다. 자그마한 몸이 활처럼 꺾이며 바닥으로 무너졌다. 이즈미가 온몸을 던져 그를 막으려고 했지만 가와토는 꿈쩍도 하지 않고 도리어 이즈미의 몸을 가뿐하게 들어 올리더니 땅바닥으로 내동댕이쳤다. 필사적인 공격은 아주 손쉽게 제압되었다. 델마와 이즈미는 바닥에 쓰러져 고통에 신음했다.

"정말로 약하고 애처롭군. 진심으로 동정해."

가와토는 그렇게 말하며 술에서 깬 눈빛으로 천천히 다리를 들어 올렸다.

"안 돼……."

나의 가냘픈 목소리는 그에게 닿지 않았다. 가와토는 델마와 이즈미를 번갈아 걷어찼다. 그때마다 둔한 비명이 터져나왔다.

"그만해……."

나는 땅바닥을 기며 호소했다. 가와토는 그런 나를 거들떠보지도 않았다. 그저 묵묵히 폭력을 행사할 뿐이었다. 두 사람의 비명이 점점 작아졌다. 축 늘어진 몸에 무자비한 타격이 쏟아졌다.

"그만해!"

정신을 차리고 보니 나는 일어나 있었다. 불이 붙은 듯 온몸이 뜨거웠다. 델마와 이즈미가 나를 쳐다보았다. 약하지만 아직 의식이 있었다. 나는 두 사람의 눈을 바라보며 고개를 끄덕였다. 가와토는 발길질을 멈추고 동그랗게 눈을 떴다.

"대단하네. 한동안 꼼짝도 못 하게 팼는데 어떻게 일어났지? 왜 그렇게까지 애를 써? 애들을 향한 사랑이 넘치는 거야, 아니면 공범끼리 의리 때문에 그러는 거야?"

모른다. 그게 뭐든 상관없다. 뭐든 괜찮으니까 내게 힘을 줘. 나를 일으켜줘. 우리를 붙잡아줘. 숨을 들이쉬고 내뱉은 뒤 눈앞에 마주 선 적을 응시했다.

"아직 맞설 기운이 있네? 멋져. 정말 존경스러워."

하지만, 하고 가와토가 고개를 저었다.

"넌 나를 이기지 못해."

그런 것쯤 이미 잘 알고 있다. 그래서 포기하고 굴복하라고? 아니, 그건 싫어. 마지막까지 발버둥칠 거야. 볼썽사납게 몸부림칠 거야. 우리를 비극으로도, 농담으로도 못 써먹게 할 거야. 한 번이다. 온몸의 힘을 쥐어짜도 한 번 정도 움직일 체력밖에 안 남았다. 거기에 모든 것을 걸어야 한다. 가와토가 힘줄이 불거진 주먹을 움켜쥐었다. 그 간단한 움직임만으로도 근원적인 공포가 치솟았다. 나는 델마와 이즈미를 보았다. 고통이 심한지 둘 다 얼굴이 일그러져 있었다. 그러자 순간 공포가 사라졌다. 괜찮아. 내가 반드시, 어떻게든 할게. 나는 자세를 다잡았다. 가와토가 여유롭게 걸음을 내디뎠다. 그때였다. 델마와 이즈미가 몸을 던져 가와토의 다리에 달라붙었다. 가와토가 균형을 잃고 쓰러졌다. 역시. 두 사람은 눈짓만으로 내 생각을 귀신같이 읽었다.

"루이!"

두 사람이 내 이름을 불렀다. 날뛰는 가와토를 필사적으로 억누르면서. 나는 고개를 끄덕이고 허리를 굽혔다. 하이힐을 벗어 손에 쥐었다. 맨발로 차가운 땅을 박차고 일어섰다. 그리고 마지막 힘을 쥐어짜 달렸다. 가와토가 경악으로 눈을 크게 떴다.

나는 당신을 이기지 못한다. 하지만 우리는 지지 않는다.

기세를 올려 하이힐을 높이 쳐들었다. 그리고 가와토를 향해 세차게 내리쳤다. 10센티미터가 넘는 아찔하게 뾰족한 굽이 귓구멍에 꽂혔다. 가와토의 몸이 경련했다. 경련하면서도 손으로 굽을 밀어내려 했다. 엄청난 힘이었다. 질세라 나도 두 손으로 굽을 밀어 넣었다. 상대 쪽이 셌다. 서서히 도로 밀려 나왔다. 그러자 델마와 이즈미가 한꺼번에 가와토에게 몸을 부딪쳤다. 그 반동으로 굽이 더욱 깊이 박혀 들어갔다. 그 순간 반대쪽에서 버티던 힘이 사라졌다. 줄이 툭 끊어진 것처럼 가와토가 쓰러졌다. 쓰러진 가와토는 바닥에서 격렬하게 경련했다. 바쁘게 움직이는 검은 눈이 나를 포착했다. 시선이 겹쳤다. 찰나의 순간, 가와토가 웃었다. 잘못 보았는지도 모른다. 하지만 나는 미소를 본 것 같았다. 경련이 완전히 멎을 때까지 나는 가와토를 지켜보았다.

"루이, 얼른!"

"도망치자!"

델마와 이즈미가 내 손을 끌고 창고를 나섰다. 한밤중의 바깥은 몹시 어두웠다.

"얼른 여기서 벗어나야 해."

델마가 어둠을 내다보며 말했다.

"이 차 타고 가자."

이즈미가 캐딜락을 가리켰다.

"열쇠 꽂혀 있어."

델마가 운전석, 이즈미는 조수석, 나는 뒷좌석에 자빠지듯 자리를 잡았다. 캐딜락은 주인을 내버려둔 채 출발했다.

"어쩌지? 어디로 가?"

델마는 신중한 손놀림으로 변속 레버를 조작했다.

"일단 병원부터 가자."

이즈미가 내 쪽을 돌아보았다.

"아냐, 괜찮아."

나는 손사래를 쳤다.

"그래도, 너무 많이 다쳤는데."

"보기보단 심하지 않아."

사실은 말하는 것조차 힘들었지만 병원에 갈 마음은 없었다.

"이즈미 집으로 가자. 준비해야지."

"준비라니, 뭘?"

나는 스마트폰을 꺼냈다. 이미 날짜가 바뀌어 있었다.

"오늘 중요한 날이잖아."

델마와 이즈미는 의아하다는 듯 미간을 찌푸리더니 아, 하고 고개를 끄덕였다.

오늘은 2월 14일. 베이비★스타라이트의 4주년 기념 라이브가 있는 날이다.

캐딜락을 타고 라이브하우스 앞에 도착한 우리를 보고 도이는 놀란 기색을 감추지 못했다. 게다가 차에서 내린 내 몰골을 보고 그의 놀라움은 더 커졌다.

"대체 무슨 일이 있었던 겁니까?"

도이는 목소리를 낮추며 물었다. 분장실에 아무도 들어오지 못하게 문을 몸으로 막으면서.

"묻지 마세요."

나는 얼굴을 만져보았다. 왼쪽 눈의 부기가 심해서 시야의 절반이 보이지 않았다. 강력한 진통제를 먹었지만 그래도 몸은 욱신욱신 비명을 질렀다. 델마와 이즈미도 얼굴에는 멍이 없지만 팔다리에는 참혹한 폭행의 흔적이 남아 있었다.

"지금은 라이브에 집중하게 해주세요."

"……알겠습니다. 저는 밖에서 대기하고 있죠."

도이가 돌아섰다. 하지만 분장실에서 한 걸음도 나가지 않았다. 무슨 일인가 싶어 우리는 도이를 바라보았다. 그러자 그가 우리 쪽으로 돌아서며 말했다.

"죄송합니다. 제가 좀 더 일찍 알았다면……."

여전히 표정의 변화는 거의 없었지만, 목소리에는 회한이 그득했다. 도이는 알고 있었다. 우리가 돌이킬 수 없는 짓을 저질렀다는 사실을. 아마 가와토와 마찬가지로 깜짝 카메라 촬영 때 알아차리지 않았을까? 흥신소 의뢰를 중지한 것은 금전적인 이유에서가 아니라 우리 범죄를 감춰주기 위해서였을 것이다.

"혹시 제가 도울 일이 있으면 말씀하세요."

도이는 재킷 주머니에서 세 장의 종이를 꺼냈다. 비행기 티켓이었다.

"여러분이 가 있을 만한 곳을 알아놨습니다. 급하게 준비하느라 계획이 좀 엉성하기는 합니다만."

어안이 벙벙해진 우리에게 도이는 담담하게 말했다.

"처리해야 할 증거가 있으면 말씀해주세요. 제가 없애겠습니다. 그 밖에도……."

"아니, 잠깐만 도이 씨, 지금 무슨 말을……."

참다못해 나는 그의 말을 막았다.

"죄송합니다. 제 설명이 부족했군요. 처음부터 차근차근 말씀드리겠습니다. 먼저 여러분이 숨을 곳 말인데요."

"그게 아니라……."

그가 하는 말은 이해했다. 그래서 혼란스러웠다.

"우리가 무슨 짓을 했는지 알고 있는 거예요? 그걸 알고도 협력할 생각이에요?"

"예. 협력할 겁니다."

즉답이었다. 계획은 파탄이 났다. 이미 우리의 죄를 끝까지 감추기란 불가능하다. 그런데도 자기 인생을 걸고 공범이 될 작정이란 말인가?

"어째서?"

나는 짧게 물었다. 델마와 이즈미도 진의를 파악하려는 듯 도이를 응시했다.

"전 여러분의 매니저니까요. 여러분을 돕는 게 제 일입니다. 설령 위험한 일이라고 해도요."

결연하게 자기 뜻을 알린 도이는 멤버 한 사람 한 사람과 똑바로 눈을 마주쳤다.

"앞으로 어떻게 할지는 세 분이 결정하세요. 어떤 결정을 내리더라도 저는 여러분의 선택을 최대한 존중할 겁니다."

도이가 발길을 돌렸다.

"오늘 라이브, 반드시 성공시킵시다."

그리고 마지막 말을 남긴 뒤 분장실을 떠났다.

"관객이 엄청나게 많아."

무대 끄트머리에서 대기하는 동안 델마가 말했다.

"최근 라이브 평이 좋아서 신규 팬이 많이 왔대."

이즈미가 밝게 말했다.

"다들 표정이 좋네."

생글거리는 표정, 성실한 표정, 명랑한 표정, 진지한 표정. 객석에는 같은 표정 하나 없이 모두 좋은 얼굴을 한 사람들이 들어차 있었다.

"여기에도 있었어."

델마가 사무치듯 중얼거렸다.

"이런 라이브하우스에서 얼른 벗어나서 더 큰 곳으로 가는 게 목표였는데. 여기에도 제대로 있었어. 내가 바라던 게."

나와 이즈미는 고개를 끄덕였다. 얼마 전의 나였다면 델마가 하는 말을 이해하지 못했을 것이다. 지금은 잘 안다. 우리는 수렁에서 기어 올라왔다. 진짜 원하는 것은 더 위에, 더 높은 곳에 있다고 생각했다. 하지만 알고 보니 수렁 안에도 있었다. 수렁에서 발버둥치는 동안 우리는 이미 원하던 것을 손에 넣었다. 그저 알아차리지 못했을 뿐.

도이도 그렇다. 도이는 그저 비즈니스로 우리를 대할 뿐, 그룹을 아끼는 마음은 없다고 생각했다. 우리를 위해 인생을 내던질 각오까지 할 줄은 꿈에도 몰랐다. 우리는

308

무엇도 알아차리지 못했다. 눈을 감은 채 많은 것을 흘려보내고, 놓치고 있었다. 그 결과가 지금이다. 이미 때를 놓쳤을까? 이미 끝나버렸을까? 아니, 아직 분명히……

"자, 모여봐."

내 말에 무대 의상을 입은 델마와 이즈미가 돌아보았다. 내가 뻗은 손에 두 사람이 손을 포갰다.

"오늘은 루이가 구호를 외쳐."

"내가?"

"4주년 라이브잖아. 원년 멤버가 똑 부러지게 해줘야지."

이즈미의 말에 과거의 일들이 한꺼번에 떠올랐다. 아이돌로 살아온 나날. 괴롭고 힘든 기억뿐인데도 어쩐지 마음이 평온했다.

"딱 4년 전 오늘, 베이비★스타라이트가 시작됐어."

그날도 둥글게 모여 구호부터 외치고 데뷔 무대에 섰다. 그 시절 멤버는 이제 나만 남았다. 모두 아이돌을 졸업하고, 저마다 다른 길을 걷고 있다.

"데뷔했을 때는 7인조 그룹이었어. 한때는 풋살팀을 만들고도 남을 만큼 멤버가 많았는데, 팍 줄어버렸지."

델마가 가볍게 웃었다.

"이제는 풋살도 못 하겠네."

이즈미가 눈꼬리를 내리며 흐뭇한 미소를 지었다.

"응. 하지만 셋이라서 다행이야."

나는 델마와 이즈미의 손을 잡았다.

"우리 셋이어서 다행이야."

우리는 손을 맞잡고 서로를 보았다.

"여기 오기까지 많은 일이 있었지. 특히 최근 한 달은."

델마와 이즈미가 얌전히 고개를 끄덕였다. 겹친 손에 애처로운 멍이 있다. 싸움의 흔적이다. 우리는 줄곧 싸워 왔다. 앞으로도 싸움은 계속된다.

"앞으로 어떻게 될까?"

자수해야 할까? 아니면 도이의 도움을 받아 도망칠까? 라이브가 끝난 뒤에 선택하자.

"솔직히 말해서 난 어느 쪽이든 좋아. 셋이서 아이돌을 계속할 수 있다면 감옥 아이돌이든 도망 아이돌이든 상관없어."

델마와 이즈미가 천진하게 웃었다. 그래. 그 웃는 얼굴이면 다 좋다.

"만약 이대로 셋이 굴러떨어질 수 있는 곳까지 굴러떨어져도, 그 밑바닥에서 영영 못 나오더라도 난 웃을 거야. 최악이네, 우리, 뭐 어쩔 수 없지, 하고 웃을 수 있어."

표류 끝에 마침내 다다랐다. 여기가, 너희 곁이 내가 있을 곳이다. 델마는 코를 훌쩍이고, 이즈미는 눈꼬리를 닦왔다.

"그럼, 가볼까?"

가볍게 구호를 외친 후 우리는 무대에 섰다. 큰 환호성
이 터졌다. 수용 인원 100명이 넘는 객석은 만원이었다. 단
독 공연으로 이만큼 사람이 모인 것은 오랜만이었다. 화
장과 의상 덕분에 상처를 알아차린 사람은 아직 아무도 없
다. 나는 손을 흔들면서 객석을 둘러보았다. 그리고 한순
간 멈추었다. 생각지도 못한 얼굴이 있었다. 안경을 쓴 남
자가 물끄러미 나를 올려다보고 있었다. 틀림없다. 그 사
람이다. 내가 최애라던 중학교 교사.

'뭘 위해 아이돌을 하는 거야?'

한 달 전, 팬 미팅에서 그가 던진 말이 귓가에 되살아났
다. 그때 나는 제대로 대답하지 못했다. 분명 나한테 실망
해서 다시는 오지 않으리라 생각했는데. 하지만 그는 나를
만나러 왔다. 나는 손가락으로 먼저 그를 가리키고 나서
다시 나를 가리켰다. 그는 힘차게 고개를 끄덕였다.

똑똑히 봐요.

뭘 위해 아이돌을 하는 걸까? 아직 말로는 설명할 수 없
다. 하지만 그 마음을 전할 수는 있을 것 같다. 이 라이브가
끝나면 틀림없이 전해질 것이다.

오늘은 2월 14일. 마음을 전하기에 안성맞춤인 날이다.

첫 곡이 흐르기 시작한다. 전주에 맞춰 관객이 들썩였다. 검은 머리들이 리듬에 따라 흔들리는 모습은 마치 어두운 밤바다가 파도로 일렁이는 듯했다. 그 어두운 바다를 향해 나는 손을 뻗었다. 손끝이 희미하게 떨렸다. 천천히 숨을 들이마셨다.

자, 이제 막이 오른다.

바람 앞의 등불 같은 지하 아이돌 그룹의
생존을 건 하드보일드 범죄 소설

─가야마 후미로(칼럼니스트)

자니스 사무소를 시작으로 가부키, 다카라즈카 가극단에 잇달아 문제*가 발생, 각각의 팬에게 2023년은 그야말로 재난의 해였다. 아니, 문제 따위는 아무래도 상관없다, 이 어려운 국면을 헤쳐나가며 계속 응원하는 것이야말로 진정한 팬, 진정한 '덕후'라고 말할지도 모르지만, 연예계는 도시의 정글, 먹느냐 먹히느냐의 가혹한 세계다. 아이돌이라고 예외는 아니다. 내가 사랑하는 '최애'가 언제, 몇 시에, 어떤 말썽에 휘말릴지 알 수 없다. 그래, 이 책에 등장하는 '베이비★스타라이트'처럼.

---

* 일본 연예계 최대 기획사 자니스 사무소의 창립자 자니 기타가와가 수십 년에 걸쳐 연습생 성 착취 범죄를 저질렀다는 사실이 드러나면서 큰 문제가 되었고, 가부키 쪽에서는 유명 배우 이치카와 엔노스케의 '갑질'과 성추행 의혹, 양친의 자살 방조 및 본인의 자살 미수로 물의를 빚었다. 다카라즈카 가극단 역시 '갑질'과 집단 괴롭힘에 따른 단원의 자살 사건이 발생하여 세상을 떠들썩하게 만들었다.

어? 덕후가 뭐야? 최애는 또 뭐지?

덕후란 오타쿠에서 비롯된 말로 서브컬처에 열광하고 애착을 지닌 팬을 가리킨다. 최애란 아이돌로 예를 들자면 '가장 좋아하는(최고로 애정하는) 멤버, 혹은 그룹'을 의미한다. 전자는 최애 멤버, 후자는 최애 그룹인 셈이다.

베이비★스타라이트는 오사카에서 만들어진 3인조 아이돌로 라이브를 중심으로 활동한다. 그런 지하 아이돌 중에서 순위를 매기면 중간보다 아래쯤 되는 수준이지만, 그래도 그들을 응원하는 고정 팬들이 있다. 하지만 그룹 내 멤버 관계는 최악이어서 연장자인 리더 루이는 아무 목표도 없이 타성에 젖어 꾸역꾸역 활동하며 은퇴를 마음먹고 있다. 전 센터인 델마는 그룹에서 노래와 춤, 퍼포먼스 실력이 가장 뛰어나지만, 모든 게 자기보다 떨어지는 신입 이즈미에게 센터 자리를 빼앗겼다. 그런 이유로 델마와 이즈미 사이의 골이 나날이 깊어지고만 있다. 그룹은 언제 와해돼도 이상하지 않은 상태였다.

엔도 가타루가 쓴《최애의 살인》은 제22회 '이 미스터리가 대단하다!' 대상 문고 그랑프리를 수상한 장편으로, 바람 앞 등불 같은 지하 아이돌 그룹이 더욱 위험한 상황과 맞닥뜨리는 모습을 그린 범죄소설이다.

베이비★스타라이트의 멤버인 세 사람은 소속사 대표인 하우라에게 착취당하고 있었다. 때마침 코로나 팬데믹의 영향으로 일감이 줄고 팬도 이탈하면서 소속사의 경영이 급속하게 악화되던 차였다. 그 대책의 하나로 하우라가 선택한 것은 VIP 접대, 유력 인사들에게 멤버들이 술과 식사를 접대하는 방법이다.

그날도 루이와 렐마는 기타신치의 요정에서 두꺼비를 닮은 이벤트 회사 사장을 접대하는 신세가 된다. 하지만 놀랍게도 미디어에서 크게 활약 중인 도쿄의 기업가 가와토가 그 자리에 동석한다. 가와토는 하우라의 대학 선배이자 루이와도 인연이 있는 인물이다. 그 후 선을 넘은 두꺼비 남자와 하우라 때문에 아수라장이나 다름없는 사태가 발생하자 가와토가 두 사람을 구해준다. 지독한 하루가 지나고, 루이가 마침내 은퇴하기로 마음을 굳혔을 때 파국을 알리는 전화가 걸려 온다. 다급히 찾아간 사무실에는 교살된 하우라와 충격에 빠진 이즈미가 기다리고 있었다…….

이 책을 읽고 가장 먼저 든 감상은 일단 베이비★스타라이트 멤버들의 캐릭터가 돋보인다는 점이다. 루이는 오디션에 붙었다는 이유만으로 오사카로 가서 지하 아이돌이 되고, 그 후 4년을 보냈다. 그룹은 결성 당시 7인조였지만, 멤버의 합류와 탈퇴를 반복하며 지금은 세 명만 남아 있다. 의욕도 없이 4년이란 긴 세월에 걸쳐 아이돌 전선을 돌파해온 것은 대단하지만, 결국 은퇴를 결심한다. 그랬던 루이가 굳이 살인 사건을 은폐하면서까지 아이돌을 계속하려고 마음먹게 되는 이유는 죽은 여동생을 향한 참회와 어린 멤버들에 대한 우정 때문일 것이다. 여동생의 죽음에 얽힌 이야기는 후반부에 밝혀지는데 그 내용은 하드보일드 그 자체다.

델마는 루이와는 대조적으로 정상급 아이돌이 되겠다는 목표를 가진 오사카 토박이 아이돌. 센터 시절에는 센터라는 사실에 긍지를 품고, 남보다 배는 노력했다. 걸걸한 오사카 사투리가 잘 어울리는 외골수 다혈질로 처음에는 센터 자리를 빼앗은 이즈미에게 야박하게 굴지만, 하우라의 살해를 계기로 그룹의 존속을 강력하게 주장하고 이즈미와 급속히 친해진다.

그리고 문제의 이즈미는 이목구비가 뚜렷한 얼굴에 늘씬한 몸으로 센터에 어울리는 존재감을 뿜어낸다. 오사카에서 가장 땅값이 비싼 지역에 살고 명문 여대를 다니는 19세지만, 연인에게 폭력을 당하는 처지여서 그 사실을 감추려고 루이 앞에서도 주뼛주뼛 굴곤 한다. 벌레 한 마리도 죽이지 못할 것 같은 아가씨가 살인 사건의 주범이라니, 그야말로 청천벽력이라고 해야 할까?

시네필이라면 진작 눈치챘을지도 모르지만, 이 소설의 두 주인공인 루이와 델마라는 이름부터 리들리 스콧 감독의 명작 〈델마와 루이스〉(1991)를 떠올리게 한다. 물론 이 영화는 아이돌 이야기는 아니다. 평범한 주부인 델마(지나 데이비스)가 친구인 웨이트리스 루이스(수전 서랜던)와 함께 주말 드라이브를 나섰다가 벌어지는 이야기로, 델마를 강간하려는 남자를 루이스가 총으로 쏴 죽이면서 두 사람은 도망자 신세가 된다. 얼마 지나지 않아 경찰과 FBI가 두 사람의 뒤를 쫓지만 두 사람의 폭주는 멈추지 않는다.

이렇게 정리하면 중년 여성들의 단순한 폭주극 같아 보이지만, 사실 델마는 오랜 세월 남편의 속박 속에 살았고, 루이스는 강간당했던 과거가 있다. 두 사람의 폭주극은 남성 우위 사회의 억압에서 해방되고자 하는 여자들의 이야기이기도 하다. 이 영화가 '1990년대 여성판 아메리칸 뉴시네마*'라고 불리는 까닭이기도 하다. 이 책에도 남의 목숨을 빼앗았다고 자책하는 이즈미에게 루이가 "빼앗은 건 저쪽이야", "이즈미는 되찾았을 뿐이다"라고 말하는 장면이 있다. "자유, 자존심, 존엄. 많은 것을 빼앗겼다. 이즈미

---

* 아메리칸 뉴시네마는 1960년대 후반에서 1970년대 초반 사이에 미국 사회의 구조적 모순, 부정적 현실을 비판하는 메시지를 담은 영화를 아울러 말한다.

는 그것을 되찾았을 뿐이다"라고 말이다.

이 책이 영화 〈델마와 루이스〉뿐 아니라 기리노 나쓰오의 대표작 《아웃》의 영향을 받았다는 사실을 깨달은 사람도 더러 있을 것이다. 《아웃》은 도쿄 교외의 도시락 공장에서 야간조로 일하는 주부들의 이야기로 그들은 저마다 문제를 안고 있다. 그중 한 사람이 도박으로 재산을 다 날려버린 남편을 살해한다. 그 남편의 시체를 공장 여자들이 다 함께 협력하여 처리하고 증거를 은폐하는, 이 소설과 비슷한 상황을 그린 범죄소설이다. 루이가 도시락 공장에서 아르바이트를 했다는 설정이나, 후반부 범죄 조직의 흑막과 대결하는 장면도 《아웃》을 떠올리게 하지만, 이것 역시 자유를 얻기 위한 여자들의 연대를 포착하여 생생하게 그려낸 작품의 오마주로 이해되기를 바란다.

이야기가 딴길로 샜지만, 베이비★스타라이트의 캐릭터들은 기존의 명작에 등장하는 인물들의 그늘도 짊어지고 있다는 말이다.

이 책은 간결하면서도 시원시원한 문장과 빠른 템포의 전개가 특징이다. 대화와 지문의 균형도 절묘하여 술술 읽힌다. 루이의 심리 묘사도 산뜻하고, 동료를 위해서라면 수단을 가리지 않는 캐릭터의 배경이 밝혀지는 부분이 담담하게 묘사되어 있어 오히려 위협적이다. 한편 전개를 살

펴보면 초반부터 기타신치의 접대 장면으로 독자들을 조마조마하게 만들더니 시간 간격을 두지 않고 살해 현장으로 급속하게 전환한다. 세 사람은 바로 대책 마련에 나서지만, 남의 눈에 띄지 않고 시체를 옮기기 위해 CCTV 문제를 해결하는 등 조마조마, 두근두근해지는 장면의 연속이다. 시체를 무사히 처리한 뒤에도 저자는 긴장감을 늦추지 않는다. 태풍 상륙으로 시체가 발각될 위기가 닥치고, 흥신소의 수사가 이어지는 등 세 사람은 점점 궁지에 내몰린다.

작품의 이런 특징들로 보아 저자는 범죄소설의 작법을 충분히 터득한, 준비된 작가다. 이 책은 아이돌 소설의 형태를 띤, 일본 사회의 현실을 생생하게 그린 범죄소설이자 진지한 여성 하드보일드, 누아르 소설이기도 하다. 실력파 신인의 신인답지 않은 데뷔작을 부디 마음껏 즐겨주시기를 바란다.

최애의 살인

초판 1쇄 인쇄　2025년 2월 5일
초판 1쇄 발행　2025년 2월 14일

지은이　　　엔도 가타루
옮긴이　　　전선영

책임편집　　한의진
교정·교열　　윤은주
디자인　　　MALLYBOOK 최윤선, 오미인, 조여름
책임마케팅　최혜령, 박지수, 도우리
마케팅　　　콘텐츠 IP 사업본부
해외사업　　한승빈
경영지원　　백선희, 권영환, 이기경, 최민선
제작　　　　재영P&B

펴낸이　　　서현동
펴낸곳　　　㈜오팬하우스
출판등록　　2024년 5월 16일 제2024-000141호
주소　　　　서울특별시 강남구 테헤란로 419, 11층 (삼성동, 강남파이낸스플라자)
이메일　　　info@ofh.co.kr

ⓒ 엔도 가타루

ISBN　979-11-94293-90-3 (03830)

반타는 ㈜오팬하우스의 출판브랜드입니다.